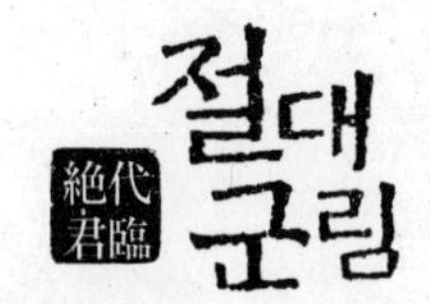

장영훈 新무협 판타지 소설

FANTASTIC ORIENTAL HEROES

절대군림 2

장영훈 新무협 판타지 소설

초판 1쇄 찍은 날 § 2009년 1월 19일
초판 1쇄 펴낸 날 § 2009년 1월 24일

지은이 § 장영훈
펴낸이 § 서경석

편집장 § 문혜영
편집책임 § 정서진
편집 § 문정흠

펴낸곳 § 도서출판 청어람
등록번호 § 제1081-1-89호
등록일자 § 1999. 5. 31
어람번호 § 제2-1662호

주소 § 경기도 부천시 원미구 심곡2동 163-2 서경B/D 3F (우) 420-822
전화 § 032-656-4452 팩스 § 032-656-4453
http://www.chungeoram.com
E-mail § eoram99@chollian.net

ISBN 978-89-251-1653-2 04810
ISBN 978-89-251-1651-8 (세트)

2

FANTASTIC ORIENTAL HEROES

절대군림

絶代君臨

장영훈 新무협 판타지 소설

도서출판 청어람

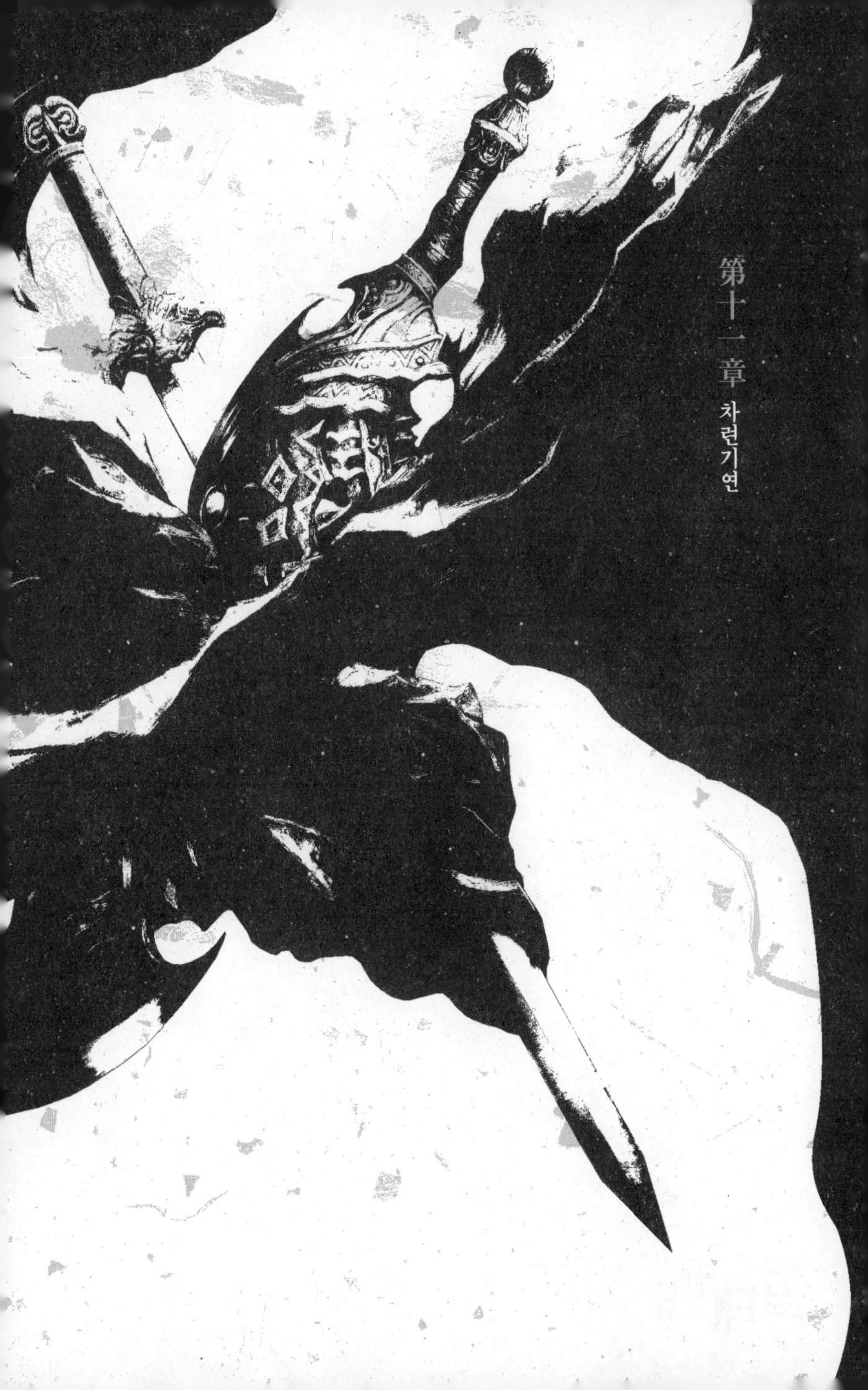
第十一章
차련기연

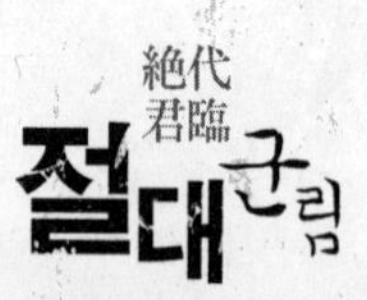
絶代
君臨
절대군림

이른 새벽. 장심방주 장대산의 언성이 높아졌다.

"뭐야? 고검이 털렸어?"

그 앞에 무릎을 꿇은 왕오의 고개가 푹 숙여졌다.

장대산의 성격으로 볼 때 일장에 맞아 죽지 않으면 다행인 일이 벌어진 것이다.

일단 최악의 경우는 피해갔다. 저 무지막지한 주먹에 얼굴이 박살나는 횡액은 면했으니까.

"도대체 어떻게 된 일이냐?"

거친 장대산의 숨소리를 들으며 왕오가 자세히 설명했다.

아침에 일어나 지하 금고에 가보니 모든 기관이 파괴된 채 문이 활짝 열려 있었다. 물론 고검상에서 보유하고 있던 모든 골동품이 사라져 버렸다.

꽈직!

장대산의 손끝에 의자의 난간이 부서졌다.

쇄애액.

부서진 나뭇조각이 왕오의 머리를 스쳤다.

"천하제일고수라도 부술 수 없는 기관이라고 하지 않았더냐!"

"맞습니다. 그러하옵니다."

기겁을 하며 왕오가 바닥에 바짝 엎드렸다. 스친 이마가 화끈거렸다. 장대산을 더 열 받게 하면 죽는다는 생각뿐이었다.

오늘 아침 텅 빈 창고를 목격한 왕오는 하늘이 무너지는 줄 알았다. 드디어 오늘이 자신의 제삿날이 되었음을 깨달았다. 그나마 목숨을 부지하려면 이대로 달아나야 했다. 물론 장심방의 추격대에 곧 붙잡히고 말겠지만 앉은 채로 죽을 수는 없었다. 하지만 신마옥불을 구입하느라 숨겨둔 사재까지 몽땅 턴 그였다. 가고 싶어도 갈 수 없었다.

그러던 그가 한 가지를 깨달았다.

'이것 봐라?'

어제 방문했던 임윤오가 떠올랐다.

그가 방문한 다음날 도둑을 맞아? 지금까지 무사히 잘 있다가? 아무리 생각해도 너무나 공교로운 일이었다.

왕오에게 살길이 하나 생겨났다.

"한데 이상한 일이 있었습니다."

"무엇이냐?"

"어제 북천패가의 임 당주가 찾아왔습니다."

북천패가란 말에 장대산의 얼굴이 굳어졌다.

"임 당주라면 누굴 말하는 것이냐?"

"내당 당주 임윤오입니다."

그는 장대산도 아는 인물이었다. 코 옆의 커다란 사마귀는 쉽게 잊을 수 없는 인상이었으니까.

"임 당주? 그가 무슨 일로?"

"그가 하나의 물건을 맡겼습니다."

"그게 무엇이냐?"

"신마옥불이었습니다."

"뭣!"

장대산이 벌떡 자리에서 일어났다.

"방금 뭐라 했느냐?"

"틀림없는 신마옥불이었습니다."

신마옥불은 강호의 기물 중에서도 기물.

왕오가 빠르게 임윤오의 방문에 대해 설명했다. 마지막 덧붙임도 잊지 않았다.

"오늘 날이 밝는 대로 곧바로 보고를 드리려고 했습니다만……."

"그걸 얼마나 주고 샀느냐?"

"이십만 냥입니다."

이미 장부를 조작해 자신의 재산이 들어갔다는 사실은 알 수 없도록 만들어두었다. 나중에 대질심문을 받을 위험 때문에라도 액수는 정확히 말해야 했다.

"그럼 이십만 냥을 고스란히 잃고 거기에 물건까지 잃어버렸단 말이군."

장대산의 어조는 음울할 정도로 차가웠다.

왕오가 식은땀을 흘리며 죽여 달라고 머리를 조아렸다.

아무 말이 없자 왕오가 슬쩍 고개를 들어 장대산의 눈치를 살폈다. 장대산은 눈을 가늘게 뜨고 자신을 내려다보고 있었다. 왕오가 화들짝 놀라 고개를 숙였다.

장대산이 차분히 말했다.

"일단 임윤오에 대해 조사를 해보겠다. 너는 물러가라."

내심 안도의 한숨을 내쉬며 왕오가 그곳에서 물러났다.

왕오의 예상은 적중했다. 누가 봐도 이상한 일인데 의심 많은 장대산이라면 더욱 이상하게 생각할 것이다. 이로써 한고비 넘겼다.

이제 이번 일의 핵심은 무능한 자신이 아니라 왜 북천패가가 장심방을 노렸느냐에 집중될 것이다.

하지만 그건 그만의 착각이었다.

그의 등을 바라보는 장대산의 눈빛은 살기에 가득 차 있었다.

그가 나가자 당장 욕설이 흘러나왔다.

"단매에 쳐 죽일 자식. 신마옥불을 거래하고 그걸 오늘 아침에 보고하려 했다고?"

왕오가 평소 욕심이 많은 자란 것을 장대산도 모르지 않았다. 그가 부정 축재를 하고 있다는 것도 알았다. 다만 그 액수가 도를 넘지 않았고, 고검상의 일만큼은 그 누구보다 조예가 깊었기에 일단 눈감아주고 있던 차였다.

그때 뒤쪽 병풍 뒤에서 누군가가 걸어나왔다.

"복잡해 보이는 일일수록 그 진실은 간단하기 마련이지요."

장심방의 귀빈들 중 머리 쓰는 일에 일가견이 있는 양필(羊筆)이었다. 그는 근래 장심방의 군사 역을 맡고 있었다.

"양 선생께선 이번 일을 어떻게 생각하시오?"

장대산이 그의 조언을 구했다.

양필이 침착하게 자신의 생각을 밝혔다.

"몇 가지 가정을 해볼 수 있습니다. 첫째, 저 왕오란 자의 자작극일 가능성이 매우 큽니다. 아시다시피 고검상의 기관장치는 그 누구도 쉽게 파훼할 수 없습니다."

장대산이 고개를 끄덕였다.

자작극이라……. 물론 납득이 안 되는 점도 있었다. 해먹었으면 달아날 궁리를 했을 것이다. 그렇게 크게 해먹고 죽을 각오로 자신을 찾아와? 그 점만은 확실히 이상했다.

혹시 그런 점을 역이용한다? 하지만 왕오에게 그런 간담이 있을까?

양필이 차분히 말을 이었다.

"둘째는 북천패가의 임윤오란 자가 독단적으로 일을 벌였다는 가정입니다. 임윤오가 골동품 애호가란 사실은 널리 알려진 사실입니다. 고검상은 그가 한 번쯤 크게 욕심을 낼 법한 곳이지요. 하지만 제가 아는 바로 임윤오란 자는 그렇게 무모한 자가 아닙니다. 더구나 일을 치르기 전날 고검상을 찾아올 정도로 어리석은 자가 아니지요. 물론 신마옥불의 대금을 이중으로 강탈하기 위한 목적이었다면 그럴 수도 있습니다만."

장대산은 아무 말이 없었다. 화가 머리끝까지 나 있다는 것을 알았기에 양필은 한마디 한마디가 매우 조심스러웠다.

"끝으로 북천패가가 의도적으로 일을 꾸몄다고 가정을 해 볼 수 있습니다."

"그렇다고 보기에는 너무 노골적이지 않는가?"

"그렇지요. 하지만 절대 배제해서는 안 될 일이기도 합니다. 만약 추측이 맞는다면 그 피해가 엄청난 일이니까요."

장대산이 무거운 신음성을 내뱉었다.

"북천패가가 왜 하필 이 시기에?"

이번 용봉연과 천룡대전을 주최하는 북천패가였다. 그 준비만으로도 눈코 뜰 새 없이 바쁜 그들이 자신들을 건드렸다는 것은 참으로 이해하기 어려운 일이었다.

"강호의 일이란 실로 복잡해 쉽게 그 내막을 알 수 없는 법이지요."

그야말로 장대산의 가슴이 절로 답답해졌다.

그때 무인 하나가 황급히 뛰어들어 왔다.

"큰일 났습니다."

"무슨 일이냐?"

"철방이 습격을 당했습니다."

장대산이 벌떡 일어났다. 놀란 그가 소리쳤다.
"도대체 이게 무슨 일이야!"

* * *

같은 시각.
외진 숲 속에 위치한 커다란 건물에서 시커먼 연기가 솟아 오르고 있었다.
건물 뒤편에서 복면을 쓴 무영이 커다란 수레를 끌고 나왔다. 네 마리의 말이 끄는 표국용 대형 수레였는데, 그곳에는 짐이 한가득 실려 있었다.
앞에서 기다리고 있는 사람은 바로 적이건이었다.
"다친 사람은 없지?"
적이건의 물음에 무영이 고개를 끄덕였다.
"일반 작업장의 인부는 모두 내보냈습니다. 무인 몇이 다치긴 했지만 죽이진 않았습니다."
"잘했어, 무영."
적이건이 만족스런 눈빛으로 수레에 실린 짐을 올려다보았다.
"최상품 무기들입니다. 최소 오백 명은 완전무장할 수 있습니다."
수레에 실린 것들은 도검을 비롯해 각종 암기류, 비상시 사용하는 구급품까지 그 쓰임이 다양한 것들이었다.

화르르.

본격적으로 불길이 치솟기 시작한 그곳은 바로 장심방의 비밀 철방이었다.

장심방의 철방에서는 갖가지 무기들을 생산했는데, 그것을 북천패가를 비롯한 인근 방파에 납품했다. 그들이 만든 제품은 매우 뛰어나 인기가 많았다.

"흔적은?"

"세밀한 자가 살피면 북천패가의 짓임을 알 수 있게 해두었습니다."

"잘했어. 장심방주, 골치 좀 아프겠군."

"그렇겠지요. 그렇다고 대놓고 따질 수 있는 입장이 아니니까요."

두 사람이 마주 보며 웃은 후 마차에 올라탔다. 곧바로 마차가 출발했다.

두두두두두!

대로를 신나게 달리던 마차가 방향을 바꾸었다.

마차가 숲길로 빠져나간 후, 그 길로 수십 기의 말이 달려오고 있었다. 선두에 선 사람은 바로 장대산이었다. 이미 한발 늦은 행차였다.

적이건의 마차는 좁은 숲길을 빠르게 내달렸다. 오직 한 대의 마차가 지나다닐 크기의 길이었다.

"오늘 용봉연 축하연이 있다고 들었습니다."

무영의 말에 적이건이 고개를 끄덕였다.

"내일 정식으로 열리니까."

"참석하실 겁니까?"

"해야지."

"어르신들께서도 가신답니다. 정 소저를 보고 싶어하시는 눈치십니다."

"말했어?"

"물어보시기에 대충. 아시잖습니까, 큰어르신 성화?"

"못살겠군."

"소개시켜 드릴 겁니까?"

무영이 또다시 의미심장한 웃음을 지으며 물었다.

"그러라고 말한 것 아니었어?"

"그럴 리가요."

무영이 정색하며 부정했지만 눈가에 웃음기는 여전했다.

적이건이 정면을 보며 말했다.

"괜찮은 여자야."

솔직한 대답에 무영이 미소를 지었다. 오랫동안 적이건을 봐온 무영이다. 적이건이 이렇게 한 여인에게 깊은 관심을 보인 적이 없었기에 무영도 차련에 대해 관심이 컸다.

두두두!

대나무 숲에 들어서면서 마차가 속도를 줄였다.

후우우웅.

주위 경관이 미묘하게 흔들렸다.

진법에 능통한 사람이 아니고서는 절대 알아보지 못할 진법

안으로 들어선 것이다.

이제부터 정해진 길을 따르지 않으면 계속 산속을 헤매다 원래의 자리로 돌아가게 될 것이다.

하지만 마차는 정확히 정해진 생로를 열었다.

이윽고 마차가 커다란 공터에 도착했다. 공터 뒤에는 창고처럼 보이는 커다란 목조 건물이 하나 지어져 있었다.

건물의 커다란 문을 활짝 열고 나온 사람은 바로 화무철이었다.

"오셨습니까, 도련님?"

"수고가 많아, 화 장주."

적이건이 마차에서 내렸다. 무영은 그대로 마차를 몰고 건물 안으로 들어갔다.

적이건이 화무철에게 물었다.

"작업은?"

"오랜만이라 그런지 느립니다."

말은 그러했지만 화무철의 이마에는 땀이 송골송골 맺혀 있었다. 그가 혼신을 다해 작업을 하고 있다는 것을 짐작할 수 있었다.

"천천히 해. 어서 쓸 만한 사람을 구해서 붙여줘야 하는데."

"아직은 괜찮습니다."

적이건이 싱긋 웃었다.

"조금만 기다려. 집이 완성되면 멋진 작업실을 제공할 테니까."

"하하! 기대하고 있겠습니다."

화무철이 활짝 웃었다.

마차를 건물 안에 넣어둔 후 무영이 걸어나왔다.

적이건이 무영에게 당부했다.

"고옹의 작업이 지장없도록 잘 도와줘."

"걱정 마십시오. 아, 그리고 조만간 추괴(醜怪)의 행방을 알아낼 것 같습니다."

그 보고에 적이건이 매우 기뻐했다.

"꼬리를 잡았어?"

"네. 곧 정확한 행방을 알게 될 듯합니다."

그 말에 적이건이 반색하며 활짝 웃었다.

"좋았어. 이번 일에 추괴는 꼭 필요해. 우리 귀여운 제자놈!"

적이건이 제자란 표현을 쓰자 화무철이 의아한 눈빛으로 무영을 돌아보았다. 무영이 어깨를 으쓱하며 나중에 보면 안다는 시늉을 했다. 화무철이 역시 알다가도 모르겠다는 표정으로 웃음을 지었다.

무영이 다시 한마디 덧붙였다.

"그리고 풍신(風神)의 행방을 알아냈습니다."

풍신이란 말 역시 처음 듣는 것이었다.

추괴와 풍신.

궁금했지만 화무철은 굳이 캐묻지 않았다. 이런 이야기들을 자신 앞에서 하는 것 자체가 이미 자신을 믿고 있다는 의미였다. 굳이 설명하지 않는다 해서 섭섭할 필요가 없었다.

'곧 알게 되겠지.'

굳은 신뢰에는 시간이 필요한 법이니까.

무영이 차분히 말했다.

"예상하신 대롭니다."

"역시 그들이 가지고 있었군. 조만간 방문해서 회수하도록 하지."

"이번 일에 그들을 합류시킬 수만 있다면 큰 힘이 될 겁니다."

무영의 말에 적이건이 고개를 끄덕였다.

"그 일은 내게 맡겨."

"알겠습니다."

적이건이 발걸음을 옮겼다.

뒤에서 무영이 물었다.

"정 소저께 가십니까?"

적이건이 돌아보지 않고 대답했다.

"이것도 중요한 일이라고!"

* * *

차련은 포위되어 있었다.

그녀를 포위한 사람들은 온몸과 얼굴이 시커멓고 눈은 눈동자가 없이 새하얀, 그야말로 그림자 같은 존재들이었다.

기다란 손톱을 휘두르며 야수들이 달려들었다. 그림자는 분명 수컷과 암컷이 섞여 있었다. 딱히 암수를 구별할 방법이 없었는데 느낌이 그러했다.

그들의 손톱이 몸을 긁을 때마다 저릿저릿한 아픔이 느껴졌다.

온몸이 찢기며 피가 흘렀다.

야수들 너머 저 멀리 누군가 서 있었다.

적이건이었다.

여기야, 여기라고.

차련이 절규하듯 그를 불렀다.

"뭐? 뭐라고?"

태평하게 대답만 하지 말고 어서 날 좀 도와달라고.

"잘 안 들려. 다시 말해봐."

날 도와달라고!

"일어나야 도와주지."

뭐?

그 순간 차련이 눈을 번쩍 떴다.

향긋한 약향이 코끝을 자극했다. 두들겨 맞은 것처럼 온몸이 뻐근했다.

빌어먹을 꿈 같으니라고.

잠을 뒤척이다 새벽녘에야 잠들었다. 권혁기와의 일전이 떠올라 도무지 잠이 오지 않았던 것이다. 적이건이 자신을 업고 노래를 불러주던 장면이 문득 떠올랐다.

생각만 해도 낯이 뜨겁다.

그때 옆에서 들려오는 한마디.

"그래, 뭘 도와줄까?"

응?

차련이 소리 난 쪽으로 천천히 고개를 돌렸다.

내밀어진 약사발.

"먹어."

적이건이 히죽 웃으며 약사발을 내밀고 있었다.

무심코 받아 들던 차련이 다시 한 번 깜짝 놀랐다.

여긴 내 방이잖아. 그것도 침상?

놀라고 기가 막힌 차련의 입이 벌어졌다.

"소리 지르지 마. 약 쏟아져."

차련이 본능적으로 재빨리 이불로 몸을 감쌌다.

그리고 황급히 자신의 몸을 내려다보았다. 아무 이상은 없었다. 아니, 없는 것 같았다.

적이건이 뻔뻔하게 덧붙였다.

"어떻게 들어왔느냐고 묻는 거라면 간단해. 문이 열려 있었어. 어제 보니 실력도 별로던데. 앞으로 문은 꼭 잠그고 자."

"야—"

차련이 버럭 소릴 내질렀다.

"일단 이거 마시고 검을 뽑든지 말든지 해."

"이게 뭐야?"

"지금 몸 두들겨 맞은 것처럼 아프지?"

"……."

"긴장한 상태로 안 쓰던 근육까지 다 써서 그래. 다음날 바로 풀어주지 않으면 근육에 병난다. 무인에게는 치명적인 거지."

의원이라도 되는 양 적이건은 진지했다.

잠시 그를 응시하던 차련이 일단 내민 약을 꿀꺽 마셨다. 아주 쓸 것 같았는데 생각보다 맛이 좋았다.

하지만 그건 그거고,

짝—

약사발을 내려놓자마자 차련이 사정없이 적이건의 뺨을 때렸다.

뺨에 손바닥 자국이 난 적이건이 울상을 지었다.

"아프다."

"아프라고 때렸어. 몸으로 기억하라고. 여자 방에 허락도 없이 들어온 것, 자는 모습 훔쳐보는 것, 이거 나쁜 짓이야."

"알았어."

적이건이 짐짓 울상을 짓자 연민이 느껴졌다. 정말 배우로 나서도 될 것 같았다.

"당장 나가!"

적이건이 풀죽은 얼굴로 밖으로 나갔다.

도대체 언제부터 와 있었던 거야?

아니, 그럼 꿈속에서 들렸던 소리가 다 실제 소리였어?

아, 못살아.

자는 모습을 들키는 것은 여인으로서 정말 달갑지 않은 일이다. 차련이 고개를 내저었다. 그리고 한편으로 이 정도로 화를 내고 마는 자신의 모습이 낯설게 느껴졌다.

다른 남자였다면 이유 불문하고 정말 검을 뽑았을 것이다.

미운 정인가?

차련이 침상에 걸터앉았다.

"휴—"

어젯밤 있었던 일이 꿈만 같았다. 차련이 자신의 오른손을 내려다보았다.

살인.

적이건이 죽였다 하더라도, 그조차도 사실 분명하진 않지만 어쨌든 어제 일은 자신도 공범인 셈이다. 죽어 마땅한 놈이었지만 살인은 어디까지나 살인.

다들 이렇게 시작하는 건가?

묘한 기분이었다. 덤덤하면서도 흥분되는, 후회스러우면서도 살아남았다는 사실에 뿌듯한 이율배반적인 두 감정이 그녀를 두근거리게 만들었다.

차가운 물에 세안을 마치자 정신이 번쩍 드는 것 같았다.

세안을 마치고 방으로 들어오니 향이가 옷을 챙겨놓고 있었다.

"좋은 아침이에요."

"그래."

"참, 어젯밤 내내 적 소협이 약을 달였어요."

"뭐?"

차련이 깜짝 놀라 향이를 돌아보았다.

"의원에 가서 약재도 직접 사 오고요. 뭐, 잠이 안 와서라고 하긴 했지만요."

차련은 잠시 멍해 있었다.

"새벽에 잠깐 외출하실 때까지 한 번도 자리를 뜨지 않으셨죠. 정말 정성이 대단하셨어요."

"정말이야?"

"네. 저도 보고 후원 아저씨들도 모두 봤지요."

아, 그런 줄 알았으면 뺨은 안 때릴 건데.

참으로 예측을 하기 어려운 사내다.

흰색 무복을 입으려는데 문득 적이건의 말이 떠올랐다.

"흰색 무복은 실용성이 없잖아. 피가 튀면 굉장히 흉하기도 하고, 어디 숨을 때도 눈에 잘 띄고. 물론 예쁘기는 하지만."

차련이 한쪽 구석의 옷장을 열었다.

"아가씨, 거긴 왜요? 예전에 입으시던 옷들뿐인데요."

차련이 꺼내 든 옷은 짙은 청색 무복이었다.

이상하다는 얼굴로 쳐다보는 향이에게 차련이 미소를 지었다.

"가끔은 변화도 필요하다면서?"

*　　*　　*

"우아아아! 죽인다!"

뺨에 벌건 손자국을 남긴 채 적이건이 소리 내어 감탄했다.

제발 그 얼굴 좀 가라앉을 때까진 이목을 집중시키지 말아줘. 옆에 있는 내가 다 부끄럽다.

적이건이 감탄하는 대상은 한옆 무대에서 펼쳐진 여인들의 춤사위를 보고서다. 악사들의 음악에 맞춰 여인들이 아름다운 춤사위를 펼치고 있었다.

적이건이 워낙 요란스럽게 감탄을 하니 주위에 있던 사람들이 킥킥거리며 쳐다보았다.

적이건과 다니려면 복면이라도 쓰고 다녀야 할까 보다.

아침밥도 안 먹고 두 사람이 도착한 곳은 북천패가 무한 지부였다. 물론 갈 데가 있다며 적이건이 차련을 잡아끈 것이다.

이곳에서 내일 열릴 용봉연을 축하하는 축제가 벌어지고 있었던 것이다. 무한 지부에서는 모든 연무장을 개방함은 물론이고 지부 외곽의 공터까지 행사장으로 만들었다.

"와아아아아!"

한옆에서 함성이 울려 퍼졌다.

북천패가 무인들이 군무(群舞)를 추고 있었다. 절도있는 동작으로 창을 휘두르는 그들의 모습에 구경하던 이들이 함성을 질렀다.

"드디어 내일이네."

분위기 탓이었을까? 차련의 마음도 두근거렸다.

그녀로서는 처음 출전하는 용봉연이었다. 어떤 일들이 기다리고 있을지 절로 마음이 두근거렸다.

또 다른 한옆에서는 천하사패 고수들의 시범이 이어졌다. 칼에 바위가 잘려 나가는 신묘한 실력에 구경하던 이들이 환호성을 질렀다.

갖가지 물건을 파는 행상들이 단속 무인들의 눈을 피해 장사를 하고 있었다. 젊은 청년들이 여협들에게 수작을 걸기도 했고, 한옆에서는 노강호들이 볕에 모여 앉아 한담을 나누고 있었다.

아침임에도 천여 명이 넘는 강호인이 모여들어 있었다. 그야말로 흥겹고 즐거운 축제였다.

그 와중에도 적이건은 무엇인가를 부지런히 찾아 헤매고 있었다.

"앗! 저기 있다."

적이건이 쪼르르 달려갔다.

그곳은 바로 음식을 차려놓은 곳이었다. 수십 개의 자리가 마련되어 있었는데, 배가 고픈 사람은 누구든 자리를 잡고 음식을 먹도록 해놓았다.

탁자 위에는 술은 물론이고, 푸짐한 안주가 가득 놓여 있었다. 그 뒤쪽에서는 초청되어 온 숙수들과 아낙들이 요리를 하느라 분주했다.

적이건이 자리를 잡고 앉았다.

"어휴, 여기까지 와서 또 먹을 타령이야?"

차련의 타박에도 적이건은 꿋꿋했다.

"원래 잔치 음식이 맛있잖아."

고기를 쭉 찢는 것을 차련이 낚아챘다.

"고기만 먹으면 큰일 난다. 저거 먹어."

차련이 나물로 된 산채 요리를 내밀었다.

적이건이 입을 삐죽 내밀었다.

입을 내민 모습이 너무 귀여워 풋, 하고 웃음이 터지려는 것을 억지로 참았다.

"그래도 고긴 안 돼!"

"너무해."

그러면서도 적이건이 나물을 오물거렸다.

적이건을 차련이 빤히 쳐다보았다.

"너 말야."

"왜?"

"네 진짜 정체가 뭐지?"

"생뚱맞게 무슨 소리야?"

"제대로 알려줘."

적이건은 평범하지 않다. 그건 바보가 아니면 알 수 있다. 어제 권혁기와의 일전에서도 적이건이 알려준 것은 고수가 아니면 할 수 없는 조언이었다.

적이건의 표정이 조금 진지해졌다.

"대답할 게 없어."

"왜?"

"너를 만난 이후 난 한 번도 나에 대해 숨긴 적이 없으니까. 아마도 나에 대해 믿지 못하는 것이겠지."

차련은 잠시 말을 잇지 못했다. 만약 그 말이 사실이라면?

정말 적이건은 천하 제패를 꿈꾸고 있는 것이고, 용봉연은 물론 천룡대전까지 우승을 할 것이다.

하지만 그건 말이 안 되잖아?

적이건이 저 멀리 인파 속에서 누군가를 발견했다.

"가자."

적이건이 다시 차련을 이끌었다. 영문도 모른 채 이끌려 가는 데 이제 이골이 나기 시작한 차련이었다.

원래 나 이렇게 쉬운 여자 아니라고!

"어디 가는 거야?"

"소개할 사람이 있어."

"누군데?"

"가보면 알아."

적이건이 그녀를 데려간 곳은 그들이 음식이 차려진 반대쪽이었다. 그곳에는 천막으로 만들어진 임시 다루가 있었다.

다루 구석 자리에는 세 사람이 앉아 있었다.

"앗!"

그들을 확인한 차련이 깜짝 놀랐다.

전에 길에서 만났던 세 노인이었다.

지존마후 양화영을 비롯해 벽력검 냉이상과 마검 천무악이

촌부 차림으로 나란히 앉아 있었던 것이다.

그들 역시 적이건이 데려온 차련을 알아보고 놀란 눈치였다.

"오호, 친구가 생겼다더니, 이 아이냐?"

"어? 알아요?"

"허허, 인연이로다."

양화영이 허허웃음을 지었다. 하지만 그 작은 눈 속에는 놀라움보다는 필연이 주는 운명의 흥미로움이 가득 담겨 있었다.

양화영을 보자마자 차련이 정중히 절을 했다.

세 노인이 그 모습을 말없이 지켜보았다.

절을 마치자 양화영이 물었다.

"왜 절을 하느냐?"

"어르신의 가르침으로 큰 깨달음을 얻었습니다."

"오호!"

양화영이 기특하다는 표정을 지었다.

옆에 있던 냉이상이 궁금한 얼굴로 물었다.

"이건이와의 관계를 알고 계셨습니까?"

"아니네. 그냥 우연이었어."

냉이상이 고개를 내저었다.

"설마 천기라도 읽는 것 아니시오?"

농담처럼 말했지만 농담처럼 들리지 않는 말이었다. 냉이상과 천무악은 내심 짐작했다. 분명 양화영은 차련을 보며 어떤 운명을 읽어낸 것이 틀림없었다.

양화영의 자글자글한 주름이 인자한 웃음을 만들어냈다.
"아이야, 이렇게 만난 것도 인연이니 우리 합석해서 놀자꾸나."
"영광이옵니다."
"볼수록 참 예쁜 아이구나."
양화영의 칭찬에 차련이 얼굴을 붉혔다. 사람의 마음이란 친근히 대해주는 사람에게 호감이 가기 마련인 법이다. 차련도 그런 양화영이 싫지 않았다. 할머니가 살아 계셨다면 이런 느낌이 아니었을까?
지켜보던 적이건이 입을 삐죽 내밀었다.
"저보다 더 좋아하실 기세네요."
"이놈아, 네놈이 뭐가 예뻐 이 어여쁜 아이와 비교를 하느냐?"
적이건이 입을 내밀며 차련 옆에 나란히 앉았다.
세 노인이 두 사람을 응시했다. 뭐랄까? 둘이 잘 어울리는지 살펴보는, 그런 시선이어서 차련은 부끄러운 마음이 들었다.
그때 적이건이 넌지시 말했다.
"궁금한 것 있으면 물어봐."
양화영이 적이건을 쳐다보며 싱긋 웃었다.
"벌써부터 제 여자 챙기기냐?"
"그럴 리가요."
그러면서 적이건이 딴청을 피웠다.
순간 차련이 깨달았다. 자신에게 또다시 기회가 왔다는 것을.

적이건이 물어보라고 한 것이 양화영의 나이나 취미 따위는 아닐 것이다.

"염치없지만 어르신께 몇 가지 여쭤봐도 되겠습니까?"

"얼마든지."

차련이 적사검법의 심법과 초식 운용에 대해 중요한 부분만 간략히 설명했다. 본래 가전 비법이라 절대 유출되면 안 되는 내용이었지만 차련은 느꼈다, 양화영은 자신의 적사검법 따윈 안중에도 없는 고수란 것을. 과연 양화영은 간략한 설명만으로도 적사검법의 정수를 한 번에 이해했다.

'아버지, 죄송해요.'

하지만 아버지도 이런 경우라면 틀림없이 이해해 주실 것이다.

"초식과 초식 사이에 맥이 끊어지는 느낌을 받는 것은 무엇 때문입니까?"

적사검법이 칠성에 접어들고서 생긴 문제점이었다. 차련은 그 이유가 칠성을 벗어나지 못하는 중요한 이유일지도 모른다고 추측하고 있었다.

양화영이 곧바로 대답했다.

"초식에 대한 이해가 부족하기 때문이다."

차련이 고개를 갸웃했다. 스스로 생각하기에 적사검법에 대한 이해는 충분했다. 뭔가 다른 문제가 있었다.

"초식을 제대로 이해한다는 것은 어떤 의미입니까?"

"조각을 짜 맞추듯 초식을 짜 맞춰 하나의 무공이 완성된다는 생각을 버려라. 초식을 겹쳐서 무공을 완성시킨다고 이해해라."

"초식을… 겹친다고요?"

양화영이 손을 스윽 내저었다.

휘잉.

바람소리와 함께 탁자에 네모난 선이 그려졌다.

"예를 들어 이런 초식이 있고……"

다시 그 네모난 선 위로 몇 가지 각기 다른 선을 그렸다. 세모난 선도, 동그란 선도, 기다란 선도 있었다.

"이렇게 여러 초식들을 겹치는 것이다."

수많은 선들이 처음의 네모난 그림 위에 겹쳐졌다.

"계속 겹치다보면 초식은 점점 줄어들게 되지."

과연 탁자 위의 그림은 대충 둥그스름한 하나의 원형이 되어 있었다.

차련의 얼굴이 상기되었다. 알 듯 말 듯 가슴이 울렁댔다. 진정한 고수가 되면 초식조차 잊는다고 했다.

그 시작은 바로 이런 깨달음이지 않을까?

양화영이 차분히 말했다.

"네가 적사검법을 대성하면 칠십칠로의 적사검법은 단 아홉 개의 검로만이 남게 될 것이다."

"아!"

차련이 감탄하며 눈빛이 반짝였다.

그 한마디 한마디에는 최절정에 이른 무인의 깊은 심득이 담겨 있었다. 더구나 양화영은 그것을 최대한 쉽게 설명했다.

옆에 듣고 있던 냉이상과 천무악까지 고개를 끄덕이며 그 가르침에 대해 감탄했다.

골똘히 생각에 잠기더니 다시 차련이 질문했다.

양화영은 조금도 싫은 내색 없이 차련의 질문에 답해주었다.

"아!"

차련의 감탄이 연이어지고 있었다. 아무리 생각하고 무공서를 읽어도 이해할 수 없었던 것들이 한순간에 풀리고 있었다. 비단 적사검법에 대한 것만이 아니었다. 그것은 앞으로 차련이 무공을 익히며 살아가는 가장 큰 힘이 될 무학 전반에 대한 깨달음이었다.

차련에게 있어서 다시없는 기연이었다.

양화영은 물론이고, 냉이상과 천무악까지 끼어들어 무공에 대해 이야기를 나눴다.

그들의 대화를 들으며 중간 중간 차련이 질문했다.

노인들 역시 차련의 총명함에 만족했다. 어린 나이에 적사검법이 칠성에 이른 차련이었다. 그녀는 타고난 천재까지는 아니라 하더라도 무공에 대한 자질이 매우 뛰어났다.

토론을 지켜보던 적이건이 조용히 자리에서 일어났다. 차련은 그가 자리를 비우는 것을 알지 못할 정도로 세 노인과의 대화에 푹 빠져 있었다.

양화영이 적이건을 보며 의미심장한 미소를 짓자 적이건이 피식 웃었다.

저 멀리서 무영이 걸어왔다.

"여긴 웬일이야?"

"어르신들 뵈러 왔습니다."

"좀 있다 가."

무영이 힐끔 천막 쪽을 바라보았다.

"무슨 일입니까?"

그리고는 곧 어떤 상황인지를 이해했다.

"하하하, 자고로 가화만사성(家和萬事成)인 법이지요."

적이건이 짐짓 인상을 썼다.

"아직은 몰라. 모르는 일이라고."

"그러시겠죠."

"바람둥이 아니라니까."

"네, 네."

결국 둘이 마주 보며 껄껄 웃었다.

시원하게 웃고 난 무영이 말했다.

"아, 고옹이 본격적으로 일을 시작했습니다."

"이제 슬슬 하나둘씩 시작되는군."

* * *

그 시각.

인파로 가득한 연무장을 내려다보는 이가 있었다.

용봉연의 총책임자인 봉수찬(奉壽讚)이었다. 그는 북천패가 사대장로의 한 사람으로, 오십대의 젊은 나이에 확실한 자리를 잡은 사내였다.

그 뒤에 실무자 윤(尹)이 서류를 읽으며 보고를 하고 있었다.

"이번 용봉연에 참가할 최종 인원은 모두 이백스물네 명입니다."

윤의 보고에 총책임자인 봉수찬이 싸늘히 말했다.

"떨거지들이 많이도 신청했군."

물론 신청자들은 떨거지들이 아니었다. 나름 각 지역 소방파의 제자들이고 후계자들이었다.

천하사패의 후계자들은 물론이고, 이번 대회에는 사대세가까지 참여한다는 소문이 난 상황이었다. 그래서 지난 대회에 비해 응모자들이 더욱 늘어났다.

봉수찬은 이래저래 못마땅한 모양이었다.

"흥! 요즘 녀석들은 나약해 빠졌어. 정신 상태가 썩어빠진 놈들 천지지."

윤은 안다. 봉수찬이야말로 닳고 닳은 기성세대였다. 젊은 이들에게 훈계할 그 어떤 자격도 없었다.

"그렇습니다. 당주님 시절과 비교할 수 없지요."

아부를 하고 말았다. 원래 봉수찬은 지극히 권위적인 사람이었다. 충언을 불벼락으로 보상하는 그런 유형. 그냥 맞춰주는 게 최고인 상관이었다.

"시험 준비는 어떻게 되어가고 있나?"

"일, 이관문은 모든 준비가 다 끝났습니다. 삼관문은 마무리 점검 중입니다."

"실수가 있어선 안 되네."

"걱정 마십시오. 만반의 준비를 하고 있습니다."

봉수찬이 목소리를 낮췄다.

"그것은 준비가 되었나?"

"여기 있습니다."

윤이 들고 있던 서류들 중 몇 장을 건넸다.

서류를 확인하던 봉수찬이 목소리를 깔았다.

"은밀히 작업했겠지?"

"물론입니다."

"비밀 유지에 각별히 신경 쓰게. 공연이 대회 전에 말 나가면 좋지 않아."

"걱정 마십시오. 실무자들 중 이번 일은 오직 저만 알고 있습니다."

윤이 최대한 충성스런 눈빛과 단호한 표정을 지어 보였다.

봉수찬이 고개를 끄덕였다.

"믿지. 그만 나가보게."

인사를 하고 윤이 밖으로 나갔다.

윤이 놓고 간 서류를 들고 봉수찬이 방을 나섰다.

그가 찾은 곳은 지하에 위치한 비밀 회의실이었다. 중요한 회의가 있을 때 이용하는 곳이었다.

방 안에는 이미 여섯 명의 노고수가 둘러앉아 차를 마시고 있었다.

봉수찬이 들어서자 그들은 포권을 하며 일어섰다. 봉수찬 역시 그들을 정중히 대했다.

봉수찬이 그들에게 앞서 윤에게 받은 서류를 내밀었다.

"최종 명단이 나왔습니다."

"오, 수고하셨소."

모두의 시선이 서류로 향했다.

그들은 바로 이번 용봉연의 심사를 맞은 심사관들이었다.

대표되는 한둘을 소개하자면, 가장 중앙에 앉은 노인이 심사위원장을 맡은 철판선생(鐵板先生) 염충(閻忠)이었다. 그는 이름난 강호 명숙이었다. 그는 한 쌍의 쇠 주판을 무기로 사용했는데, 의협심이 강하고 공명정대한 성격으로 널리 알려져 있었다.

염충의 정면에 마주 앉은 노인은 이십 년 전 정마대전 때 뛰어난 활약을 했던 각법의 고수인 폭풍각(暴風脚) 백상기(白尙技)였다.

두 사람보다 확실히 젊어 보이는 중년인은 하남의 이름난 고수 백봉파(白鳳芭)였다. 그는 팔 년 전, 천룡대전에서 사강까지 올라가는 기염을 토해낸 고수였다.

나머지 두 고수 역시 그들과 비슷한 배분의 명숙들이었다.

용봉연과 천룡대전의 심사관을 맡은 이들 중에는 이번 대회의 주최자인 북천패가는 물론 천하사패의 고수들이 끼어 있지 않았다. 혹여 생길지 모를 잡음을 막고자 하는 의도였다.

원래 심사관의 숫자는 모두 일곱이었는데 한 명이 아직 합류하지 못한 상태였다.

"원 대협은 아직이시오?"

염충이 묻는 사람은 바로 낙일도(落日刀) 원용배(元勇培)였다.

"곧 합류하시리라 생각됩니다."

봉수찬의 대답에 염충이 고개를 끄덕였다. 낙일도는 워낙 자유분방함을 좋아하는 사람이었다. 이곳에 모인 심사관 중 평소 친분이 있는 이는 낙일도뿐이었다. 평소 자신을 잘 따르는 그가 있으면 좋을 텐데 하는 생각을 하고 있었다.

더욱이 그가 필요한 이유가 하나 있었다.

염충이 서류를 내려놓으며 조금 못마땅한 표정으로 자신의 내심을 밝혔다.

"다시 한 번 말씀드리지만, 나는 이런 일이 필요없다고 생각하오."

봉수찬이 내심 그를 욕했다.

'망할 늙은이 같으니라고.'

봉수찬이 좋은 낯빛으로 그를 달랬다.

"하지만 강호의 명문에 기본적인 예우는 필요하지 않겠습니까?"

그들이 보고 있는 것은 육십 명의 이름이 쓰인 명단이었다.

바로 이번 용봉연에 참석한 이들 중 북천패가에서 선별한 이들이었다. 그들은 사대세가를 비롯한 명문정파와 근래 이름을 떨치는 신흥 방파의 후계자들의 이름이 적혀 있었다. 물론 북천패가와의 관계를 고려한 부분이 없잖아 있었다.

"공평하게 시험을 보게 해야지요."

꼬장꼬장한 염충의 성격을 모르는 바 아니었기에 이번에는 백상기가 나섰다.

"염 대협의 걱정을 모르는 바는 아니나, 가장 일차적인 예선 정도는 면해줘도 충분하다고 생각합니다."

명단에 적힌 사람에게 일차 예선 내용을 은밀히 알려줄 예정인 것이다.

원칙을 중요시하는 염충이었기에 그조차도 마음에 들지 않은 것이다.

"이 일을 알게 된다면 강호의 동도들은 정도맹은 물론이고, 심사를 맡은 우리에게 크게 실망할 것이오."

봉수찬이 고개를 내저었다.

"하지만 일차 예선에서 명문의 자제들이 대거 떨어진다면 이번 대회의 흥미도가 반으로 뚝 떨어져 버릴 것입니다. 생각을 해 보십시오. 패가의 임 소협이 일차 예선에서 탈락했다? 이거, 생각만 해도 김빠지는 일 아닙니까?"

"당연히 떨어지지 않겠지요. 그래야 명문의 자제라 할 수 있지 않겠소?"

"하나 운이란 것도 있지 않겠소. 변수가 생길 수도 있고."

듣고 있던 백상기가 봉수찬을 거들었다.

"자고로 용봉연이야 어린애들 어깨 한 번 두드려 주는 일 아닙니까? 너무 심각하게 생각하지 마시지요. 선배께서 자꾸 그러시면 봉 단주도 난처한 일이니……. 이제 저 사람 일을 도와줍시다. 대회가 내일로 다가오지 않았습니까?"

백상기가 그렇게 나서자 염충은 더 이상 불만을 표하지 못했다.

아마도 관행처럼 내려온 일인 것 같았다. 이럴 때 낙일도가 있었으면 자신에게 큰 힘이 될 텐데. 아쉬운 일이었다. 나머지 다섯 명은 모두 북천패가의 눈치를 보고 있었다.

잠자코 있던 백봉파가 넌지시 나섰다.

"한데 혈왕문(血王門)은 누락된 것이오?"

"그렇게 되었습니다만."

봉수찬이 그의 눈치를 살폈다.

"일전에 내 그쪽 자제를 만나본 적이 있소. 앞으로 강호를 지켜 나갈 반석이 되리란 생각이 들었소."

백봉파가 혈왕문주의 아내와 바람이 났다는 은밀한 소문을 들은 적이 있었다.

'그게 소문이 아니었구나.'

봉수찬이 껄껄 웃으며 말했다.

"아, 저 역시 들었습니다. 바쁘게 일을 처리하다 보니 이런 실수가 있었구려. 곧 시정 조치하겠습니다."

그러자 다른 심사관들도 새로운 이름을 거론하며 끼어들었다.

심사관에 대한 예우 차원에서 한 명 정도는 영향력을 발휘

해 주는 것이었다.

묵묵히 듣고 있는 염충은 답답하고 찝찝한 마음이었다.

명단에서 누락된 이들을 모아놓고 '이 멍청이들아, 왜들 이렇게 살아왔느냐? 이 세상은 이렇게 공평하지 않은데' 라고 고함을 내지르고 싶은 심정이었다. 하지만 그런 일은 없을 것이다. 결국 자신 역시 그 불공평한 세상의 한 부분이었으니까. 강호에 널리고 널린 무기력한 어른들 중 하나였으니까.

지하 밀실에서의 회의는 한참이나 계속되었다.

* * *

적이건이 다시 그 자리로 돌아왔을 때 차련 혼자 있었다.

세 노인은 어딘가 떠나고 없었다.

홀로 생각에 잠긴 차련의 얼굴은 붉게 상기되어 있었다.

눈을 감았다가 다시 떴고 다시 감았다가 미소를 짓기도 했다. 주위의 소리는 들리지 않는 모양이었다.

완전히 깊은 사색에 잠겨 있었다. 그녀의 머릿속에 앞서 노인들의 가르침이 하나둘씩 정리되고 있는 중이었다. 그것은 그녀를 진정한 고수로 이끌어줄 밑거름이 될 것이다.

적이건은 묵묵히 그녀가 정신을 차리기를 기다렸다.

얼마나 시간이 흘렀을까?

"어? 언제 왔어?"

꾸벅거리며 졸고 있던 적이건이 인상부터 썼다.

"가자. 배고파 죽겠다."

차련이 주위를 돌아보았다. 해가 중천에 떠올라 있었다.

"벌써 이렇게 시간이 흘렀나? 아! 어르신들께서는?"

"내가 어떻게 알아, 함께 있던 네가 알지."

"아, 실수를 했네. 인사도 못 드렸어."

차련이 벌떡 일어나 안절부절못하며 노인들을 찾았다.

"걱정 마. 다음에 또 만나게 될 거야."

"꼭, 꼭 그렇게 해줘야 해?"

"약속하지. 근데 뭐 좀 배웠어?"

그 정도가 아니었다. 지존마후의 가르침이었다.

느낌으로는 벌써 적사검법의 대성에 이른 기분이었다. 물론 기분만 그러했다.

"고마워."

"그럼 한턱내."

한턱이 아니라 가진 턱을 다 낼 수도 있어.

문제는 가진 돈이 두 냥뿐이란 점이지만.

둘이 만난 이래 처음으로 차련이 앞장서 걸었다.

"가. 내가 쏜다."

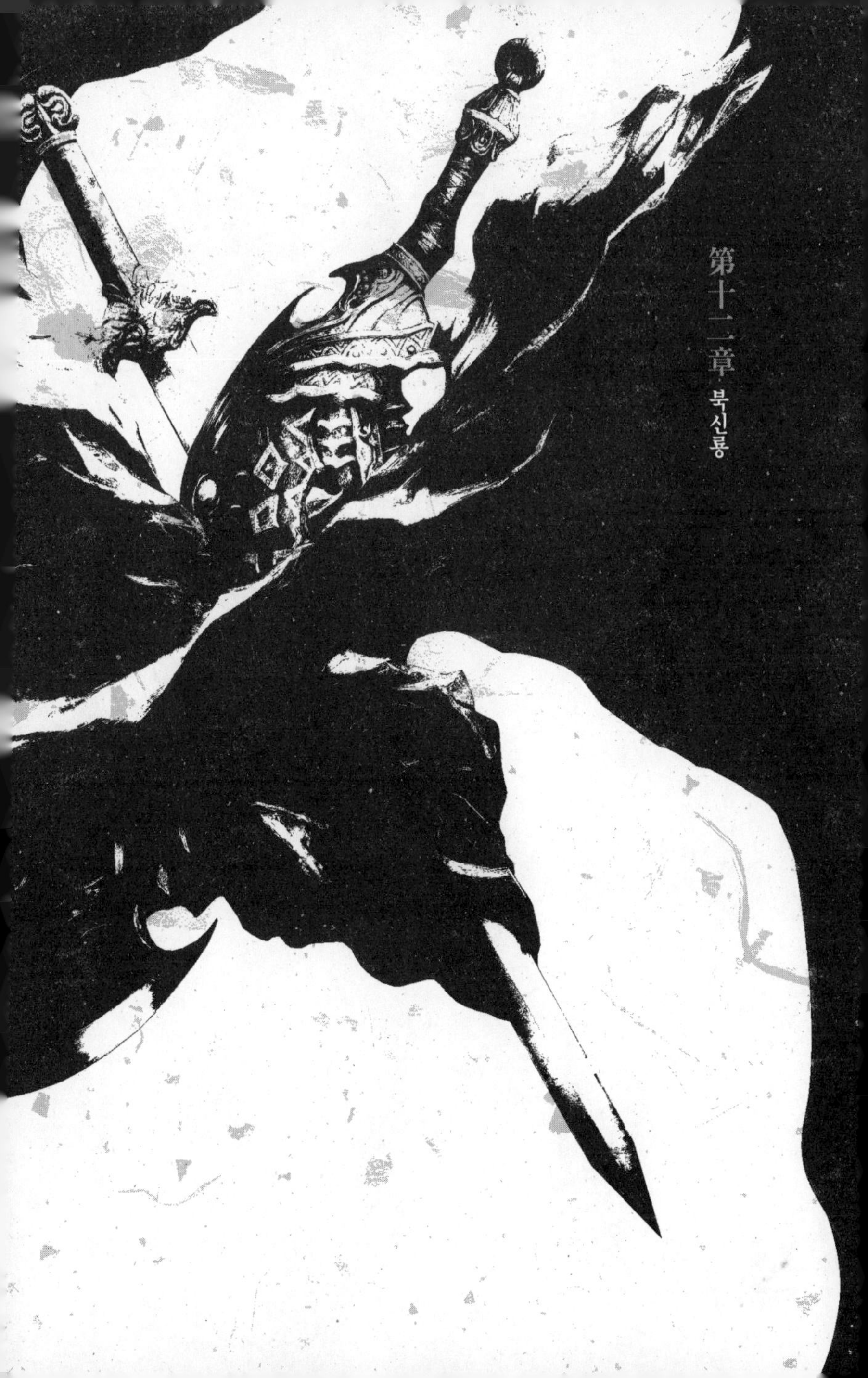

第十二章 · 북신룡

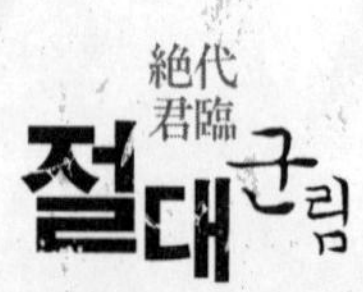
絶代
君臨
절대군림

같은 시각.

한 사내가 필사적으로 달리고 있었다.

사내의 이름은 명(明)이었다. 부상으로 피투성이가 된 명은 금방이라도 쓰러질 것 같이 위태로웠다.

명은 너무나 힘들었다. 눈꺼풀이 천 근처럼 무거웠고 허리와 발목은 끊어질 듯 아팠다.

모든 것을 포기하고 자리에 눕고 싶었다. 그래서 저 지칠 줄도 모르고 추격해 오는 것들에게 두 팔을 활짝 벌리며 '그렇게 내 배를 째고 싶냐? 와서 째라!' 며 버럭버럭 고함을 지르고 싶었다.

하지만 그는 그럴 수 없었다.

"반드시 알려야 해."

강호의 운명이 걸린 일이었다.

다리에 힘이 빠져 넘어지기를 몇 번이나 거듭했지만, 그때마다 명은 벌떡 일어났다.

그렇게 달린 그가 천신만고 끝에 접선 장소인 대나무 숲에 도착했다.

삐익—

그가 나직이 휘파람을 불었다.

대나무 숲에서 누군가 모습을 드러냈다.

마중을 나온 이는 여인이었다. 여인이 먼저 자신의 명패를 내보였다.

정도맹 현무단(玄武團)의 명패였다. 정도맹 내에서 정보를 담당하는 조직이 바로 현무단이었다.

명의 얼굴이 환하게 밝아졌다. 원했던 곳에서 마중을 나와 준 것이다.

"북천패가의 명이오."

길게 인사를 나누고 있을 시간이 아니었다.

"일단 여기를 빠져나갑시다. 추격자들이 바짝 따라붙은 상태요."

"근처에 저희 비밀 안가가 있어요. 거기까지만 가면 안전할 거예요."

현무단의 비밀 안가는 대부분 진법으로 보호되어 안전했다.

여인이 앞장서 달리기 시작했다.

달리면서 여인이 물었다.

"왜 그대의 상부에 보고하지 않고 우리에게 직접 연락을 하셨죠?"

"그것은……."

망설이던 명은 그녀에게 모든 것을 밝히리라 마음먹었다. 여전히 추격을 당하는 입장이었다. 언제 둘이 헤어져야 할 상황이 올지 몰랐다. 두 사람 모두 비밀을 알고 있어야 했다.

"내 직속상관인 봉수찬이 배신을 했소."

봉수찬은 앞서 북천패가의 사대장로 중 한 명이자, 이번 용봉연의 총책임자인 바로 그였다.

여인이 깜짝 놀랐다.

"배신이라뇨? 누구에게 말입니까?"

"그가 배신자라면 누구도 믿을 수가 없었소. 그래서 정도맹의 도움을 요청한 것이오."

"혹시 마교가 다시 준동한 것입니까?"

"아니오. 그들은 새로운 단체요."

"새로운 단체라면?"

"그들은 비현회란 단체요."

"비현회?"

"그들이 이번 무림대회를 두고 큰 음모를 꾸미고 있소. 어서 정도맹주에게 이 사실을 알려야 하오. 본가에 얼마나 많은 첩자들이 있을지 알 수 없는 일이오."

"실로 믿기 어려운 일이군요."

여인은 충격을 받은 듯 발걸음이 느려졌다. 일개 무인도 아니고 북천패가의 사대원로인 봉수찬이 어딘가의 조직에 포섭당했다면 그 여파가 엄청날 것이다.

그때 여인이 뒤를 돌아보며 소리쳤다.

"추격이 따라붙었어요!"

길 끝에서 추적자들이 모습을 보이기 시작했다.

명이 황급히 말했다.

"무한대회를 취소시켜야 하오. 반드시 용봉연을 취소시켜야 하오."

여인이 다급히 물었다.

"이 정보가 아직 다른 곳에 누설되진 않았나요?"

"그대가 처음이오."

"다행이군요."

"그렇… 뭐? 방금 뭐라고……?"

푸욱!

명의 가슴에 비수가 박혔다. 죽음의 비극보다 앞서는 궁금증.

"…왜?"

여인이 환하게 웃었다.

"비현회가 아니라… 비연회(飛燕會)랍니다."

명의 무릎이 접혔다.

'아! 이 여인도 그 조직에 포섭되었구나.'

동시에 명은 생각했다, 비연회란 조직은 자신이 생각한 그

이상으로 방대하고 무서운 조직이란 것을. 위험을 무릅쓰고라도 북천패가의 가주를 찾아갔어야 했다는 후회가 들었다. 하지만 어차피 모두 끝난 일이다.

탄식과도 같은 긴 숨을 내쉬며 명이 절명했다.

멀리서 추격자들이 다가오고 있었다.

명을 죽인 여인이 복면을 착용했다. 흰 복면 가장자리에 그려진 것은 하늘을 나는 제비였다.

여인이 복면인 중 수장으로 보이는 중년 사내 앞에 부복해 엎드렸다.

"연십육(燕十六)이 부회주님을 뵙습니다."

부회주라 불린 사내의 눈빛은 더없이 매섭고 날카로웠다. 눈빛만으로도 사람을 벨 수 있을 것 같은 그런 인물이었다.

"일어서라."

연십육이 얌전히 자리에서 일어났다.

"또 다른 자는 어떻게 되었느냐?"

"연십사(燕十四)가 뒤쫓고 있으니 곧 결과를 알려올 것입니다."

"그 아이라면 믿을 수 있지."

사내가 만족스런 미소를 지었다.

"일은 어떻게 되어가고 있느냐?"

"계획대로 잘 진행되고 있습니다."

"한 치의 실수도 있어선 안 된다."

여인이 환하게 웃으며 대답했다.

"이번 용봉연은 악몽이 될 겁니다, 영원히 잊을 수 없는."

*　　*　　*

태평루 점소이들은 오늘 하루 전쟁을 치르고 있었다.

"자자, 자리가 다 찼습니다! 이만 돌아들 가세요!"

원래도 손님이 많은 곳이었는데, 오늘은 특별한 손님이 왔다.

그들이 왔다는 소문에 인파가 더욱 몰렸다. 입구는 완전 아수라장이었다.

아우성치는 사람들 사이에 적이건과 차련도 있었다.

"전의 그 객점보다 확실히 이 집 고기가 맛있다고 했지?"

"그렇긴 한데, 꼭 고기 먹어야 해? 엊그제도 고기 먹었잖아. 그냥 간단히 국수나 한 그릇 사 먹자."

"고기를 국수 따위와 비교하다니!"

"난 고기 싫어해."

"그러니까 성격이 흐물흐물하지. 고기를 먹어야 사람이 전투적이 되지."

아. 이제는 별소릴 다 듣는구나. 흐물흐물한 성격이라니.

차련이 고개를 내저었다.

"어쨌든 두 냥밖에 없어. 알고 먹어."

전에 적이건이 주문하던 모습이 떠올라 걱정이 된 것이다.

아니나 다를까.

"겨우 두 냥?"

적이건은 실망한 기색이 역력했다.

"그것도 몇 달 용돈을 모은 거야."

"흠, 아버님이 보기보다 짜시군."

"검소한 가풍이라고 해주시지. 먹기 싫음 말고."

"그럴 리가. 공짜 싫어하면 벌 받아."

"그런 말은 없는 줄로 아뢰오."

"그럼 너는 조금만 먹어라."

적이건과 함께 있으면 정말 평범한 여인이 된다. 물론 절대 그건 아니다. 지금 이 순간에, 이 복잡한 인파 속에도 자신을 향한 시선이 한둘이 아니었으니까. 옆에서 거칠게 숨을 내쉬는 녀석은 금방이라도 자신의 엉덩이로 손을 내밀 것만 같았다.

"그냥 가자."

"따라와 봐."

"어딜 가는데?"

"가보면 알아."

적이건이 인파를 빠져나와 태평루 건물 뒤로 돌아갔다. 그곳에는 주방으로 이어진 문이 있었다.

"객점의 주방은 항상 뒷문이 있지. 왜 그런지 알아?"

한 번도 생각해 본 적 없으니 알 리 없다.

"큰 객잔일수록 하루에도 몇 번씩 식재료를 주문해. 그런데 그것을 손님이 식사하는 곳을 거쳐서 가져오진 않거든."

그러면서 대뜸 문을 열고 안으로 들어갔다. 과연 그곳은 주방으로 이어진 뒷문이었다.

지나가던 젊은 숙수 하나가 그들을 막아섰다.

"이쪽으로 들어오시면 안 되오."

두말없이 적이건이 손가락만 한 금덩어리 하나를 들어 보였다.

"자리 하나 만들어주지?"

열 냥은 될 듯한 크기였다.

그것을 숙수에게 던졌다. 숙수의 태도가 곧바로 공손해졌다.

잠시 기다리란 눈짓을 하고는 그가 어디론가 뛰어갔다.

차련이 입을 삐죽 내밀었다.

"안 좋은 버릇인데. 뭐든지 돈으로 해결하려는 거."

"반만 인정."

"나머지 반은?"

"이것저것 따지지 말고 일을 처리하자는 거지. 고민할 시간에 한 걸음 더 나아간다. 열 냥 잘 쓰고, 잘 먹고, 그 힘으로 백 냥 벌자, 이런 거."

"음, 대충 알 것 같긴 하지만."

"지금 우린 여기서 음식을 먹고 싶지? 맞지? 만약 다른 객점을 가서 먹으면 거기 음식이 아무리 맛있어도 이곳 음식에 대한 미련이 남을 거야. 그런 부정적인 기분을 열 냥과 바꾸는 거야. 그래서 그 좋은 기분으로 백 냥 더 버는 거지. 게다가 저 녀석은 열 냥 벌어서 좋고."

"흐음……."

"돈을 한 달에 열 냥 번다 치자. 그런데 반 냥짜리 세를 살아. 여름 되면 습기도 차고 겨울 되면 춥고. 그런 곳에 살면서 돈을 아끼는 것보다 그냥 두 냥짜리 집에서 사는 거지. 편하게 먹고 잔다. 대신 더 열심히 일해서 더 많이 버는 거지."

"나도 반만 인정."

"인정 못하는 반은?"

"너무 이상적이야. 아껴가며 열심히 사는 사람 비하하는 느낌도 있고. 살다 보면 뜻대로 안 될 때도 있잖아? 일이 풀리지 않으면 한 냥 반 빚을 질 수도 있잖아. 그냥 반 냥짜리 집에서 살면 지지 않아도 될 빚을."

"그럼 인정하는 반은?"

"한편으론… 수긍도 되니까."

"그래서 네가 좋아."

"뭐?"

"적당히 착하거든. 너무 착하면 피곤해."

적이건이 성큼성큼 걸어갔다. 저 앞에서 숙수가 손짓해 부른 것이다.

잠시 차련은 제자리에 멈춰 서 있었다.

적당히 착해서 좋다고? 이거 욕이지?

"뭐 해, 빨리 안 오고?"

"가. 간다고."

두 사람이 자리를 잡은 곳은 태평루 이층 창가 자리였다.

적이건 창밖을 보며 고개를 갸웃했다.

"그런데 누가 왔기에 저 난리야?"

때마침 주문을 받으러 온 어린 점소이가 신이 나 대답했다.

"소신룡(少神龍) 임 소협께서 오셨습니다. 더구나 이번에 임 소협과 함께 용봉연에 출전하기로 한 사마 소저까지 함께 말입니다."

적이건이 눈을 동그랗게 뜨며 물었다.

"사마 소저? 예뻐?"

차련이 고개를 내저었다. 그럼 그렇지.

"그야 물론 아름다우시죠. 그러니까 소신룡과 함께 용봉연에 참석하시는 거구요."

"소신룡이 누군데?"

점소이가 어이없다는 표정이 되었다.

"정말 북천패가의 임 소협을 모르십니까?"

도대체 어떻게 그걸 모를 수 있냐며 점소이가 한심하다는 눈빛을 보냈다.

"이놈아, 모를 수도 있지."

"말이 안 되죠. 어떻게 소신룡을 모를 수가 있어요?"

"너는 옥문관에서 가장 맛있는 과일을 파는 사람 이름을 알아?"

"몰라요."

"거 봐, 인마. 그럼 나도 모를 수 있지."

"임 소협은 북천패가를 이어받으실 분이라고요!"

점소이는 임하기를 우상으로 여기고 있는 모양이었다. 얼굴까지 붉히며 목청을 높였다. 물론 착하게 생긴 적이건이 만만했기 때문이기도 했다.

"물려받아 봐야 알지. 보통은 형제끼리 싸우다 다 그전에 죽어."

"임 소협은 이번 용봉연의 우승 후보 중 한 분이라고요!"

"원래 후보란 말은 떨어질 애들 위로 차원에서 만든 말이야!"

"음식 안 팔아요! 나가요!"

"그런 대사는 네가 주인으로 진급하면 하시고."

어린 점소이가 기어코 눈물을 글썽였다.

차련이 고개를 가로저었다.

"뭐 하는 짓이야, 애한테?"

"애? 너보다 백배는 더 닳아빠진 놈이야. 야, 너! 예전에 그 소신룡인가 하는 놈에게 돈 받은 적 있지?"

순간 점소이가 당황했다. 그런 적이 있었나 보다.

점소이가 항변하듯 소리쳤다.

"그것 때문이 아니라고요!"

"거 봐. 맞잖아. 너, 그놈이 어떤 놈인지 어떻게 알아? 뒤에서 온갖 더러운 짓을 하는 놈일 수도 있지. 내일쯤 네 누나를 겁탈할 지도 몰라."

"전 누나 없어요!"

"형이면 더 비참… 컥!"

차련이 적이건의 입술을 손가락으로 꽉 집었다.

"아아아! 아파!"

아, 속이 후련하다. 언젠가 꼭 해보고 싶었어.

적이건의 입술을 이리저리 흔들며 차련이 점소이를 보며 한 쪽 눈을 찡긋했다.

"이 누나를 봐서 한 번만 봐주면 안 되겠니? 우선 차부터 가져다주렴."

그제야 한풀 화가 누그러진 점소이가 고개를 끄덕였다.

적이건이 차련의 손을 뿌리치며 돌아가는 점소이에게 소리쳤다.

"소신룡인지 그놈에게 가서 전해. 이번 대회 우승자는 이미 정해졌다고!"

점소이가 혀를 쑥 내밀고 사라졌다.

그때였다. 적이건의 뒤쪽에서 누군가 말했다.

"그게 누군지 여쭤도 되겠소?"

뒤에서 다가온 사내는 매우 훤칠하고 건장한 체구를 지니고 있었다. 서글서글한 눈매 하며 사내다운 얼굴에 협객의 풍모가 깃든 눈빛까지.

"본인은 임하기요. 강호 동도들은 이 모자란 사람을 소신룡이란 과분한 이름으로 불러준다오."

차련이 깜짝 놀랐다. 반사적으로 차련이 일어나 포권하며 인사했다.

"정검문의 차련이에요."

천하사패 중 북천패가의 후계자였다. 누군가에게 잘 보이고자 하는 마음 따윈 없는 차련이었지만 절로 그 잘난 배경에 주눅이 드는 것은 어쩔 수 없는 일이었다.

"오, 역시 소문대로 아름다운 분이시군요. 만나 뵙게 되어 영광입니다."

그에 비해 적이건은 심드렁한 얼굴로 임하기를 올려다보았다.

차련이 옆구리를 쿡쿡 쑤시자 마지못한 얼굴로 인사했다.

"적이건이야."

그 태도에 임하기의 인상이 살짝 찌푸려졌다.

북천패가 임하기.

그 일곱 글자면 그 어떤 어려움도, 불가능도 없었다. 그렇게 자라온 그였다. 어지간한 가문의 문주들도 자신을 함부로 대하지 못했다.

차련이 재빨리 나섰다.

"강호의 법도를 잘 모르는 친구예요. 이해해 주세요."

임하기가 고개를 끄덕였다. 적이건이 메고 있는 무식하게 큰 검과 도가 오히려 적이건을 얕잡아보게 만들었다.

그때 뒤에서 또 다른 누군가 다가왔다.

"임 소협, 여기서 뭐 하고 계십니까?"

그를 확인하자 차련의 얼굴이 확 찌푸려졌다. 강호에서 원수는 객잔에서 만난다더니, 그는 바로 장인걸이었다.

장인걸 역시 적이건과 차련을 보고 인상이 확 굳었다가 이내 임하기를 의식해서인지 표정을 풀었다.

"돌아가시지요. 기다리고들 있습니다."

"하하, 가야지요. 아, 같은 무한에 계시니 서로 잘 아시겠군요."

"네."

못마땅한 얼굴로 장인걸이 대답했다.

임하기가 잘됐다는 얼굴로 차련에게 권했다.

"정 소저, 자리가 남는데 합석하시죠?"

차련이 거절하려는데 적이건이 먼저 불쑥 물었다.

"그 사마 소저란 분은 예쁘오?"

임하기가 갑자기 무슨 그따위 질문이냐는 눈빛을 보냈다. 물론 그런 눈빛 따윈 아랑곳 않는 적이건이었다.

"물론이오."

못마땅한 임하기의 대답에 적이건이 벌떡 일어났다.

"그럼 합석합시다. 게다가 여긴 두 냥짜리 식사라서."

어련하시려고.

하긴 그 말로만 듣던 사마 소저는 나도 궁금하네.

차련이 아니었다면 임하기는 결코 적이건과 합석을 하지 않았을 것이다. 차련의 미모는 적이건의 무례 따위는 대수롭지 않게 넘겨 버리는 대인배로 만들어주었다.

임하기의 자리에서는 두 여인이 기다리고 있었다.

아는 얼굴은 장인걸의 동생 장인화였다. 여전히 짙은 화장에 매혹적인 모습이었다. 적이건의 등장에 그녀는 눈빛에 이채를 발했다. 그 모습에 장인걸이 인상을 더욱 구겼다.

'저깟 놈에게 왜 자꾸 관심을 가지지?'

그로서는 절대 이해할 수 없는 일이었다.

그리고 나머지 한 여인은 차분하면서도 깊은 눈빛을 지닌 미인이었다.

그녀가 바로 임하기와 함께 용봉연에 나가기로 된 사마영(司馬英)이었다.

그녀는 강호에서 유명한 여인이었다. 강호사대세가에 당당히 이름을 올린 대사마세가의 재녀로서, 장차 정도맹의 총군사 자리를 차지할 것이란 소릴 듣는 똑똑한 여인이었다.

"사마영이에요."

적이건이 조금 실망한 얼굴로 차련의 귓가에 속삭였다.

"너보다 더 수수하게 생겼는데?"

모두가 다 들릴 충분히 큰 귓속말이었다.

차련이 당황해서 말했다.

"지, 지금 무슨 헛소릴 하는 거야? 사마 소저는 강호팔미 중 한 분이신데."

"그럼 너도 강호팔미에 속해 있어?"

고맙긴 한데, 무례야, 무례!

차련의 얼굴이 더욱 붉어졌다.

차련이 적이건의 입을 억지로 틀어막으며 어색하게 웃었다.

"신경 쓰지 마세요!"

하지만 정작 당사자인 사마영은 미소를 지었다. 사실 그녀는 자신이 강호팔미에 속한 것이 사마세가란 배경 때문임을 스스로 인정하고 있었다.

"제가 수수하다는 말, 자주 들어요."

적이건이 억지로 차련의 손에서 벗어났다.

"그렇죠?"

그렇죠라니! 사마 소저가 진심으로 하는 말 아니잖아!

사마영의 미소가 더욱 짙어졌다. 열 받은 것을 억지로 참는지, 아니면 원래 착한 성격인지 알 수 없었다.

차련이 한숨을 쉬며 말했다.

"대신 사과드려요."

"아니에요. 재밌는 분이신 것 같네요."

사마영이 적이건을 빤히 쳐다보았다.

순진하긴. 속지 마. 당신에게 관심이 있어서 괜히 수작 부리는 것 아니야. 이 녀석, 진심으로 당신을 평가하고 있다고.

지켜보던 장인걸이 고깝다는 듯 비꼬았다.

"이번에 정 소저와 용봉연에 나갈 분이기도 합니다."

평소 안하무인이던 그는 제법 공손한 태도를 보이고 있었다. 물론 그 이유는 임하기와 사마영 때문이었다.

무한에서야 겁날 게 없는 장심방이지만, 북천패가나 사마세가에 비하면 변두리 소방파에 불과했다.

오늘 이 자리도 힘들게 만든 자리였다.

어쨌든 적이건과 차련이 함께 용봉연에 나간다는 사실이 임하기와 사마영 모두에게 의외인 모양이었다.

하긴 오리 다리를 북북 찢으며 벌써 손이며 입가에 잔뜩 기름을 묻히기 시작한 저 적이건은 정말이지 차련과 어울리지 않아 보였다.

임하기와 사마영이 정말 당신, 저자와 나갈 거냐는 눈빛을 차련에게 보내왔다.

아, 그렇다고 그런 불쌍한 눈빛들을 보낼 것까진.

차련이 그저 미소만 지어 보였다.

적이건이 오리 다리를 들고 신난 얼굴로 말했다.

"역시 날개 달린 것은 다리를 먹어야 먹은 것 같지."

그러면서 오리 다리를 입에 한가득 집어 삼켰다.

아무리 봐도 차련과 어울릴 만한 상대가 아니란 생각 때문인지 임하기와 사마영의 시선이 다시 차련에게로 향했다. 이번에는 더 집요하게 묻고 있었다.

약점이라도 잡혔냐고? 겪어보면 이해하게 될 거야.

그 와중에도 적이건은 신이 났다.

"와! 정말 이 집은 맛있네! 우리 다음에 또 오자!"

장인걸은 코웃음을 쳤다.

성질 같아선 당장 머리통을 부숴놓고 싶었다. 그날 당한 수모 때문인지 그냥 일거수일투족, 눈짓 하나 손짓 하나 마음에 들지 않았다.

'망할 자식, 이런 놈 하나 처리를 못해?'

그 원망의 대상은 바로 권혁기였다. 따로 불러 면박까지 줬는데도 아직까지 꾸물거리고 있다니.

장인걸은 이미 권혁기가 이 세상 사람이 아니란 것을 알지 못했다. 돌아가서 그를 다시 닦달할 생각뿐이었다.

그런 장인걸의 열불을 더욱 터지게 만드는 일이 이어졌다.

"두 사람이 수수하면 그럼 전 어떤가요?"

장인화가 고혹적인 눈빛을 보내며 물었다.

동생이 드러내 놓고 적이건에게 관심을 보이자 장인걸은 어금니를 꽉 깨물며 화를 참았다.

적이건이 히죽 웃었다.

"당신은 화려하지. 다만……."

"다만?"

"너무 화려해."

"……?"

적이건이 차련을 옆으로 잡아당겼다.

"이렇게 노골적으로 수수해 보이는 것도 문제지만."

아, 노골적이란 표현은 빼주시지.

"그쪽처럼 노골적으로 화려한 것도 싫지."

임하기는 헛기침을 했고, 장인걸은 얼굴이 시뻘겋게 달아올랐다.

적이건은 멈추지 않았다.

"예쁜 여자들은 다 자기가 예쁜 줄 알지. 모른다면 그건 가식이거나 돌대가리지. 한데, 그쪽은 그걸 너무 잘 알아. 그래서 조금 싫네."

그러면서 다시 차련을 잡아당겼다.
"딱 이 정도만 알면 좋다고 생각해."
지금 뭐라는 거야? 나 이렇게 당하고만 있어야 해?
오히려 장인화는 유쾌한 표정을 지었다.
"당신… 꽤 재밌어."
마치 재밌는 장난감을 발견한 아이처럼 장인화는 눈을 빛내고 있었다. 그녀에게 적이건은 꽤나 유별나고 특별난 남자였다. 특히 자신에게 이렇게까지 노골적으로 막말을 한 사내는 적이건이 처음이었다.
너도 그만 착각에서 벗어나. 정말 너 싫다는 말이야.
이번에는 임하기가 적이건에게 관심을 표했다.
"적 소협은 사문이 어떻게 되시오? 등에 찬 도검으로 봐서 무공을 배우신 것 같은데."
"어휴, 이놈의 사문. 만나면 물을 것이 그리 없나?"
"그야 당연한 것 아니겠소? 상대가 어느 집안의 자제인지 알아야……."
"잘해줄 것인지, 무시할 것인지 결정을 하니까?"
임하기가 순간 당황했다.
"그런 뜻은 아니었소만."
"사문보다는 지금 무엇을 하고 있으며 무슨 꿈을 꾸며 살고 있는지, 뭐 그런 걸 물어봐야 하지 않나?"
그러면서 남은 오리 다리를 쭉 찢었다.
"헤헤, 하나 남은 다리를 냉큼 먹기는 곤란할 테니까."

펑계도 좋다.

차련이 못 말린다는 표정으로 고개를 내저었다.

얄밉게 오리를 오물거리는 적이건을 보며 임하기가 물었다.

"그럼 좋소. 지금까지 적 소협은 무엇을 하고 살아왔소?"

"주로 강호를 여행했지."

"그럼 앞으로 무엇을 할 작정이시오?"

"예정에는 없었지만 일단… 용봉연 우승?"

너무 재밌는 농담이라 생각했는지 사마영이 웃음을 터뜨렸다. 그녀가 웃자 모두들 따라 웃었다. 물론 모두들 웃는 시늉만 했다.

차련은 웃지 않았다. 이제 그 말이 농담처럼만은 들리지 않았다.

용봉연 우승이라…….

정말 하게 된다면?

기뻐할 가족들의 얼굴이 떠올랐다. 특히 아버지의 기쁨은 이루 말할 수 없을 것이다. 기왕 출전한 것, 멋지게 해내고 싶었다.

차련의 가슴이 두근거렸다.

그녀의 마음을 알 리 없는 임하기가 잔을 들며 말했다.

"자자, 우리 적 소협의 우승을 위해 건배합시다."

반은 놀리고 반은 비웃는 말이었다.

놀림받는 것도 모르는 동네 바보처럼 적이건이 히죽 웃으며 함께 잔을 들었다.

차련도 잔을 들었다.

그 순간 사마영의 눈빛이 반짝였다. 사마영은 지금 이 순간 차련의 마음을 조금 읽어냈다.

'정 소저는 지금 진심이야!'

사마영도 무한제일미 차련에 대해 들어본 적이 있었다. 과연 소문대로 아름다웠고, 같은 여자가 봐도 반할 만한 청순한 매력을 지니고 있었다.

소문 속의 차련은 바보가 아니다.

'그런데 왜 저런 사내와 어울리는 거지?'

사마영이 다시 한 번 적이건을 살폈다.

선한 인상이지만 강호의 잘생긴 후기지수들에 비하면 조금 부족한 느낌, 적응하기 힘들 정도로 가벼운 언행, 게다가 사문을 밝히지 못하는 것으로 봐서 집안이 대단할 것 같지도 않고.

사마영의 궁금증이 더해갔다.

'그런데 왜? 정말 약점이라도 잡힌 걸까? 아니면 적 소협에게 숨겨진 재주라도 있는 것일까?'

똑똑하다고 소문난 그녀였지만 두 사람 관계를 짐작해 낼 수는 없었다.

그녀에 비해 장인화는 좀 더 적극적으로 적이건에게 관심을 표하고 있었다. 악녀 소리를 곧잘 듣는 그녀였다. 적이건은 그런 그녀를 자극하는 무엇이 있었다.

임하기가 차련에게 관심을 표했다.

"정 소저, 음식 맛이 어떠신지요?"

"맛있어요."

"다행이구려. 혹 더 드시고 싶은 것이 있으시면 얼마든지 시키시오."

"배려해 주셔서 감사해요."

임하기는 계속 차련에게 관심을 표했다. 무한제일미란 소문은 사실이었다는 둥, 천하팔미에 차련도 포함되어야 한다는 이야기들이었다.

바로 이거야.

잊고 있었던 존재감에 차련은 왠지 뿌듯해졌다.

적이건을 만나면서 잊고 있었던 바로 이 느낌.

그래, 난 무한제일미잖아?

차련이 의기양양한 얼굴로 적이건을 돌아보았다.

보고 있지? 내가 어떤 여자인지 이제… 어라?

하지만 옆자리는 비어 있었다.

적이건은 언제 자리를 옮겼는지 건너편의 사마영과 딱 달라붙어 다정히 이야기를 나누고 있었다.

차련은 힘이 쭉 빠졌다.

그런데 저 녀석, 처음 본 여자 옆에 가서 뭐 하는 거야? 저놈은 그렇다고 치더라도 저 사마 소저는 뭐야? 어라, 실실 웃기까지?

두 사람의 모습이 신경에 거슬렸다.

차련아, 이러지 말자. 누가 알면 질투라도 하는 줄 알겠다. 그거 아니잖아.

하지만 그 모습을 본 이후 임하기의 말이 귀에 잘 들리지 않았다.

자꾸 적이건이 신경 쓰였다.

무슨 말을 저렇게 재미있게 나누는 거지?

"정 소저?"

"……."

"정 소저!"

"네?"

"무슨 생각을 그리 하시오?"

"아, 잠시. 죄송해요. 뭐라고 하셨죠?"

차련이 적이건을 신경 쓰고 있다는 것을 눈치 챈 임하기가 큰 소리로 말했다.

"참으로 적 소협은 행운아인 것 같소. 이렇게 아름다운 정 소저와 함께 용봉연을 나가게 되었으니 말이오. 하하하!"

적이건과 대화를 나누던 사마영이 잠시 임하기를 쳐다보며 미소를 지었다.

적이건이 사마영에게 물었다.

"왜 그렇게 웃어요?"

"무슨 말씀이신지?"

"딴 여자 예쁘다고 칭찬하고 있잖아요. 이건 웃을 일이 아닌데."

물론 주위에 다 들리게 한 말이었다.

모두의 시선이 두 사람에게 집중되었다. 특히 임하기의 얼굴이 표 나게 찌푸려졌다. 차련만 아니었다면 벌써 한 대 날아갔을 상대였다.

또 다시 사마영이 웃었다. 가진 감정 표현이 오직 하나 뿐인 것처럼.

"마지막으로 화내본 적이 언제요?"

사마영은 기억이 나지 않았다. 사마세가의 재녀란 이름이 나기 시작하면서 그녀는 화를 내본 적이 없었다. 현명한 여자는 쉽게 자신의 감정을 드러내는 것이 아니라고 배웠으니까.

"왜 그런 질문을 하시죠?"

"그렇게 살면 속병 나요."

그러면서 적이건은 고기를 뜯어 먹었다.

그 말이 조금은 가슴에 와 닿아 사마영은 다시 웃었다.

"적 소협은 화나면 화를 내시나요?"

"물론."

"주로 어떻게 화를 푸시죠?"

"그야 뭐 여러 가지 방법이 있죠. 가장 효과가 좋은 것은 죽이고 싶은 놈은 죽이는 거고, 가장 나쁜 방법은 이렇게 고기를 뜯는 거죠."

잠시 멍하니 있던 그녀가 풋, 하고 웃었다. 또 농담이라 생각한 것이다.

사마영이 적이건과 친한 모습을 보이자 내심 불쾌해진 임하기였다.

적이건은 그 작은 변화도 놓치지 않았다.

"기분 나쁜 것 같은데. 혹시 질투라도?"
"그럴 리가."
"솔직히 차련이하고 나가고 싶지? 더 예쁘니까."
"그렇지 않소!"
"사마세가만 아니면 확 취소하고 차련이와 함께 나가자고 할 텐데."
"아니라고 하지 않소!"
임하기의 언성이 높아졌다.
"화났어?"
"화 안 났다!"
"눈에 핏발 섰는데?"
누가 봐도 그가 울컥했다는 것을 알 수 있었다. 하지만 임하기는 호방한 웃음으로 자신의 대인배적 기질을 증명하려 했다.
"하하하! 적 소협은 다른 사람을 배려하는 마음이 조금 부족한 것 같소."
"볼 살이 부들부들 떨리는데."
"젠장! 화 안 났다니까!"
임하기가 벌떡 일어났다. 금방이라도 탁자를 뒤집어엎을 기세였다.
차련이 재빨리 나섰다. 적이건이 고수든 아니든 임하기와 시비가 붙는 것은 좋지 않았다.
"임 소협께서 참으세요. 원래 무식하면 용감하다잖아요! 마음 넓은 임 소협께서 참으세요."

그녀가 좋은 얼굴로 만류하자 정말 거짓말처럼 임하기의 마음이 풀렸다.

임하기에게 차련은 정말 순수하고 청초해 보였다.

보는 순간 반했다고 할까?

사실 적이건의 말처럼 이번 용봉연에 차련과 함께 나가고 싶었다.

'진작 만났더라면. 젠장.'

그랬다면 지금 자신의 옆에는 차련이 앉아 있을 것이다. 만날 애늙은이 같은 미소만 짓는 저 사마영 대신에 말이다. 그는 차련이 자신을 거절할 가능성에 대해선 조금도 염두에 두지 않았다. 자신은 북천패가의 임하기였으니까.

임하기를 사마영이 말없이 지켜보고 있었다.

그녀는 똑똑한 여인이었다.

임하기의 지금 기분을 짐작할 수 있었다. 평소 자신을 보는 눈빛에 애정이 담기지 않았다는 것을 알고 있었다. 오늘 차련과 함께 있는 자리가 되자 확실히 그 마음을 알 수 있을 것 같았다.

솔직히 불쾌하고 화가 났다. 하지만 자리를 박차고 일어설 용기는 없었다. 이번 일은 자신들만의 일이 아니라 가문과 가문 사이의 일이었다. 싫어도 그와 함께 용봉연에 나가야 했다. 그녀는 그렇게 자라왔다.

적이건이 다시 차련 옆으로 옮겨와 앉았다.

"나 없어서 심심했지?"

"입가에 기름이나 좀 닦으시지."

그러자 적이건이 소맷자락으로 대충 닦았다.

"어휴, 더러워."

차련이 기겁하는 표정으로 옆으로 피했다.

사마영이 그 모습을 홍미롭게 쳐다보았다. 두 사람의 자유분방한 모습이 왠지 부럽다는 생각이 들었다.

장인걸이 임하기에게 물었다.

"참, 소호(小虎)께서는 언제 오시오?"

소호는 임하기의 동생 임양구를 가리켰다. 장인화와 함께 용봉연에 나가기로 한 그가 아직 도착하지 않은 것이다.

"양구는 내일 아침에 도착할 것이오. 처리할 일이 있어 조금 늦는 것이니 큰 걱정 안 하셔도 될 것이오."

알겠다는 의미로 장인화가 가볍게 고개를 숙였다.

장인화는 눈빛은 매혹적이었다. 그녀는 남자를 설레게 하는 눈을 가졌다. 물론 임하기 역시 사내였으니 그 눈빛에 당장 반응했다.

임하기가 차련과 장인화, 그리고 사마영을 번갈아 쳐다보았다.

원래 남의 떡이 커 보인다고, 사마영이 가장 초라해 보였다.

가장 예쁜 사람은 차련이었고, 다음이 장인화였다. 장인화의 뇌쇄적인 눈빛은 손만 내밀면 옷고름을 풀 것 같은 느낌을 주고 있었다.

'가지고 싶군.'

임하기가 장인화에게 묘한 눈빛을 보냈다.

장인화가 고혹적으로 미소로 반응했다.

그 눈짓이 오고 가는 모습에 장인걸의 속이 뒤집어졌다.

색골이라 불리는 그였다. 여자 문제에 있어서는 나름대로 꾼이라면 꾼인 그였다.

장인걸은 지금 임하기가 어떤 생각을 하고 있는지 꿰뚫어 보고 있었다. 그래도 참고 양보할 수밖에 없었다. 그가 자신의 여동생을 보며 침을 흘려대도 참을 수밖에 없었다.

이게 권력이고 이게 세상이다.

힘이 없으면 남이 시키는 대로 해야 하는 세상.

'이 개자식, 두고 봐라. 언젠가 넌 반드시 내 손으로 없애 버린다!'

지금 이 순간만은 적이건보다 임하기에 대한 분노가 더 컸다.

자신도 모르게 살기가 흘러나왔을까?

임하기가 그를 돌아보았다. 장인걸이 안색을 풀며 웃으며 물었다.

"참, 이번 용봉연에 대해 무슨 정보라도 나왔습니까?"

용봉연에 대해 이야기가 나오자 모두들 집중했다.

임하기가 고개를 가로저었다.

"아시다시피 용봉연의 과제는 당일이 되어야만 알 수 있지요."

"그럼 대회 때마다 그 내용이 바뀌는 겁니까?"

"그렇지요. 생각지도 못한 시험이 나올 수도 있지요."

임하기가 인상을 굳히며 말했다.

"아시다시피 나는 지난 대회에도 출전을 했었소. 아쉽게도 제이관문에서 탈락하고 말았지만."

"실로 운이 없었나 봅니다."

"용봉연은 자신만 잘한다고 우승할 수 있는 것이 아니오. 함께 나간 상대와 호흡이 잘 맞아야 하오."

"함께 협력해서 풀어야 할 과제도 있나 보군요."

임하기가 고개를 끄덕였다.

"당연히 그렇소. 일례로 지난번 대회의 이관문은 이런 종목이었소. 진법에 남녀 두 사람이 각기 다른 입구로 들어가오. 둘은 진법을 해체하고 약속된 장소에서 만나 함께 빠져나와야 하오. 한 사람이 길을 찾는다 해도 나머지 사람이 빠져나오지 못하면 헛일이란 말이지요. 실제로 그곳을 빠져나오지 못한 채 탈진해 쓰러지는 후기지수도 부지기수였소."

장인걸이 고개를 끄덕였다. 이번에 자신과 함께 나갈 상대는 완아영(完芽英)이었다. 완아영은 장심방의 빈객으로 와 있는 귀부(鬼斧) 완필(完駜)의 무남독녀였다.

귀부 완필은 호북 일대에 무명이 쟁쟁한 고수로, 한 자루의 기형 도끼를 무기로 삼았다. 그는 장심방의 빈객들 중 가장 고수였는데 이번 용봉연에 그의 딸과 함께 출전하는 이유도 그 때문이었다.

하지만 완아영은 외모가 떨어졌다. 오늘 이 자리에 데려오지 않은 이유이기도 했다.

'망할.'

장인걸은 완아영의 평범한 얼굴을 떠올리며 인상을 찡그렸다.

'두고 보자.'

장인걸이 내심 이를 갈았다. 언젠가 힘을 얻게 되는 그날이 오면…….

장인걸이 차련을 힐끔 쳐다보았다.

차련은 물론이고, 강호의 아름다운 여인은 모두 차지할 것이다.

그때였다.

"와아아아아!"

창밖에서 함성이 터져 나왔다.

"옥룡(玉龍)이다!"

옥룡이란 말에 임하기의 안색이 굳어졌다.

옥룡 양수창(陽洙彰).

남악련의 후계자이며 잘생긴 얼굴로 호남 지역에 명성이 자자한 인물이었다.

"저 친구도 꽤 유명한가 봐요?"

적이건이 묻자 사마영이 미소를 지으며 대답했다.

"강호에 북신룡남옥룡이란 유명한 말이 있지요."

이번에는 장인걸이 임하기의 비위를 맞췄다.

"옥룡은 허명만 가득한 자요. 임 소협과 비교하는 것 자체가 어불성설이오."

적이건이 짐짓 근엄한 표정으로 말했다.

"그까짓 뭐 구경거리라고 저 소란이야?"

그때였다.

"와아아아!"

"함께 있는 여인이 바로 중경제일화(重慶第一花) 설 소저다!"

쉬익—

바람처럼 달려간 적이건이 창가에 매달렸다.

"아! 사람들에게 둘러싸여서 잘 안 보이네?"

왜? 아예 뛰어내리시지?

차련이 어이없다는 듯 고개를 내저었다.

적이건이 사마영을 돌아보며 물었다.

"중경제일화라면 예쁘겠죠?"

그러자 사마영이 미소를 지었다.

"당연히 예쁘죠. 이번 용봉연에 양 소협과 설 소저가 짝을 이뤄 함께 나온다고 들었습니다."

그 말이 떨어지는 순간 적이건이 소릴 질렀다.

"여기 북신룡이 있다! 옥룡! 용기있으면 올라와라!"

시끌벅적하던 바깥에 침묵이 감돌았다.

"와아아아아! 북신룡이 남옥룡에게 도전했다!"

함성 소리가 터져 나왔다.

고함을 지른 적이건은 어느새 창 밑에 숨어 있었다.

임하기가 놀라 벌떡 일어났다.

"이게 뭐 하는 짓이오?"

함성 소리가 점점 커지는 걸로 봐서 옥룡이 이쪽으로 오고 있었다.

얄밉게 벽에 딱 기댄 채 몸을 숨긴 적이건이 히죽 웃으며 말했다.

"중경제일화, 안 보고 싶어요?"

맙소사.

第十三章
중경제일화

絶代
君臨
절대군림

북신룡과 남옥룡의 관계는 과연 한마디 도발에도 반응할 수 밖에 없는 관계에 있는 모양이었다.

적이건이 내지른 고함은 옥룡 양수창을 태평루의 이층으로 올라오게 만들었다. 물론 적이건의 관심은 그 뒤를 따라 들어온 설벽화(泄碧華)였다.

설벽화는 과연 중경제일미란 이름에 걸맞게 아름다운 여인이었다.

청초하면서도 도도한, 그야말로 남자의 시선을 한눈에 사로잡을 만큼 아름다웠다. 늘씬하게 큰 키와 뽀얀 피부는 차련과 비슷했다. 하지만 분위기가 달랐다. 뭐랄까? 아주 도도해 보였다.

설벽화 역시 강호팔미에 포함된 여인이었다.

차련이 적이건을 살폈다.

차련뿐만 아니라 적이건에게 박한 평가를 받았던 사마영과 장인화 역시 슬쩍 적이건의 반응을 살폈다. 묘한 경쟁심이 느껴진 것이다.

기대에 미치지 못했는지 적이건은 조금 심드렁한 눈빛이었다.

그래, 남자가 지조가 있어야지.

차련은 왠지 모를 안도감이 들었다.

와! 너 근데 진짜 눈이 높구나.

먼저 올라온 양수창이 포권을 하며 모두에게 인사했다.

"양수창이오."

과연 옥룡이란 명성에 걸맞게 그는 대단한 미남자였다. 조각처럼 반듯한 그의 얼굴에서는 빛이 났는데, 너무 잘생기다 보니 인간미가 없어 보이는 게 흠이라면 흠이었다. 그는 잘생긴 외모와는 어울리지 않게 다혈질적인 성격으로도 유명했다. 그가 못생겼다면 성질까지 더러운 것이 되었겠지만, 그는 박력까지 있는 미남자 소릴 들었다.

"임하기요."

두 사람 사이에 팽팽한 긴장감이 흘렀다.

강호에서 유명한 두 사람이었지만 그들은 오늘 처음 만났다.

이 년 전 용봉연에 양수창이 참석하지 않았기 때문이다.

또한 동시에 북천패가와 남악련의 관계를 말해주는 것이기도 했다. 용봉연이란 행사가 아니었다면 절대 이런 평온한 만남은 이뤄지지 않았을 것이다.

"설벽화예요."

"사마영이에요."

"오랜만이에요."

"재작년 이 대협 생신 잔치 때 뵈었죠."

그에 비해 두 여인은 가끔 한 번씩 만나는 사이인 듯 보였다.

설벽화는 강호에 명성 높은 녹수산장(綠水山莊)의 장주 설군명(泄君明)의 외동딸이었다. 설군명은 구주제일협(九州第一俠)이라 불리며 강호의 협행을 실천해 온 대협이었다. 평소 그를 존중하고 따르는 이들이 그의 협을 기리며 산장을 세웠는데 그것이 바로 녹수산장이었다.

녹수산장에는 수많은 고수들이 머무르며 설군명의 협행에 동참했는데 그 어떤 강호의 명문세가도 녹수산장을 쉽게 보지 못했다.

"장심방의 장인걸이오."

"장인화예요."

두 사람이 인사하자 양수창이 '아하!' 하며 마치 한 번쯤 들어봤다란 표정을 지었다.

발끈한 장인걸이 흥! 하며 코웃음을 쳤다. 어차피 자신이 양수창을 두려워할 필요는 없었다. 자신이 신경을 써야 할 쪽은 남악련이 아니라 북천패가였으니까. 엄밀히 말하자면 남악련은 적이다.

"그쪽은?"

양수창이 적이건과 차련 쪽을 쳐다보았다. 정확히 말하자면 차련의 미모로 인한 관심이었지만.

"정검문의 차련이에요."

"난 적이건."

대조적인 두 사람의 인사에 양수창이 고개를 끄덕였다. 정검문의 둘째딸이 무한에서 가장 아름답다는 이야기를 들어본 적이 있었다. 과연 무한제일미란 명성에 걸맞은 여인이란 생각이 들었다. 지금까진 설벽화가 가장 아름답다고 생각했는데, 과연 강호가 넓다는 생각이 들었다.

눈치 빠른 설벽화가 살짝 아미를 찡그렸다.

그래서였을까? 설벽화가 묘한 질시의 눈빛으로 차련을 응시했다.

그게 어떤 눈빛인지 모를 리 없었기에 차련이 최대한 도도하게 그 눈빛을 받아들였다.

강호팔미가 둘에 차련과 장인화까지.

네 여인의 외모는 비슷한 듯하면서도 각기 달랐는데, 장인화가 화려하고 육감적인 외모라면 사마영은 지적인 느낌이, 설벽화는 도도한 아름다움이, 그리고 차련은 청순한 아름다움이었다.

그야말로 후끈한 열기가 느껴질 정도였다. 멀리서 지켜보던 점소이며 손님들이 모두 입을 쩍 벌린 채 다물 줄을 몰랐다. 객잔의 사람들은 모두들 그들에게 집중하고 있었다.

양수창이 한옆에서 지켜보던 점소이를 손짓해 불렀다.

"이거 다 치우고 새로 한판 벌여라."

그리고는 임하기에게 한발 늦은 동의를 구했다.

"이렇게 만난 것도 인연인데, 내가 한잔 사겠소. 괜찮겠소?"

원래는 도발에 발끈해서 올라온 양수창이었다. 하지만 차련과 장인화 같은 아름다운 여인들이 합석한 자리란 것을 알고 굳이 다툴 필요가 없다고 생각했다.

임하기의 입장에서도 굳이 상대가 술을 사겠다는데 마다할 이유는 없었다. 게다가 설벽화의 아름다운 외모를 조금 더 보고 싶은 마음이 들었다.

"그럽시다."

말석에 차련과 나란히 자리한 적이건이 나직이 말했다.

"그런데 저 설 소저 말이야……."

과연 그의 입에서 어떤 폭탄적인 발언이 나올까 차련은 조마조마했다.

"제발 목소리 더 낮춰서."

한편으로 어떤 평가를 내릴까 궁금했다.

"아름답긴 한데……."

"그런데?"

"다들 너무 과대평가된 거 아냐? 중경제일미면 중경에서 제일 예쁘다는 건데 더 아름다워야 하지 않을까?"

"네 눈이 너무 높아서 그래."

"그런가?"

웬일로 고분고분 수긍하는가 싶더니,

"그렇다면 넌 꽤 평가절하되어 있다는 생각이 드네."

"칭찬이지?"

"한탄이지. 너처럼 수수한 애도 못 이기는 강호의 미녀들에 대한 개탄!"

마지막 말이 모두에게 들렸다.

설벽화가 도도한 시선을 보냈다. 무슨 뜻이냐고 눈빛으로 물었다.

적이건이 히죽 웃으며 장인걸을 쳐다보았다.

"어느 쪽이 더 아름답다고 생각해?"

갑자기 자신에게 질문을 하자 순간 장인걸이 당황했다.

"무슨 뜻이냐?"

"사마 소저와 설 소저 중 누가 더 아름답냐고?"

모두의 시선이 집중되었다. 특히 당사자인 설벽화와 사마영은 내심 긴장했는데, 아무래도 객관적으로 훨씬 아름다운 설벽화 쪽이 여유로웠다.

"왜 이따위 질문에 대답해야 하느냐?"

"이따위 질문? 두 분의 아름다움에 대한 그쪽 생각인가?"

"이 자식이! 말꼬리 잡지 마라!"

"그냥 궁금해서 물어본 건데. 누가 더 아름답냐고?"

지켜보던 양수창이 흥미롭다는 듯 입을 열었다.

"한번 들어봅시다, 어떤 생각이신지."

양수창이 끼어들자 장인걸이 인상을 썼다.

당연히 객관적으로는 설벽화가 아름다웠다. 장인걸의 주관적인 눈으로도 설벽화가 훨씬 아름다웠다.

"사람의 아름다움이 비단 살 껍질의 두께로 결정되는 것은 아니겠지요. 설 소저도 아름답지만, 역시 문무겸전의 사마 소저에게 더 높은 점수를 주고 싶소."

설벽화는 흥, 하며 고개를 돌렸고, 사마영은 미소를 지었다.

적이건이 혼잣말처럼 말했다.

"그 말은 곧 설 소저는 머리에 든 것은 없고 껍데기만 번드레하다는 뜻이군."

물론 모두가 들을 수 있는 혼잣말이었다.

설벽화의 얼굴이 수치심으로 붉어졌다.

장인걸이 자리에서 벌떡 일어났다.

"이 자식! 무슨 말도 안 되는 헛소리냐!"

당장이라도 적이건을 두들겨 팰 기세였다.

적이건이 재빨리 설벽화에게 도움을 청했다.

"이거 지금 살인멸구당하는 거 맞죠?"

적이건이 순진한 얼굴로 그렇게 나서자 설벽화는 적이건이 당하는 것을 그냥 두고 볼 수는 없었다. 정말 말 그대로 되면 자신은 사마영보다 미모가 떨어지는 것이 되기 때문이었다.

"장 소협은 더 이상 무례하지 않았으면 해요."

"나는 설 소저에게 무례한 적이 없소."

그때 양수창이 나섰다.

"그 정도면 충분히 무례한 것 같은데?"

양수창은 기분이 조금 상해 있었다. 애초 덜떨어져 보이는 적이건은 그렇다고 치고, 고작 장심방 정도의 위세를 믿고 함부로 입을 놀리는 장인걸이 못마땅한 것이다.

"자고로 사내라면 함부로 다른 여인의 미추를 언급하지 않는 법이거늘, 하물며 녹수산장의 설 소저를 두고 비교를 하다니!"

"흥! 그렇다면 사마세가의 사마 소저는 귀하지 않다는 말이군."

이번에는 장인걸이 말꼬리를 잡았다.

양수창의 인상이 차가워지며 두 눈에서 서슬 퍼런 살기가 흘러나오고 있었다.

"장심방의 위세가 북천패가를 능가한다더니, 과연 그 소문이 사실이었군."

장인걸은 당황했다. 물론 비꼬는 말에 불과했지만 그래도 듣는 당사자는 기분이 나쁜 법. 지켜보던 임하기의 안색이 굳어졌다.

"무슨 헛소리를 듣고 와서 개소리냐!"

버럭 소릴 내지른 장인걸이 아차 했다. 개소리란 말은 그 정도를 넘어선 말이었다.

아니나 다를까, 양수창이 조용히 자리에서 일어났다.

"개소리?"

재빨리 사과를 해야 했지만 보는 눈이 너무도 많았다.

똥개도 자신의 영역에선 삼 할은 먹고 들어간다 했는데, 자신은 대장심방의 후계자였다. 더구나 이곳 무한에 직접적인 영향력을 행사하는 사람은 바로 자신이었다.

"그래, 개소리다! 임 소협은 물론 나아가 북천패가까지 모욕하는 개소리다."

장인걸이 북천패가를 끌고 들어갔다.

양수창이 코웃음을 쳤다.

"유치하군. 도저히 그냥 두고 볼 수 없을 정도로."

"두고 볼 수 없다면?"

장인걸이 지지 않고 맞받아쳤다.

"강호인이니 강호의 법도를 따라 해결하는 수밖에."

양수창은 완전히 장인걸을 짓밟아 버릴 요량인지 주위의 탁자를 밀고 빈 공간을 만들기 시작했다. 주위에 있던 손님들이 자리에서 일어나 멀찌감치 벽으로 붙었다. 그중 간담이 작은 몇은 밖으로 나갔지만 대부분의 손님들은 오히려 좋은 구경을 하게 되었다는 얼굴이었다.

장인걸이 힐끔 임하기를 쳐다보았다. 대신 나서주기를 바라는 마음이었지만 임하기는 방관자의 입장을 고수했다.

'망할 새끼.'

이 모든 게 그 적이건이란 놈 때문이었다.

장인걸이 눈을 부라리며 그를 찾았지만 원래 있던 자리에 적이건은 없었다.

적이건은 차련의 소맷자락을 끌고 일치감치 뒤로 자리를 옮긴 후였다. 이층으로 올라가는 계단 중간쯤이었다.

"여기, 구경하기 딱 좋네."

와, 이 재빠름이란.

적이건이 무엇인가 불쑥 내밀었다.

"자, 이거 먹어."

내민 것은 꼬치에 꽂힌 삶은 감자였다.

"어디서 났어?"

"방금 지나가던 점소이가 가져가더라고. 두어 냥 찔러주고 사 왔지."

정말 부지런도 하다.

적이건의 꼬치에는 양념된 고기가 꽂혀 있었다.

"너야 고기 안 좋아하잖아."

그래서 자신의 것은 감자로 가져온 모양이었다.

어울리지 않는 배려심까지.

원래라면 먹지 않았을 것이다. 원래 이 요리를 주문한 사람이 늦게 먹을 것이 아니냐며 잔소리를 했을 것이다.

차련이 말없이 감자를 베어 물었다.

근묵자흑(近墨者黑)이다.

적이건에게서 나쁜 물이 들고 있다.

하지만 그것이 그리 나쁘지 않았다.

적이건의 말처럼 한발 물러서 싸움을 구경하니 왠지 재밌다는 생각까지 들었다.

적이건은 한술 더 떴다.

"누가 이길지 내기할까?"

이 싸움, 애초에 자신이 만든 싸움이란 것을 자각하기나 하는 것일까? 그럴 리가 없겠지.

"좋아."

좋아라니? 아, 난 완전히 타락해 버렸다.

차련이 힐끔 적이건의 옆모습을 쳐다보았다.

적이건을 통해 자신도 알지 못했던 또 다른 자신을 자꾸 만나게 된다.

"얼마 걸래?"

"두 냥."

"네 전 재산인데 괜찮겠어?"

"때론 모험이 필요한 법이지."

"제법인데?"

"대신 나부터 걸어도 될까?"

너를 상대하려면 이정도 이점은 있어야지.

"물론이지."

"양 소협이 이긴다에 걸겠어."

그건 당연한 선택이었다.

양수창은 남악련의 후계자다. 장인걸이 제아무리 숨은 한 수가 있다 하더라도 남악련의 후계자를 이길 수는 없다고 생각했다. 그 어떤 변수도 있을 수 없다.

"어때?"

"좋아. 그럼 난……."

적이건이 양수창과 장인걸을 응시했다.

"비긴다에 걸지."

"뭐?"

"왜? 비길 경우도 있잖아."

정말 이 자식은 예측 불허다. 그렇지. 비길 경우도 있지.

적이건이 비긴다에 거니까 정말 비길 것 같다는 생각이 들었다.

휘리릭.

멋지게 소맷자락을 휘날리며 한껏 멋진 동작을 취한 양수창이 손을 까닥거렸다. 맨손으로도 충분히 상대할 수 있다는 뜻이었다.

장인화가 고개를 내저으며 눈짓했다. 싸워선 안 된다는 뜻이었다. 사이가 좋고 나쁘고를 떠나 자신의 오라비였다.

결국 장인걸이 고개를 숙였다.

"내가 실수를 했소. 사죄드리겠소. 가자, 인화야."

상대는 남악련의 후계자였다. 자신이 이길 자신도 없었지만 만약 이긴다 하더라도 후환을 감당할 수 없었다.

그렇게 돌아서는데 등 뒤에서 양수창이 차갑게 말했다.

"거기 서."

장인걸이 멈춰 섰다.

"누구 마음대로 간단 말인가? 내가 그렇게 우습게 보이나?"

이미 장인걸을 확실히 밟아버리려고 작정한 양수창이었다.

여전히 임하기는 수수방관하고 있었다. 장인걸은 그런 임하기가 더 밉게 느껴졌다.

"어쩌겠다는 거요? 끝내 피를 보잔 말씀이시오?"

"네가 남자라면……."

그때였다.

와장창!

창문을 부수며 누군가 장내로 날아들었다. 날아든 사내가 탁자까지 부수며 바닥에 쓰러졌다.

모두들 깜짝 놀라 뒤로 물러섰다.

피투성이가 된 중년 사내였다.

언뜻 봐도 상처가 깊어 지금 당장 치료를 하지 않으면 위험해 보였다. 분명 누군가에게 급하게 쫓기는 행색이었다.

중년인이 힘겹게 자리에서 일어났다.

가까스로 검으로 몸을 의지한 그는 금방이라도 쓰러질 것만 같았다.

초점없는 눈동자로 주위를 돌아보며 사내가 물었다.

"여, 여기가 어딘가?"

임하기도, 양수창도, 장인걸도 선뜻 나서지 못했다. 그만큼 중년인의 몰골은 위태롭기 그지없었다.

"나를… 정도맹으로 데려가 주게."

정도맹이란 말에 모두들 인상만 굳힐 뿐, 아무도 나서지 않았다.

천하사패와 정도맹의 관계는 좋지 못했다. 더구나 근래 정도맹은 전혀 외부 활동을 하지 않고 있었다.

나선 사람은 사마영이었다.

사패에 비해 사대세가는 정도맹과 더 가까웠다.

"혹 선배께선 정도맹에 속한 분이신가요?"

사마영의 물음에 사내가 고개를 내저었다.

"아니네. 하지만 정도맹에 알려야 할 일이 있네. 중요한 일이… 쿠웩!"

한 사발의 핏물을 토해낸 중년사내가 힘겹게 자신을 밝혔다.

"나는 구익환(邱翊歡)이란 사람일세."

그제야 모두들 깜짝 놀랐다.

용호관필(龍虎官筆) 구익환.

한 쌍의 판관필을 쌍검처럼 사용하는 그는 정파인이라면 모두 알고 있는 유명한 무인이었다. 철담협골(鐵膽俠骨)인 그는 젊은 시절, 정마대전에도 참여했던 실전 경험까지 풍부한 인물이었다.

한발 늦게 임하기와 양수창이 달려가 그를 부축했다.

"후배, 북천패가의 임하깁니다."

"후배, 남악련의 양수창입니다."

그들로서도 함부로 무시할 상대가 아닌 것이다.

"이곳이 어딘가?"

얼마나 다급했으면 구익환은 어딘지도 모르고 뛰어든 모양이었다.

"무한의 태평루입니다."

"그런가?"

"선배님의 상처가 위중해 보입니다. 어서 의원을 찾아가야 겠습니다."

그러자 구익환이 파리한 안색으로 고개를 내저었다.

"어서 나를 정도맹으로 데려가게. 이곳은 위험하네."

"걱정 마십시오. 저희들이 선배님을 보위하겠습니다."

든든한 임하기의 말에 구익환이 고개를 내저었다.

"뜻은 고맙지만 자네들이 감당할 상대가 아니네."

그때였다.

휘이익.

부서진 창문으로 다시 누군가가 날아들었다.

놀랄 만한 경신법으로 가볍게 내려선 복면인은 분명 여인이었다.

그녀의 어려 보이는 눈매는 매우 아름다웠는데 함부로 대하기 어려운 차가운 기운이 뿜어져 나왔다.

구익환의 얼굴이 사색이 되었다.

"모두 피해."

분명 그는 복면여인을 두려워하고 있었다. 구익환을 이렇게 만든 것이 바로 저 여인인 듯 보였다.

여인이 냉소적으로 말했다.

"용케 이곳까지 왔군."

차련과 비슷한 나이 또래의 목소리였다.

모두들 조금 당황해하고 있었다. 백주에 버젓이 복면을 쓴 채 이곳까지 구익환을 추격해 오다니. 게다가 여인의 나이는 자신들과 비슷한 또래로 보였다.

"소저는 누구길래 이런 악독한 흉수를 쓴 것이오?"

양수창이 노한 얼굴로 물었다.

"너는 누구냐?"

"양수창이오. 강호의 동도들은 남옥룡이란 이름으로 불러준다오."

"스스로 옥룡이라 칭하다니, 뻔뻔한 자로군."

양수창이 살짝 얼굴을 붉혔다. 하지만 그는 복면여인에게 호감을 느끼고 있었다. 얼굴을 가린 것이 그녀를 더욱 신비롭게 만들어주고 있었다.

"소저는 누구시오?"

양수창이 다시 묻자 여인이 싸늘히 대답했다.

"알 것 없다. 그자를 내놓고 모두 꺼져라."

"그럴 순 없소."

네 명의 후기지수가 구익환의 앞을 막아섰다.

여인이 가소롭다는 듯 코웃음을 쳤다.

차앙!

여인이 검을 뽑아 들었다.

우우웅!

검이 진동하며 새하얗게 빛을 내기 시작했다.

네 후기지수가 놀라 소리쳤다.

"검강?"

과연 그녀의 검에 서린 것은 검강이었다.

특히 임하기와 양수창의 표정은 매우 굳어졌다.

어려서부터 갖은 영약과 최고의 배움을 익힌 자신들조차 아직 검강을 구사할 수 없었다.

하지만 지금 여인이 보여주는 경지는 검강을 자연스럽게 검에 머물게 하는 경지. 검강을 뿌려내는 것보다 몇 배는 더 어려운 경지인 것이다.

앞서 구익환이 공포에 질린 것이 이해가 되었다.

구경꾼 사이에서 적이건이 씩 웃으며 말했다.

"제법인데?"

제법이 아니라 대단한 거지.

차련이 한숨을 내쉬었다. 눈매나 목소리로 볼 때 분명 자신과 비슷한 나이 또래로 보였다. 검강은커녕 아직 검기도 만들어내지 못하는 자신이었다.

"부러워?"

"응."

"걱정 마. 네 자질이 더 뛰어나니까."

말은 쉽지. 응? 그런데 내 자질이 더 뛰어나다고? 어떻게 알아?

그때 당황한 후기지수 앞으로 누군가 모습을 드러냈다.

스르륵.

한 복면사내가 허공에서 귀신처럼 나타난 것이다. 드러난

눈만으로는 나이를 짐작할 수 없었다.

쉬이잉.

그가 검을 뽑아 들었다.

그를 응시하던 여인의 인상이 굳었다. 발검만으로도 복면사내의 실력이 실로 대단함을 느낀 것이다.

그때 또 다른 사람이 나섰다.

구석에서 구경꾼들 사이에 있던 중년인이었다. 죽립을 눌러쓴 그가 나직이 말했다.

"이제 그만하시지."

중년인의 기도 역시 보통이 아니었다.

갑자기 두 고수가 등장하자 차련은 조금 의아한 마음이 들었다.

"누굴까?"

"누구긴, 저 철부지들 보호하는 비밀 호위들이지."

"비밀 호위?"

"설마 저 귀한 애들을 강호에 그냥 내보냈겠어?"

"아!"

그제야 차련은 납득했다. 하긴, 북천패가와 남악련, 거기에 사마세가와 녹수산장의 후계자들이었다. 비밀 호위가 하나가 아니라 백 명이 나타나도 이상할 것이 없었다.

여인의 눈빛이 번뜩였다.

또 다른 누군가를 찾듯 그녀의 시선이 객잔 안을 쭉 살폈다. 또 다른 호위들을 발견했는지 그녀의 입가에 비웃음이 스쳤다. 바로 사마영과 설벽화의 호위를 발견해 낸 것이다. 그들 역시 구경꾼들 사이에 묻혀 있었다. 그 하나하나의 기세가 대단한 이들이었다.

하지만 여인은 전혀 겁을 먹거나 주눅 들지 않았다.

그녀의 시선이 멈췄다. 사람들 너머 계단에 앉아 있는 적이건과 눈이 마주친 것이다.

적이건이 손을 흔들며 히죽 웃었다. 그녀의 눈에서 이채가 발했다.

이내 그녀가 돌아섰다.

쉬익.

날아들어 왔던 창문으로 그녀가 사라졌다.

호위들은 그녀를 추격하지 않았다. 맨 처음 나타난 복면인이 뒤이어 모습을 감췄고, 죽립을 쓴 중년인 역시 인파 속으로 사라졌다.

임하기와 양수창이 의기양양한 표정을 지었다. 그 두 사람은 바로 자신들의 수신호위였던 것이다.

그때 사마영이 놀라 소리쳤다.

"구 대협! 구 대협!"

모두들 구익환 옆으로 모여들었다. 안타까운 탄성이 흘러나왔다.

구익환은 이미 절명한 상태였다.

모두들 안타까워하는데 사마영이 다시 소리쳤다.

"이것 보세요!"

그녀가 바라보는 곳은 바닥이었다. 죽기 전 구익환이 피로 남긴 글자였다.

燕.

분명 그것은 제비 연 자였다.

"무슨 뜻일까요?"

"흉수의 이름을 말하는 것이 아닐까요?"

설벽화의 추측에 모두들 고개를 끄덕였다.

어쨌든 난데없는 사건으로 양수창은 장인걸과 싸울 흥을 잃었다.

그가 설벽화와 함께 먼저 객잔을 나섰다. 그렇게 싱겁게 모두들 흩어졌다.

적이건과 차련도 인파에 섞여 밖으로 나왔다.

"돈 줘."

"뭐?"

"비겼잖아?"

애초에 싸우지도 않았잖아.

그렇게 항변하려다 차련이 고분고분 돈을 꺼내주었다. 어쨌든 결과는 비겼고 애초에 자신에게 유리한 내기였다.

적이건의 입이 함박만 해졌다.

그에 비해 차련의 기분은 조금 가라앉아 있었다.

아까 봤던 호위들 때문이었다.

역시 자신과는 다른 세계에 사는 애들이다. 왠지 모를 소외감이 들었다.

적이건이 툭 내뱉었다.

"왜? 아까 그 호위무사들 부러워?"

눈치도 빠르시지.

"부럽다기보다……."

"부러워 마. 너도 멋진 호위가 있잖아."

"누구?"

적이건이 히죽 웃으며 말했다.

"나! 내가 널 지켜주고 있잖아."

뭐? 난 반대로 생각하고 있다고!

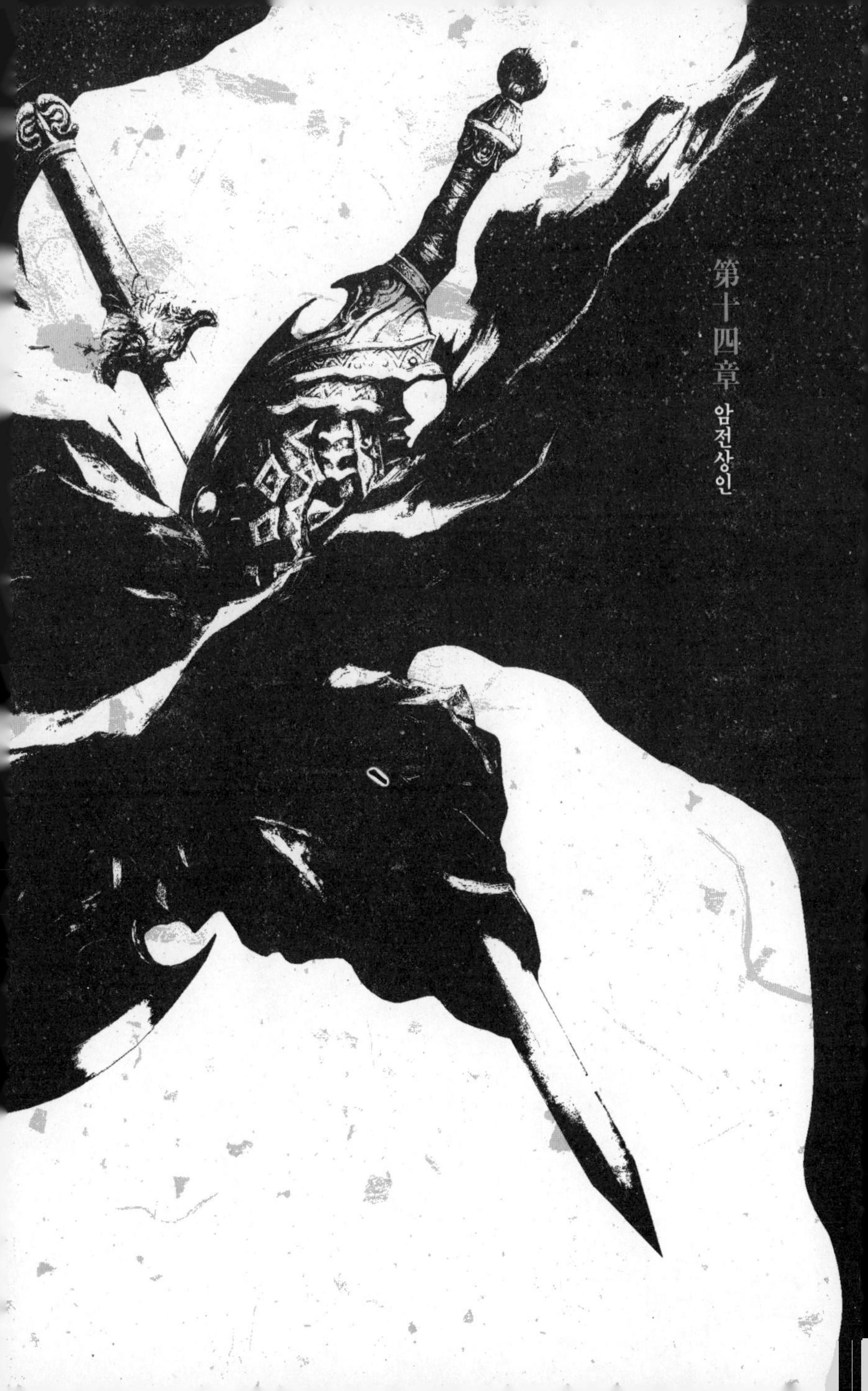
第十四章
암전상인

"대책을 세워야 합니다."

임무열은 상황을 심각하게 여기고 있었다.

"이걸 보십시오."

임무열이 내놓은 것은 한 자루의 검이었다.

"이번에 삼화철방(三和鐵房)에서 납품한 검입니다."

유심히 검을 살펴보던 정이추가 인상을 썼다.

"최하품이군."

"네. 들어온 검의 칠 할 이상이 쓸 수가 없는 물건들입니다."

"그게 정말인가?"

정이추는 깜짝 놀랐다. 한두 자루 하품이 섞여 들어올 순 있었다. 하지만 칠 할 이상이라니?

"삼화철방이 의도적으로 이랬단 말인가?"

"그쪽으로 장심방의 압력이 들어간 게 틀림없습니다. 이래저래 청문 애들의 동요가 심해지고 있습니다."

정이추의 마음은 착잡했다. 정검문을 이어받은 후 굴곡없는 삶을 살아온 그였다. 딱히 기억에 날 만한 큰 싸움은 없었다.

춘풍객점의 사건 이후 정이추는 장심방과의 일전을 각오하고 있었다. 그렇게까지 노골적으로 나온다면…….

피할 수 없다면 싸울 수밖에. 내키지 않는 일이지만 할 수 없었다.

강호의 생리가 그러하듯 언제나 승자에게 관대할 것이다. 억울하게 죽게 되더라도 하소연할 수도 없을 것이다.

그의 약한 마음을 읽은 것일까, 임무열이 자신감을 표했다.

"우리가 마음먹고 대비하면 놈들에게 쉽게 당하진 않을 겁니다."

쉽게 당하지 않는 정도론 부족하다는 생각이 들었다. 어렵게 당해도 결국 당하는 것은 당하는 것이니까.

임무열이 조금 신중하게 입을 열었다.

"외부의 조력이 필요하다고 판단합니다."

정이추의 자존심을 건드릴 수 있는 문제라 생각해 조심스러웠다.

정이추는 말없이 탁자만 내려다보고 있었다.

"그럼 전 이만 물러가겠습니다."

가볍게 인사를 하고 임무열이 자리를 떴다.

복도를 걸어나오며 임무열이 가볍게 한숨을 내쉬었다. 솔직히 젊었을 때는 정이추가 마음에 들지 않았다. 일단 자신의 성격과 맞지 않았다. 화끈하게 살고 싶은 그와 소심할 정도로 신중한 정이추는 애초부터 달랐다.

하지만 점점 세월이 흐르면서 그가 이해가 되었다. 가장 큰 이유는 미친 망아지처럼 날뛰며 살아봤자 지나고 나면 허망한 것이 강호사란 것을 깨달은 것이다.

이제 정이추의 수신(修身)이 적어도 비겁한 행동이란 생각은 들지 않았다. 정검문을 떠나지 않고 평생 몸담은 이유도 그런 심경 변화 때문이었다. 지금까지 운 좋게 별일없이 왔지만 이제 확실히 달라졌다.

과연 정이추가 이번 압박을 견뎌낼 수 있을까?

복도 끝에서 화련이 인사를 건네왔다.

검문을 지키기 위해 백방으로 애쓰는 그녀가 때론 가련해 보이기도 했다. 그녀는 분명 똑똑했다. 하지만 그것만으로는 역부족이다. 중소 문파는 결국 무(武)의 논리에 의해 모든 일이 결정되는 곳이다. 훌륭한 군사란 그 머리를 받쳐 줄 힘이 있을 때 빛이 나는 법이니까.

화련이 정이추의 방으로 들어섰다.

"무열이가 다녀갔다."

정이추가 삼화철방의 일을 전했다. 화련이 심각한 표정으로 물었다.

"그래서 임 숙께서 뭐라고 하시던가요?"

"외부에서 조력자를 찾자고 하더라."

신중히 처리해야 할 문제였다.

화련이 심각한 얼굴로 말을 꺼냈다.

"지금 장심방의 움직임이 심상치 않아요."

"뭐?"

"외부의 무인들까지 일제히 소집하고 있어요."

"설마 우릴 노리는 것이냐?"

정이추가 놀라 물었다.

"그건 아니라고 생각해요. 용봉연과 천룡대전을 앞두고 그런 일을 저지르지는 않을 테니까요."

화련과 정이추는 현재 장심방의 사정을 정확히 알 수 없었다. 고검상이 털리고 철방까지 털린 장심방은 지금 완전 초비상이 걸려 있었다.

"하지만 놈들은 더 치사하고 비겁한 방법으로 움직일 거예요. 요 근래의 일만 봐도 충분히 알 수 있는 일이에요. 대회가 끝나고 나면 본격적으로 덤벼들 수도 있고요."

정이추가 다시 두 눈을 지그시 감았다.

상황은 하루가 다르게 자꾸 나빠지고 있었다.

화련이 신중히 말했다.

"임 숙 말씀처럼 일이 이렇게 된 이상 새로운 곳에 도움을 청하는 것이 옳을 것 같아요."

"과연 그럴 곳이 있겠느냐?"

"현실적으로는 한 군데뿐이지요."

정이추는 한 곳을 떠올렸고, 과연 화연의 생각도 그러했다.

"아버지께서 용호문주를 직접 만나보셔야 할 것 같아요."

"용호문이라……."

"장심방의 압력에 용호문 역시 요즘 어려움을 겪고 있다는 소문이에요. 저희와 연합하자는 제의를 그들은 거절하지 않을 거예요."

정이추가 그 의견에 공감했다.

"그들이 무엇을 요구하진 않을까?"

"입술이 없으면 이가 시린 법이죠. 그들도 다음이 자신들 차례란 것을 모르진 않을 거예요."

"알겠다. 네 말대로 하마."

둘은 몇 가지 세부 사항에 대해 이야기를 나눴다.

의논을 마치고 방을 나서려던 화련이 문득 생각난 듯 물었다.

"한데 적 소협을 어찌하실 작정이세요? 향이 말을 듣자니 두 사람은 이미 용봉연에 신청했다는 것 같아요."

"둘째의 고집을 너도 알지 않느냐?"

"그래서 그냥 이대로 두고 보시겠다고요?"

물론 그건 아니었다. 이대로 적이건과 용봉연에 나갔다가 망신이라도 당한다면 앞으로 차련의 혼삿길에 막대한 지장이 생길 것이다. 어떻게든 말려야 할 일이었다.

"뭔가 수를 내야겠지."

화련이 한숨을 내쉬었다.

"이러다 일 나고 말죠."

"일이라니?"

"아직 젊은 애들이에요. 정들지 말란 법 없지요."

"하하하하! 누가? 차련이가? 적 소협과?"

한바탕 호탕하게 웃고 난 정이추가 정색하며 말했다.

"네 동생이 바보냐?"

* * *

"너, 바보지?"

병기점에서 차련이 고른 무기를 보며 적이건이 말했다.

"저걸 서른 냥이나 주고 사고 싶다고?"

그녀가 고른 것은 벽에 걸린 비수였다. 여섯 자루의 비수가 고급스런 가죽 대에 나란히 꼽혀 있었다. 팔에 두르고 다니면 왠지 멋있을 것 같다는 생각이 든 것이다.

"사겠다는 건 아니고. 알다시피 돈도 없잖아."

내기에 지는 바람에 말이지.

차련이 돈이 없다는 것을 강조한 후 다시 비수를 쳐다보았다.

"전부터 저런 거 하나쯤 갖고 싶었어."

천룡대전과 용봉연으로 인해 수많은 장사치들이 무한으로 들어왔는데, 그중에서도 가장 많은 이가 바로 무기를 파는 상인들이었다. 두 사람이 들어온 이곳도 원래는 병기점이 아니었다. 임시로 가게를 빌려 병기점을 차린 것이다.

객잔에서 나와 집으로 돌아가던 두 사람이 소맷자락을 잡아끄는 주인의 호객 행위에 끌려 구경이나 하자고 들어온 병기점이었다.

"그러니까 돈 있으면 사겠다는 것 아냐?"

"중요한 건 지금 돈이 없다니까."

주인이 슬쩍 둘의 대화에 끼어들었다.

"안목이 대단하십니다. 정말 괜찮은 물건입지요."

콧수염이 인상적인 가게 주인은 차련에게는 미소를, 적이건에게는 못마땅한 눈짓을 보냈다.

"돈이 모자라시면 할인도 해드릴 수 있습지요. 지금 수중에 얼마나 가지고 계신지?"

"웃기는군."

적이건이 심드렁하게 주인을 쳐다보았다.

"원가가 다섯 냥도 안 되는 물건을 서른 냥에 팔다니."

그러자 차련과 주인이 동시에 외쳤다.

"말도 안 돼!"

적이건이 차련을 보고 말했다.

"나이 들어 찾은 친아버지냐? 왜 너까지 말이 안 된대?"

"그야……."

상식적으로 그렇게까지 바가지를 씌울 리는 없다는 생각이었다. 더구나 비수는 물론이고, 그것을 꽂아둔 가죽 대만 해도 열 냥은 할 것 같았다.

"그 무슨 망언이시오? 사기 싫으면 그냥 가시오!"

그러자 적이건이 눈을 사납게 떴다.

"사기 싫어서 가는 게 아니라 원래 살 마음이 없어서 가는 거고. 한데 방금 망언이라고 했어?"

그 기세에 주인이 흠칫 놀라며 한 발 물러섰다.

"제 말은 그게 아니라… 원가가 그렇지 않다는 말이지요."

"웃기시네."

적이건이 걸려 있던 비수를 하나씩 뽑아 차련에게 건넸다.

"봐. 무게가 다 다르지?"

"비슷해 보이는데?"

"그러니까 네가 바보라는 거야."

"한 번만 더 바보라고 해?"

"담금질도 제대로 안 된 것까지는 참아준다, 이거야. 하지만 이건 도저히 참을 수 없지."

적이건이 비수들을 검지에 날을 이용해 일렬로 세웠다.

"조심해!"

"이깟 불량품엔 안 다쳐."

여섯 개의 비수가 손가락 위에 나란히 세워졌다. 비수를 그렇게 세울 수 있다는 것 자체가 너무나 신기한 일이었다.

"이봐, 뭐가 보여?"

차련이 유심히 그것을 살폈다.

"아! 균형점이 다 다르네."

과연 비수들은 제각각의 위치에서 균형을 이루었다.

"이따위 물건을 서른 냥을 받는다고? 던질 때마다 감이 다른 이 쓰레기를 한 조로? 초짜들은 다 죽어, 이런 거 쓰다가."

눈으로 증명까지 해보이자 주인이 아무 대답도 하지 못했다.

차련은 내심 감탄했다. 적이건은 눈으로 보자마자 결함을 알아냈다는 말이다.

적이건이 들고 있던 비수를 주인에게 던졌다.

쉭!

날아간 비수가 주인의 머리통 옆을 스치고 지나가 뒷벽에 박혔다.

주인이 비명을 지르며 그 자리에 주저앉았다.

"정말 성질 나쁜 놈에게 걸리면 진짜 죽는 수가 있어. 그러니 이거랑 저거, 저건 치워 버려."

주인은 내심 깜짝 놀랐다. 적이건이 골라낸 것들은 도매가가 가장 싼 물건들이었다. 물론 자신이 파는 가격까지 싸게 매겨놓지는 않은 물건들이었다.

주인은 그저 놀라 고개를 끄덕일 뿐이었다.

두 사람이 병기점을 나왔다.

"진짜 무기는 저런 데서 안 팔지."

"진짜 무기?"

"스윽 뽑기만 해도 소름이 싸악 돋는 거."

"어디서 파는데?"

"왜? 갖고 싶어?"

갖고 싶다기보다 그런 좋은 무기만 파는 곳이 있을까 하고 궁금한 마음이 들었다. 특히 지난번 실전 이후, 무기에 대한 관심이 부쩍 증가한 그녀였다.

"좋아, 하나 사주지. 따라와."

그러면서 적이건이 성큼성큼 앞서 걸었다.

"무한에 처음 왔다면서?"

"응."

"그런데 아는 곳이 있어?"

"처음와도 알고 있는 것들은 있기 마련이지."

"응?"

"강호는 어디나 똑같으니까."

그렇게 적이건이 그녀를 데려간 곳은 의외로 태평루였다.

"여긴 왜 왔어? 설마 아까 그렇게 고기 먹고 또 고기 먹고 싶은 건 아니겠지?"

"헤헤, 그 정도는 아니지. 고기는 저녁에 먹자고."

어이구.

적이건은 태평루 안으로 들어가지 않았다. 대신 태평루 옆쪽 담을 살폈다. 벽은 이런저런 낙서들로 더럽혀져 있었다.

"이거야."

벽 한쪽에 그려진 낙서를 보며 적이건이 만족스런 표정을 지었다.

"이게 뭔데?"

"약도다."

의아해하는 차련에게 적이건이 설명했다.

"강호에는 많은 단체가 있지. 그들 중에는 공개적으로 영업을 할 수 없는 이들도 있지. 그런 조직들은 언제나 그 마을에서 가장 큰 주점 옆 담벼락에 자신들의 위치를 암호로 남기지."

"설마?"

그건 차련에게 큰 문화적 충격이었다. 지금까지 살면서 단 한 번도 객잔 벽을 눈여겨 본 적이 없었다. 그가 말한 또 다른 세상이란 이런 것일까?

"이게 바로 암전상(暗箭商)들의 표시다."

"암전상?"

적이건이 가리킨 곳에 부러진 화살이 그려져 있었다. 화살 끝에 청(靑)과 일(一)이라는 글자가 적혀 있었다. 얼핏 봐서는 그냥 뜻 모를 낙서였다.

"흑은 북쪽, 백은 남쪽, 청은 동쪽, 홍은 서쪽. 지금 이 뜻은 동쪽으로 일 리만 가면 된다는 뜻이지."

간단했다. 하지만 의미를 모르는 사람은 절대 이해할 수 없는 암호였다.

아마도 무기를 파는 이들 같았다.

"그럼 왜 이렇게 비밀스럽게 무기를 팔지?"

강호인에게 무기나 암기를 파는 것은 불법이 아니었다. 아까 그 병기점처럼.

적이건이 히죽 웃으며 말했다.

"가보면 알아."

적이건이 성큼성큼 앞장서 걸었다.

"잠깐, 기다려!"

왠지 위험스런 냄새가 잔뜩 풍겨 망설여졌지만, 결국 차련은 적이건의 뒤를 따라갔다. 궁금하기도 했고, 적이건과 함께라면 괜찮을 것 같다는 생각이 들었다.

또 믿고 있구나.

낯설면서도 왠지 친근한 믿음.

이 이상한 녀석과 함께라면 하루가 너무 재밌게 지나간다.

"어차피 거기 갈 일도 있었거든. 겸사겸사 잘됐군."

"왜?"

"오랫동안 찾았던 물건이 거기 있어."

두 사람은 표시가 알려준 대로 동쪽으로 난 길로 일 리쯤 걸었다.

그곳에는 몇 가지 허름한 가게들이 늘어서 있었는데 적이건은 그중 철물점으로 들어섰다.

"어서 오시게."

후줄근한 늙은이가 그들을 맞이했다.

적이건이 대뜸 물었다.

"여기 부러진 화살도 고쳐 주시오?"

그러자 늙은이의 눈빛이 변했다.

"어떤 종류의 화살인가?"

"세상에 못 죽일 것이 없는 그런 화살이오."

늙은이의 눈빛이 다시 한 번 변했다.

차련은 두 사람이 암어(暗語)를 주고받았음을 느꼈다.

노인이 안쪽을 보며 소리쳤다.

"화아야!"

그러자 여인이 한 명 밖으로 나왔다.

까무잡잡한 피부에 날렵해 보이는 인상을 지닌 여인이었다. 무공을 배운 강호의 여인이 틀림없었다.

"이리로."

성격을 짐작할 수 있는 조금 무뚝뚝한 말투였다.

두 사람이 여인을 따라 걸어갔다. 좁은 복도를 지나니 잡동사니가 가득 쌓인 뒷마당이 나왔다.

뒷마당의 잠긴 창고를 열고 들어간 여인이 다시 바닥의 비밀 통로로 내려갔다.

지하 창고에 내려간 차련의 입이 함박만큼 벌어졌다.

사방의 벽과 장식장에 갖가지 병장기가 가득 진열되어 있었는데, 낮에 보았던 병기점의 그것과는 수와 질에 있어 차원이 달랐다.

여인이 물었다.

"어떤 종류를 원하죠?"

원래는 암기로 쓸 만한 비수를 사려고 했다. 하지만 막상 이곳의 많은 무기를 보자 뭔가 특별한 것을 사고 싶어졌다.

갈등하는 그녀를 보자 여인은 조금 의아한 표정을 지었다.

이곳을 이용하는 이들은 한정되어 있었다.

적이건은 차련에게 강호에 널리고 널린 곳처럼 설명했지만 사실 이곳을 아는 이는 극히 드물었다. 더구나 앞서 노인과 주고받은 암어는 신용이 확실한 이들만이 아는 암어였다.

그랬기에 대부분 이곳에 올 때는 미리 무엇을 구입할 것인지 정하고 오는 이들이 대부분이었다. 이곳은 돌아보고 구경하는 곳이 아니었다. 필요한 것을 구해달라고 요청하고 찾아가는 그런 경우가 많았다.

적이건이 히죽 웃으며 말했다.

"쓸 만한 몇 가지 추천해 주시오. 이 친구가 이곳이 처음이라."

그러자 여인이 진열대에서 작은 비수를 하나 주워 들었다.

"삼영비(三影匕)라 불리는 놈이에요."

날의 날카로운 예기가 보는 마음까지 서늘하게 했다.

여인이 한쪽 벽에 쌓인 쌀가마니를 향해 비수를 겨눴다.

피잉!

날카로운 바람 소리를 내며 비수의 날이 튀어 날아갔다. 엄청난 속도로 날아간 날이 가마니 깊숙이 박혔다. 속도도, 위력도 보통이 아니었다.

철컥.

손잡이 부분을 작동하자 다시 날이 튀어나왔다.

"보통 이런 유의 암기는 날이 하나이거나 많아야 두 개죠. 하지만 이 삼영비는 날이 세 개예요. 적의 방심을 이끌어내는

데 제격이죠. 가격은 이백오십 냥. 덤으로… 교체할 수 있는 칼날을 스무 개 따로 드리죠."

이백오십 냥이란 말에 차련의 입이 쩍 벌어졌다. 값은 상상보다 훨씬 비쌌다. 하지만 저런 비수가 하나쯤 있으면 좋겠다는 생각도 들었다.

차련이 적이건을 보며 이거 어떤가 하는 눈빛으로 물었다. 사실은 이백오십 냥이나 하는데 사줄 수 있느냐고 놀린 것이었다.

적이건이 심드렁한 눈빛으로 고개를 저었다.

"품위없이. 너무 비겁해 보이잖아."

네가 더 비겁해 보여. 솔직히 아깝다고 하시지.

암기에 무슨 품위와 정정당당을 따지겠냐마는 막상 그 말을 들으니 그렇기도 했다.

이번에는 여인이 다른 것을 보여주었다.

이번의 암기는 작은 호롱박통이었다.

"술통처럼 보이고, 또 실제로 물이나 술을 담을 수도 있어요. 하지만 이놈은 비천폭(飛天爆)이라 불리는 흉악한 놈이죠. 이곳에서 일백 개의 우모침(牛毛針)이 발사되죠. 너무나 가늘고 작아 칼로 막아내기 어렵고 극독이 발려져 있어 적중당했을 때는 물론 스쳐도 즉사. 일회용이지만 필살을 보장하죠. 가격은 사백이십 냥이에요. 사신다면 특별히 사백 냥까지 해드리죠."

즉사란 말을 너무도 태연히 해서 차련은 조금 섬뜩한 느낌이 들었다.

그건 그렇고, 가격들이 어마어마하군.

적이건은 다시 고개를 내저었다.

"그런 걸 썼다간 무림공적으로 몰리기 딱 좋겠네."

그제야 차련은 왜 이곳이 비밀리에 운영되는지 짐작할 수 있었다. 흔히 일반 병기점에서는 독이 발린 무기를 팔지 못했다. 나라의 규제도 규제지만 사천당문과 같은 독문 일파들이 독에 대한 규제를 확실히 했기 때문이다. 게다가 독이 아니더라도 이 음침한 분위기로 볼 때 장물이 많이 취급될 것 같았다.

여인이 덤덤한 얼굴로 다음 무기를 소개했다.

이번에 든 것은 검이었다.

검을 쓰는 차련이었기에 앞의 무기보다 훨씬 큰 관심을 보였다.

"용천검(勇天劍)이에요. 설명이 필요없을 정도로 명검이죠."

그러자 적이건이 처음으로 고개를 끄덕이며 인정했다.

"꽤 괜찮아 보이는군. 가격은?"

"이천 냥이에요. 이 상품은 단 한 푼도 깎을 수 없어요."

차련은 감탄하며 검을 살피고 있었다. 정말 손을 대면 그대로 베어질 것만 같았다. 정말 좋은 검이 이런 느낌이구나란 생각이 들었다.

그 모습을 지켜보던 적이건이 불쑥 물었다.

"지금 쓰는 검은 아버지가 주신 건가?"
"응? 그래. 검술을 배우고 삼 년이 지났을 때 주신 거야."
"역시. 그 검, 아주 좋다. 딸이라고 좋은 것 줬네."
차련이 자신의 검을 내려다보았다.
이 검이 그렇게 좋은 검이었어?
"그리고 하수들은 뭐니 뭐니 해도 손에 익은 것이 제일이다. 좋은 검이 필요할 정도로 네 내력이 넘치는 것도 아니고."
그런 말은 둘이 있을 때만 해.
차련이 얼굴을 살짝 붉혔다.
날씬한 사람에게 먹보라고 놀리면 그건 그냥 놀리는 거지만 뚱뚱한 사람에게 그러면 그건 모욕하는 것이다. 하수에게 하수라면 화나잖아.
"저 검이 더 좋긴 하지만 그렇다고 이천 냥이나 주고 바꿀 정도는 아니란 말이지."
그러면서 적이건이 여인에게 물었다.
"여긴 이런 것밖에 없소?"
무시당한 기분이었는지 여인이 안색을 굳혔다. 이내 여인이 야릇한 미소를 지었다.
"값을 감당할 수 있을까요?"
"그건 그쪽이 걱정할 일이 아니고."
그때 뒤에서 노인의 목소리가 들렸다.
"특별한 손님들이시니 그에 걸맞은 물건을 보여드려야지."
노인이 작은 상자를 하나 들고 들어왔다.

상자를 열자 차가운 기운이 뿜어져 나왔다. 금방 주위가 서늘해졌다.

"빙옥수(氷玉手)네. 극음의 기운을 담고 있는 비수로, 여인들은 지니고 있는 것만으로도 공력 증진에 도움이 되는 기병이네."

차련의 입에서 절로 감탄이 터져 나왔다. 이어지는 가격은 입이 쩍 벌어질 정도였다.

"만 오천 냥이네."

정말 저 작은 비수 한 자루가 그렇게 비싼 것일까?

"어떤가? 이 정도면 괜찮지 않는가?"

적이건이 진지하게 비수를 살폈다. 이윽고 그의 눈이 가늘어지며 넌지시 말했다. 전혀 예상치 못한 말이었다.

"이거 사면 덤으로 뭘 하나 끼워주실 수 있소?"

끼워주면 사려고? 만 오천 냥이나 하는데?

덤이란 말에 노인의 눈에 이채가 발했다.

"원하는 것이 있는가?"

그러자 적이건이 건들건들 주위를 살폈다.

"그냥 여기 안에 있는 것 중에 아무거나 하나 골라 가면 되지 않겠소?"

노인은 잠시 적이건을 노려보듯 쳐다보았다.

적이건이 그 시선을 담담히 받았다.

"좋네."

"좋소. 그 가격에 사겠소."

차련이 깜짝 놀랐다.

"정말 사려고?"

적이건이 망설이지 않고 품에서 전표를 꺼내 건넸다.

노인이 그것을 내려다보며 씩 웃었다.

"대륙전장의 전표라… 이거라면 확실하지."

"정, 정말 이 가격에 사는 거야?"

차련은 흥분하고 있었다. 아무리 좋아 보인다 해도 고작 단검 한 자루였다. 만 오천 냥이란 돈은 그야말로 상상할 수 없을 정도로 큰돈이었다.

"덤으로 하나 끼워준다고 했으니……."

적이건이 주위를 어슬렁거렸다. 이것저것 살펴보더니 이내 구석에 처박힌 상자에서 무엇인가를 꺼내 들었다.

그것은 먼지가 가득 묻은 그것은 가죽 장갑이었다. 너무 낡고 더러웠는데 곰팡이까지 피어 있었다.

차련이 절로 인상을 찡그렸다. 손대기조차 싫은 물건이었다.

"이것으로 하겠소."

야, 미쳤어? 기왕 하나 골라 가라고 했으면 아까 그 검으로 받아!

노인이 말없이 적이건을 응시했다.

한참을 그렇게 쳐다보더니 노인이 이내 씩 웃었다.

"좋네. 그걸로 하게."

이번에는 적이건이 씩 웃었다.

두 사람이 나오려는데 노인이 물었다.

"자네 이름을 알 수 있겠나?"

돌아선 적이건의 표정이 진지했다.

"적이건이오."

그러자 노인이 물었다.

"다시 만날 일이 있을까?"

"덤까지 받았으니."

그러자 노인이 씩 웃었다.

그렇게 두 사람은 그곳을 나갔다.

여인이 속이 후련하다는 듯 환하게 웃었다.

"드디어 팔렸네요."

빙옥수는 그 가격이 워낙 큰데다 여인에게만 도움이 된다는 점 때문에 오랜 시간 팔리지 않았던 물건이다.

"큰 이득을 봤어요. 할아버지는 그가 그렇게 큰돈이 있다는 것을 어떻게 눈치 채셨죠?"

"그는 이 돈보다 훨씬 많은 돈을 가지고 있을 것이다. 그리고 우린 장사를 시작한 이래 가장 큰 손해를 봤단다."

"네? 그게 무슨 말씀이시죠?"

여전히 여인은 지금의 상황에 대해 이해하지 못하고 있었다.

노인이 차분하게 설명했다.

"그가 덤으로 가져간 장갑이 무엇인지 아느냐?"

"무엇이옵니까?"

"풍신갑(風神鉀)이다."

"설, 설마 삼백 년 전, 천하제일고수였던 권왕 풍신의 독문병기를 말씀하시는 건가요?"

"맞다. 바로 그것이다."

여인은 경악했다. 풍신의 독문병기라면 빙옥수와는 비교도 할 수 없는 신병이었다.

"풍신갑이 우리 암전에 흘러들어 온 것은 육십 년 전의 일이다. 전대 암전대상이신 유 어르신께서는 이것을 급하게 처리하지 않으셨다. 풍신갑이 우리 암전을 멸문에 이르게 할 수도 있다는 것을 잘 알고 계셨지. 드러내 놓고 팔 수도 없었다. 소문이 나면 우리에게 또 다른 보물이 있을 것이란 생각으로 온갖 잡귀들이 몰려들 것이기 때문이지. 한마디로 풍신갑은 우리가 처분하기에는 너무나 귀한 물건이었다."

"왜 그토록 귀한 것을 저리 취급하셨습니까?"

"유 어르신의 뜻이었다. 인연이 닿는 이에게 내보내라고. 하나 저렇게 젊은 청년이 풍신갑을 알아볼 줄은 정말 몰랐구나."

"가치가 얼마나 할까요?"

"돈으로 환산할 수 없는 물건이다만… 만약 내게 돈이 있다면 백만 냥이라도 살 것이다."

여인은 한동안 말을 잇지 못했다.

"그걸 고작 만 오천 냥에?"

빙옥수와 함께였으니 거의 공짜나 다름없지 않은가? 너무나

아깝다는 생각이 들었다.

이번에는 그녀가 걱정스럽게 물었다.

"이제 풍신갑이 세상에 나갔으니 우리가 위험해지지 않을까요?"

"그렇지 않을 것이다."

"이유는요?"

"그가 단번에 풍신갑을 알아보았기 때문이지. 새파란 아이가 이것을 알아봤다는 것은 저 아이의 사문이나 일신의 내력이 대단함을 의미하지. 어디 가서 쉽게 입을 놀릴 아이가 아니다. 그는 내가 일부러 그에게 풍신갑을 주었다는 것을 알고 있다. 그러니 우리에게 한 번쯤 은혜를 갚을 것이다."

마지막에 적이건과 나눈 대화는 그런 뜻이 담겨 있었다.

노인의 이어지는 말은 여인을 더욱 놀라게 했다.

"그 아이가 메고 있던 검과 도를 보았느냐?"

"보았습니다."

"그건 풍신갑보다 더 귀한 것이었다."

"……!"

여인은 말문이 막힐 정도로 충격을 받았다. 풍신갑만 해도 지금 당장 강호십대신병의 순위를 바꿀 만한 기보였다. 한데 풍신갑보다 더 귀한 검과 도라면?

노인의 눈이 파랗게 빛나기 시작했다.

"어쩌면 이번 일을 계기로 삼백 년을 내려온 우리 암전의 오랜 숙원을 풀 수 있을지도 모르겠구나."

*　　*　　*

"멍청이!"

차련이 적이건에게 소리쳤다.

적이건은 시냇가에 쪼그리고 앉아 있었다. 장갑에 묻은 곰팡이를 조심스럽게 털어내고 흐르는 물에 깨끗이 씻기 시작했다. 차련의 잔소리가 계속되었다.

"아무리 그래도 비수 한 자루에 만 오천 냥이나 쓰다니, 미쳤거나 바보거나 둘 중 하나야. 아니지. 넌 미친 바보다."

차련은 조금 흥분하고 있었다. 사실 만 오천 냥은 그녀에게 상상도 할 수 없는 액수였다. 정검문 백방 고수들의 월봉이 열다섯 냥 안팎이었다. 그들 중 가장 오래되고 실력이 뛰어난 임무열조차도 채 스무 냥을 넘지 못했다.

그런데 만 오천 냥이라니?

앞서 집을 짓는다며 돈을 계산할 때까지만 해도 그녀는 누군가의 부탁으로 적이건이 이번 일을 처리한다고 생각했다. 그래서 그렇게까지 많이 놀라진 않았다.

하지만 이번 경우는 달랐다.

"도대체 그 많은 돈을 어떻게 가지고 있지? 훔친 거야, 아니면 너, 부잣집 아들이야? 아니지. 과일 가게를 하신다고 했잖아? 그거 다 거짓말이었어?"

"어휴, 시끄러워. 나보다 더 시끄럽네."

차련이 볼이 조금 붉어졌다. 그러고 보니 너무 혼자 떠들어 대고 있었다.

"…시끄러운 줄은 아나 보네."

"그거나 이리 줘."

차련이 빙옥수를 건넸다. 조금 섭섭한 마음이 드는 걸 보니 자신에게 선물로 줄까 내심 기대를 한 모양이었다.

설령 준다 해도 받아서는 안 될 큰 선물이지만, 주는 걸 거절하는 것과는 또 다른 문제니까.

"고기 썰 때 쓰면 신선하게 잘 썰리겠네."

"그런 걸 왜 사, 아깝게?"

새쭉한 그녀의 말에 적이건이 그녀의 얼굴을 빤히 쳐다보았다.

"혹시 선물로 받고 싶었어?"

"천만에!"

목소리가 떨렸다. 역시 거짓말을 못하는 성격이다.

적이건이 허리춤에 아무렇게나 찔러 넣으며 말했다.

"어차피 네겐 도움이 안 되는 물건이야. 공연히 파리만 꼬여. 나중에 무공이 좀 더 발전하면 그때 주지."

"누가 뭐랬나?

"대신에 손 내밀어봐."

"왜?"

차련이 기겁을 하며 물러섰다.

"그 더러운 거 나 줄 거면 어림없어."

말과는 달리 곰팡이와 먼지가 씻겨 나간 장갑은 매우 독특하고 인상적이었다. 검은색인 줄 알았는데 장갑은 투명했다.

적이건의 표정이 조금 진지해졌다.

"이거 끼면 네 무공 증진에 조금 도움이 될 거야. 지금 칠성에서 막혔지?"

그 말에 차련이 깜짝 놀랐다.

"어? 어떻게 알았지?"

그녀의 두 눈이 휘둥그레 뜨였다.

"내가 모르는 게 어디 있나? 자, 이리 와."

무공에 도움이 된다는 말에 그녀의 마음이 흔들렸다. 오직 무공에만 빠져 살았던 그녀이다.

"오른손잡이지?"

"응. 정말 도움이 되는 거지? 공연히 나 놀리는 거면……."

그때 적이건의 그녀의 팔을 잡으며 진지하게 말했다.

"아무리 하찮은 물건에도 고유의 기운이 깃들어 있기 마련이야. 경건한 마음으로 이 녀석을 느끼면서 껴."

붙잡은 팔에서 진지함이 느껴졌다.

"…알았어."

적이건이 천천히 오른쪽 장갑을 끼워주었다.

탄력있는 그것이 차련의 손에 완전히 밀착되었다. 완전히 손에 꽉 달라붙었다.

장갑을 완전히 끼는 그 순간,

우우우웅!

장갑이 손에 완전히 밀착되는 기분이 들면서 진동했다. 말로 표현하기 힘든 어떤 기운이 양손을 통해 온몸으로 퍼져 나갔다. 짜릿했다.

그 모습에 적이건이 히죽 웃었다.

"됐어. 나쁘지 않네."

길게 심호흡을 한 후 차련이 물었다.

"방금 그게 뭐였지?"

정말 한마디로 짜릿한 기분이었다.

"이놈이 너를 받아들인다는 신호지."

"뭐?"

"과연 내 눈이 틀리지 않았어. 너, 충분히 재능있어."

차련이 양손을 내려다보았다. 투명한 빛이었기에 장갑을 꼈는지 안 꼈는지 식별이 어려웠다. 그제야 장갑이 보통 신물이 아니란 것을 느꼈다. 오른손에 절로 힘이 들어갔다.

"어? 글자가 새겨져 있어. 풍?"

손바닥에 아주 작게 風이 흘림체로 쓰여 있었다. 그냥 봐서는 손바닥에 문신을 한 것 같았다.

적이건이 왼쪽 장갑을 자신의 손에 꼈다.

그의 손바닥에는 神이 흘림체로 쓰여 있었다.

적이건이 왼손을 들며 말했다.

"인사해라. 풍신이다."

"풍신?"

"이렇게 한 짝씩 끼고 있으면 서로 떨어져 있어도 어디에 있는지 확인할 수 있지. 넌 아직 내공이 부족해서 안 되지만 나는 알 수 있지."

"말도 안 돼!"

"말 돼. 재료가 보통 재료가 아니거든. 거기에 예전에 썼던 주인이 워낙 대단한 사람이라 한마디로 보물 중의 보물이지."

말하지 않아도 느낄 수 있었다. 장갑이 느낌으로 말하고 있었다. 세상에 나보다 더 귀한 것은 없다고.

"검기도 손으로 막을 수 있는 거다. 물론 아직은 네 내공이 약해서 손을 댔다가는 크게 다치지. 하지만 그래도 손은 잘리지 않아. 무공이 증진되면 검강에도 잘리지 않는다. 이깟 비수와는 비교도 안 되는 보물이지. 알고나 사용해."

적이건은 어떻게 이 장갑이 보물인지 알고 있었을까 궁금한 것보다 앞서는 의문이 있었다.

"…왜 이렇게 내게 이렇게 잘해주지?"

고개를 들었을 때 적이건은 저만치 가고 있었다.

힐끔 돌아보며 어서 오라고 손짓하는 그의 얼굴은 햇살에 눈이 부셔 보이지 않았다.

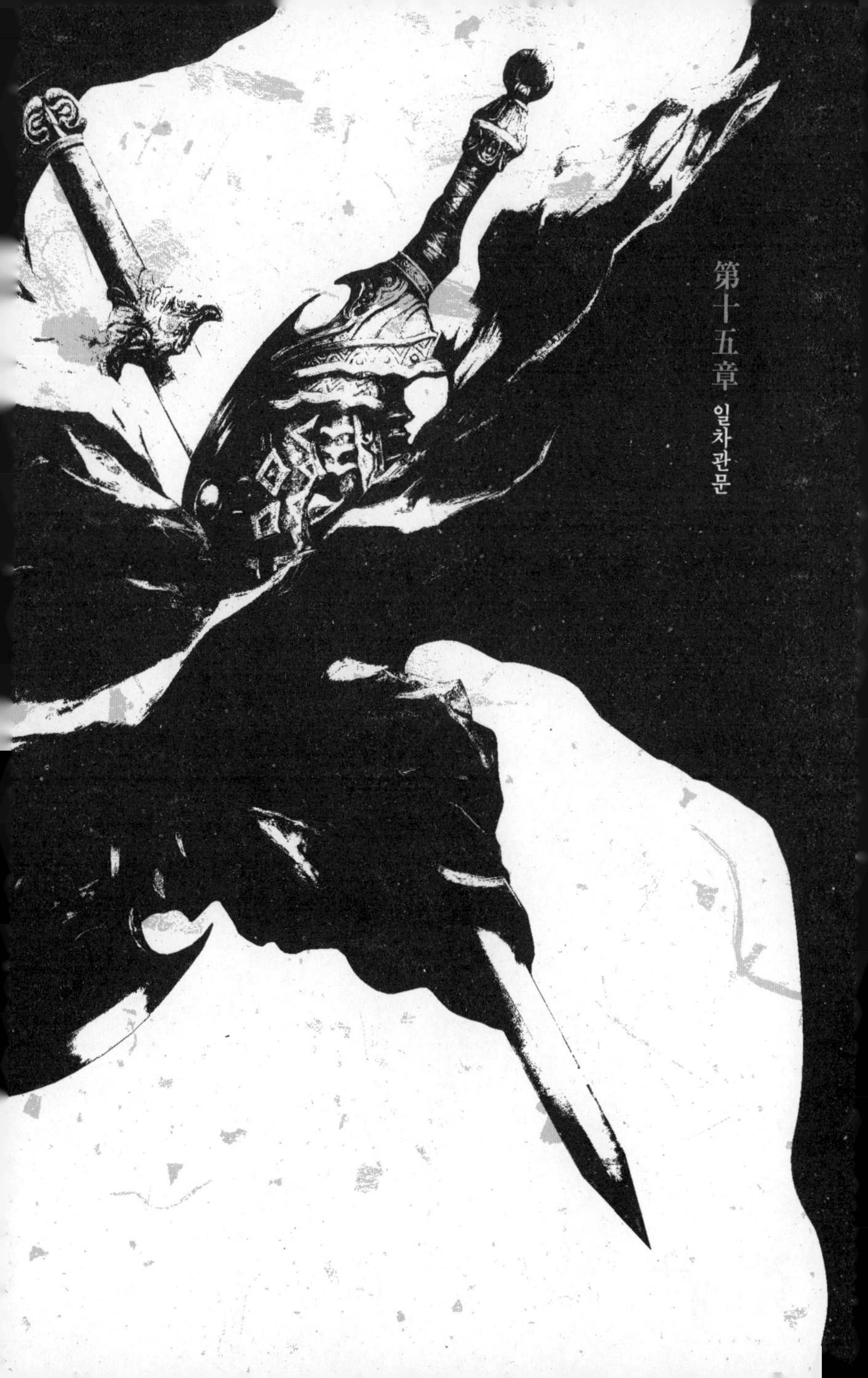

第十五章 일차관문

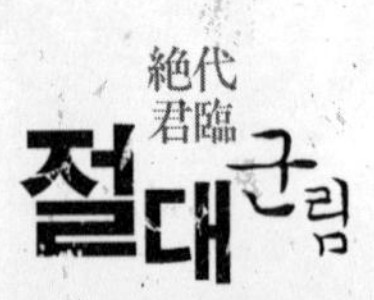
絶代
君臨
절대군림

드디어 용봉연이 시작되는 그날이 밝았다.

가장 분주한 사람은 단연 향이였다. 새벽같이 일어난 향이는 무복을 다리고 간식을 만들고, 그야말로 분주히 움직였다.

"아가씨! 꼭 제일관문을 통과하셔야 해요?"

제일관문은 비공개로 치러진다고 했다. 일반인들이 구경할 수 있는 관문은 제이관문부터라고 했다.

만약 차련이 제일관문을 통과하지 못한다면 향이가 그토록 바라던 잘생긴 후기지수들은 얼굴 한 번 보지 못하고 돌아와야 했다.

막상 사내들 앞에 데려다 놓으면 얼굴이 빨개져 고개조차 들지 못할 거면서.

"아가씨, 제가 준비를 다 해갈게요. 여벌로 갈아입을 옷이랑 긴장을 낮춰주는 약하고, 또……."

향이의 잔소리와도 같은 걱정을 듣고 있자니 정말 오늘 용봉연이 시작되긴 하나 보다란 생각이 들었다.

그때 안씨가 들어왔다.

"준비는 잘돼가느냐?"

"엄마."

차련이 안씨의 품에 안겼다.

"왜 이러느냐."

"그냥."

"이따가 아버지하고 구경 가마."

"처음부터 떨어질지도 몰라."

안씨가 차련의 등을 다독였다.

"괜찮아. 그저 최선을 다하면 된다."

어머니의 품은 언제나 따뜻하다. 언제까지나 변함없는 따스함이다. 잃지 않을 것이다. 강해져서 지킬 것이다.

향이가 절대 안 된다고 소리쳤다.

"안 돼요! 일관문은 통과하셔야 해요!"

누구 좋으라고.

세 사람이 밖으로 나왔다. 정이추는 물론이고 화련과 수련, 서백에 임무열까지, 모두들 기다리고 있었다. 화단 앞에는 적이건이 쪼그리고 앉아 있었다.

청승맞게 거기서 뭐 해?

"언니!"

이번에는 수련이 차련에게 달려들었다. 다치지 말고 조심해서 다녀오라는 수련의 당부에 차련이 그녀를 꼭 껴안았다.

"춥다. 어서 들어가거라."

"괜찮아."

하지만 수련의 얼굴은 더없이 창백했다.

"응원 못 가서 미안해."

수련이 울먹였다.

"바보. 기다려. 이기고 올게."

"힘내."

이 착한 동생의 병만 낫게 할 수 있다면.

몸도 마음도 모두 팔 수 있다.

오늘따라 가족을 바라보는 마음이 울컥했다.

어디 먼 길이라도 떠나는 기분이었다.

이러다가 일차관문에서 떨어져 버리면 너무 부끄러운데.

그때 멀리서 차련을 지켜보던 화련이 걱정스럽게 말했다.

"이대로 저 둘을 내보내실 거예요?"

정이추는 무거운 신음성을 내뱉을 뿐이었다. 어젯밤에 차련을 찾아가 은근히 대회 포기를 설득해 보려 했다. 하지만 차련의 결심은 확고했다. 정이추는 억지로 딸의 의지를 꺾는 아버지가 아니었다.

결정적으로 정이추가 결사적으로 말리지 않은 이유는 사실 간단했다.

누가 뭐래도 정이추는 차련을 믿었다. 딸을 믿었기에 차련의 선택과 결정도 믿었다.

화련이 못 미덥다는 얼굴로 말했다.

"뭐, 어차피 일차관문에서 떨어지겠지만요."

그러자 서백이 슬쩍 끼어들었다.

"난 괜찮은 것 같은데. 적 소협, 괜찮다고 생각해."

"뭘 보고?"

"직감이랄까? 사내만의 직감이 있어."

"그새 술이라도 한잔 얻어먹었군."

"부인의 오해십니다!"

"자꾸 편들기만 해?"

서백이 찔끔 놀란 시늉을 하며 씩 웃었다.

정이추가 적이건에게 걸어갔다. 적이건은 화단 앞에 앉아 흙장난을 하고 있었다.

아, 흙장난이라니.

"자네."

"네."

할 이야기는 많았지만 막상 적이건을 마주 대하니 할 말이 없었다.

떨어져도 좋으니 제발 사고나 치지 말았으면.

"걱정 마십시오. 따님은 제가 책임지겠습니다."

제발 그런 생각을 버려줬으면 하는 마음이 정이추의 솔직한 심정이었다.

"잘 부탁하네."
한숨을 내쉬며 정이추가 돌아섰다.
차련이 걸어왔다.
"아버지."
"정차련!"
정이추가 차련의 이름을 힘차게 불러주었다.
"다녀오겠어요."
"그래. 후회없이 최선을 다해라. 이따 보자꾸나."
아버지의 차련에 대한 사랑은 그야말로 질투가 날 정도였다. 하지만 한편으로 화련은 아버지를 이해했다. 아버지는 뼛속까지 무인인 분이다. 장녀인 자신이 아버지의 무공을 이어받지 못했다는 점이 죄송스러울 뿐이었다.
"잘해. 집안 망신 시키지 말고."
박수를 치며 보낼 기분은 아닌지라 화련이 괜히 뿌루퉁한 한마디를 했다.
언니의 성격을 잘 아는지라 차련이 미소로 답했다.
"걱정 마."
서백이 박수를 치며 차련을 응원했다.
"처제, 나중에 봐!"
차련이 주먹을 불끈 쥐어 보였다.
그렇게 대문 앞까지 나온 가족들의 응원을 받으며 두 사람은 집을 나섰다.

* * *

두 사람이 일차관문이 치러지는 장소에 도착했을 때는 이미 많은 이들이 모여 있었다.

입구에는 수백 명의 구경꾼이 진을 치고 있었다. 한명 한명 아는 얼굴들이 보일 때마다 그들은 환호성을 질렀다. 주최 측인 북천패가의 무인들은 구경꾼들을 철저히 통제한 채 입장시키지 않고 있었다.

용봉연에 참가한 무인들을 북천패가의 무인들이 임시로 조를 나눠 입장시키고 있었다. 참가한 후기지수를 그들은 용봉이라 불렀다.

입구의 무인이 용봉연 참석 인원이 너무 많기 때문이라며 조당 스무 명씩 나눴다고 설명했다.

"앗, 저기 반가운 얼굴이 있네."

저 멀리 장인걸 일행이 보였다.

장인화와 함께 서 있는 사내를 보며 차련이 말했다.

"저 사람이 북천패가의 차남이구나."

임하기와 임양구 일행이 등장하자 환호성이 터져 나왔다. 과연 북천패가의 인기는 대단했다. 대단한 인물인 양 임하기가 손을 흔들며 안으로 들어섰다.

적이건이 사방으로 손을 흔들었다.

처음 보는 적이건이 손을 흔들자 다들 고개를 갸웃했다. 몇몇 어린 녀석들은 야유까지 보냈다.

내가 다 부끄러워.

차련이 푹 고개를 숙였다.

용봉들이 각자 조를 배정받아 흩어졌다. 적이건과 차련이 배정받은 조는 팔조였다.

이정표를 따라 소집 장소로 향하던 차련이 심호흡을 했다.

이제 드디어 시작이구나.

가슴이 절로 두근거렸다.

무한제일미 따위의 칭호는 이제 반갑지 않다.

그녀가 원하는 것은 진정한 무인으로서의 자신이다. 여인을 차별하는 강호를 바꾸지 못한다면, 적어도 차별당하는 여인은 되지 않으리란 각오였다.

"오! 여기 잘 꾸며놨네. 저 화강석은 꽤 비싼 건데. 북천패가 이 자식들, 돈 많이 벌었나 본데?"

"이건."

처음으로 불러본 이름이었다.

적이건이 발걸음을 멈추고 돌아보았다. 적이건의 얼굴이 조금 진지해졌다.

"우리 최선을 다하자."

진심으로 말하는 거야. 우리 잘하자.

그러자 적이건이 살짝 웃었다.

"안 그래도 되지만 네 뜻이 그렇다면."

평소와는 달리 왠지 믿음이 가는 미소였다.

제발 평소에도 이 얼굴, 이 분위기를 유지해 주면 안 되겠니?

그렇게 화원을 지나 두 사람이 정해진 방에 도착했다.

입구에 선 무인이 들어가는 적이건과 차련에게 명령조로 말했다.

"아무것도 손대지 말고 기다리시오."

그러자 적이건이 툭 내뱉었다.

"꼭 뭘 손대길 바라는 것처럼 말하네?"

무인이 인상을 찡그렸다. 차련이 적이건을 밀다시피 안으로 들어섰다.

방에는 이미 팔조로 배정받은 용봉들이 모두 모여 있었다. 대부분 모르는 얼굴들이었는데, 마침 아는 얼굴도 있었다.

바로 용호문의 혁이상과 송화였다. 두 남매가 한 조가 되어 이번 용봉연에 참가한 것이다.

차련을 보자 혁이상과 송화의 표정이 어색하게 굳어졌다.

더구나 혁이상은 그날 화양객잔에서 적이건에게 당한 모욕을 아직 잊지 않고 있었다.

하지만 차련에 대해서는 미안한 감정도 있었다. 장인걸에게 잘 보이려고 그녀를 이용하려 한 것은 사실이니까.

혁이상과 송화가 적이건과 차련에게 다가왔다.

혁이상이 남자답게 사과했다.

"그날은 미안했다."

진심으로 미안한 표정은 아니었지만 그래도 사과는 사과였다.

"괜찮아. 나도 잘한 것 없지."

그렇게 둘이 어색하게 화해했다.

적이건과 차련을 번갈아 보던 송화가 웃으며 말했다.

"정말 두 분이 참가하셨네요."

"그렇게 되었어."

"아무튼 언니를 뵙게 돼서 너무 기뻐요."

아무튼? 그런 말은 빼야지.

어린 나이치고는 답답한 구석이 있긴 해도 송화는 나쁜 아이가 아니다. 그것을 누구보다 잘 아는 차련이었기에 기분 좋은 미소를 지어 보였다.

그래도 화기애애한 이야기를 나눌 정도는 아니었기에 차련이 슬쩍 적이건 쪽으로 돌아갔다.

적이건은 어딘가를 쳐다보고 있었다.

"뭘 봐?"

"저기 봐."

적이건이 바라보는 곳은 방문 위였다.

그곳에는 아주 작은 글씨가 적혀 있었다.

입즉개회(入卽開會).

"들어오는 즉시 대회가 열린다? 무슨 뜻이지?"

정말 눈여겨봤을 때만 볼 수 있는 작은 글귀였다.

하지만 적이건의 눈빛은 더없이 반짝이고 있었다.

"의미심장한데?"

그런 것은 잘도 찾아낸다.

적이건이 그 글귀가 붙은 곳 반대쪽을 쳐다보았다. 반대쪽 벽에는 그림이 걸려 있었다. 적이건이 그곳으로 걸어갔다. 차련이 그 뒤를 따라갔다. 몇몇 용봉들이 차련을 눈여겨 쳐다보았다. 그녀는 그들 스무 명 중 단연 돋보이는 외모였다.

하지만 차련은 전혀 신경 쓰지 않았다. 적이건을 만난 이후의 변화이기도 했다.

차련이 적이건과 나란히 서서 그림을 올려다보았다.

수많은 강호인들이 검을 겨눈 채 서로 싸우고 있는 그림이었다.

적이건이 그림을 뚫어질 듯 쳐다보자 차련이 그 옆으로 다가왔다.

"왜 그래?"

"저 그림 말이야, 뭔가 이상한 점 못 느끼겠어?"

차련이 자세히 그림을 살폈다.

"아! 그림 속의 인물이 모두 열여덟 명이야. 그들이 든 무기가 십팔반무기야."

"관찰력이 제법인데?"

"무슨 의미일까?"

"아무 의미 없어."

"뭐?"

"함정이라고. 십팔반무기에 집중하게 만들어 시선을 흐트러뜨리려는 함정."

설마 그런 함정까지 있으려고?

"그럼 무슨 비밀이 숨겨져 있는 거지?"

"맞혀봐."

차련이 다시 그림을 쳐다보았다.

어느 순간, 차련의 눈빛이 반짝였다.

"아!"

시선. 그래, 시선이었다. 강호인들이 모두 싸우는 것처럼 보이지만 그들은 중앙의 무인을 쳐다보고 있었다. 정확히 말하면 그 무인의 손에 들린 물건이었다. 그것은 작은 향로였다.

차련이 적이건을 쳐다보자 적이건이 바로 맞혔다며 고개를 끄덕였다.

그리고 한옆으로 걸어갔다.

"설마?"

차련이 깜짝 놀랐다. 그림 속 향로와 똑같은 향로가 한옆 장식장에 놓여 있었던 것이다.

어떻게 이런 일이? 이건 우연이 아니야.

적이건이 향로를 들어 이리저리 살폈다.

차련은 분명 보았다. 향로 바닥에 새겨진 용봉청(龍鳳廳)이란 글귀를.

그때 멀리서 그 모습을 지켜보던 송화가 소리쳤다.

"함부로 만지지 마세요!"

"왜?"

"왜라니요? 아까 안내해 주신 분 말씀 못 들었어요?"

"무슨 말?"
"아무것도 만지지 말고 기다리라고 했잖아요. 괜히 말썽을 부렸다가 저희들까지 피해를 입게 될 거라고요."
적이건이 짐짓 한숨을 쉬었다.
"이거, 잘못돼도 단단히 잘못되었어."
"뭐가요?"
"나이 어린 네가 사고를 치고 내가 말려야지, 어린 녀석이 왜 그리 시키는 대로만 하고 살아?"
"그야 당연한 것 아닌가요?"
"애들이라면 기존 질서에 거부도 하고 반항도 하고 그래야지."
"그건 철부지 애들의 변명에 불과해요."
"철들어서 좋겠다."
그것이 절대 칭찬이 아님을 느꼈기에 송화가 토라진듯 고개를 돌렸다.
적이건이 차련에게 말했다.
"귀엽네."
반어적인 표현이란 것을 알았기에 차련이 웃으며 말했다.
"심성은 착한 애야. 집안 분위기 때문이지."
"어떤 경우에도 이유는 있는 법이지."
다시 적이건이 물었다.
"어떻게 할까? 저애들, 데려갈까?"
"어딜?"

"다음 관문으로."

"무슨 말이야?"

"우린 여기 그냥 대기하는 중이 아니야. 이미 일차관문은 시작되었어."

"뭐?"

적이건이 다시 한 번 문 위의 글귀를 쳐다보았다.

설마 들어오는 즉시 시작이란 말이 그런 뜻이었단 말인가?

문득 용봉청이란 말이 떠올랐다.

"거길 찾아가야 한다고?"

"응. 여기 있으면 모두 탈락이지."

적이건이 확신에 찬 얼굴로 고개를 끄덕였다.

말도 안 돼! 이렇게 어려운 문제를 누가 풀어?

"데려가고 싶으면 지금 설득해. 시간 얼마 없으니까."

차련이 혁이상과 송화를 쳐다보았다.

밉다면 밉고 불쌍하다면 불쌍하다. 장심방의 기세에 눌려 장인걸에게 잘 보이려고 애를 쓰는 두 사람이었다.

차련이 혁이상에게 걸어갔다.

"나 믿어?"

난데없는 물음이라 그랬는지 혁이상이 놀란 표정을 지었다.

혁이상이 진지하게 대답했다.

"믿는다."

"그럼 지금 우리 결정에 따라줄 수 있어?"

"무슨 말이지?"

차련이 적이건을 돌아보았다. 적이건이 저 앞 방문 앞에서 그녀를 기다리고 있었다. 당장 나가자고 손짓하고 있었다.

"여길 나가는 거야, 우리와 함께."

"뭐?"

혁이상은 물론 송화까지 깜짝 놀랐다.

"왜?"

"나가야 일차관문을 통과할 수 있다면?"

혁이상이 적이건을 쳐다보았다. 여전히 달갑지 않은 녀석이다. 그리고 방금 전 차련의 말은 절대 이해할 수 없다.

"넌 저 친구를 정말 믿고 있군."

차련은 아무 대답도 하지 않았다. 하지만 그녀의 담담한 눈빛은 이미 그 대답을 하고 있었다.

송화가 안타까운 표정을 지었다.

"언니, 도대체 왜 이래요? 저 사람 말 믿으면 안 돼요."

진심이 담긴 걱정이었다.

혁이상이 차분히 말했다.

"난 너는 믿지만 저 친구는 믿지 않아."

차련이 희미하게 웃었다. 그녀가 돌아서며 말했다.

"그게 곧 날 믿지 않는다는 말이야."

혁이상과 송화가 떨떠름한 표정으로 차련을 응시했다. 주위에 있던 이들도 차련의 행동을 주시했다.

차련이 적이건에게 다가갔다.

"친구 복이 없군."

적이건의 말에 차련이 농담으로 받았다.
"너무 수수하게 생겨서 그래."
적이건이 그런 것 같다면 고개를 끄덕였다.
농담이잖아! 그렇게 진지하게 고개 끄덕이지 마!
두 사람이 방문을 열고 밖으로 나갔다.
입구를 지키고 선 무인이 무뚝뚝하게 경고했다.
"무단이탈하면 탈락이오!"
그 말은 방 안의 모두에게 똑똑히 들렸다.
적이건이 뒤도 돌아보지 않고 말했다.
"그러시든지."
차련이 그 뒤를 따랐다.
모두들 멍하니 그 모습만 지켜볼 뿐이었다. 특히 혁이상은 정말 어이없다는 표정을 짓고 있었다. 수군거리는 소리를 뒤로하고 두 사람은 별채를 빠져나와 본관으로 향했다.
기세 좋게 나오긴 했지만 뒤따르던 차련의 머릿속은 복잡했다.
만약 잘못 생각한 거면 이대로 떨어질 수도 있어.
그건 정말 부끄러운 일이었다.
무한제일미, 용봉연 첫 모임에 무단으로 자리를 이탈해 탈락!
자리 이탈로 탈락?
아, 생각만 해도 끔찍하다.
적이건은 그야말로 성큼성큼 걸음을 옮기고 있었다.

“확실해?”

“당연.”

“우연일 수도 있잖아.”

우연치곤 꽤 치밀해 보이긴 했지만.

적이건이 멈춰 섰다. 그리고 진지한 얼굴로 차련을 응시했다.

떨리게 왜 이래?

“충고 하나 할까?”

“뭔데?”

“강호에 우연이란 없어. 잊지 마.”

왠지 적이건의 말이 와 닿아 차련은 아무 말도 하지 않았다.

이 강호… 그만큼 무서운 곳이란 뜻이겠지?

다시 적이건이 발걸음을 옮겼다.

“어딜 가는데?”

차련의 물음에 적이건이 전방의 건물을 가리켰다.

입구에 용봉청이란 현판이 붙어 있었다.

어? 정말 있었어, 향로 바닥에 쓰여 있던 그 용봉청이.

두 사람이 문을 열고 안으로 들어섰다. 그곳은 수백 명의 인원을 수용할 수 있는 넓은 대청이었다.

안에 있던 이들의 시선이 일제히 두 사람을 향했다.

이미 상당한 숫자가 모여 있었다.

앞서 봉수찬의 명단에 있던 명문세가의 자제들이었다.

북천패가의 임하기와 사마세가의 사마영, 남악련의 양수창과 설벽화도 물론 포함되어 있었다.

장인걸도 있었다. 애초 그는 명단에 포함되지 않았지만 사전에 정보를 알고 있었다. 장인화가 임하기의 동생과 함께 나왔기 때문이다. 그들은 미리 이번 문제의 답을 알고 있었기에 처음부터 이곳에 모였다. 그야말로 일차관문을 거저 통과한 이들이었다.

"이 많은 사람이 그걸 풀었어?"

차련은 믿을 수 없었다.

"명문정파가 달리 명문정파겠어?"

어감이 묘해 칭찬이 아니란 것을 느꼈다. 눈치 빠른 차련이 뭔가를 깨달았다.

"아니겠지?"

그러자 적이건이 턱짓으로 장인걸을 가리켰다.

"저 멍청이가 먼저 와 있는 것만 봐도 알지."

말도 안 돼. 이런 엄청난 부정이 개입되어 있다니.

"왜 이런 일이 밝혀지지 않는 거지?"

"그들은 이깟 일은 당연하다고 생각할 테니까."

"뭐?"

차련은 조금 충격을 받았다. 그리고 한편으로 적이건이 정말 대단하다는 생각이 들었다.

"우리처럼 스스로의 힘으로 풀 수 있는 사람이 또 있을까?"

"물론."

"왜 그렇게 확신하지?"

"그렇게까지 못 풀 정도로 어려운 문제는 아니었으니까."

아, 그럼 난 뭐야?

그때 다시 문이 열리며 두 사람이 들어왔다.

두 사람 중 한 명은 차련도 아는 사람이었다.

"앗, 저 여인은?"

그녀는 바로 암전상을 찾았을 때 물건을 팔던 여인이었다. 함께 들어선 사내는 나이가 좀 들어 보이는 강직한 인상의 사내였다.

적이건이 여인을 향해 손을 흔들었다.

여인이 살짝 고개를 숙여 인사했다. 사내는 묵묵히 적이건을 응시할 뿐이었다.

"저들도 풀었어."

암전상의 여인이 출전한 것도 예상 밖이었지만 그들이 문제를 풀어냈다는 사실에 차련은 놀랐다.

"암전상은 매우 위험한 일을 하지만 오랜 세월 강호에서 살아남아 온 집단이야. 그게 무엇을 말하는지 알아?"

"강하다?"

"아니. 똑똑하다는 의미지."

적이건이 야릇한 미소를 지었다.

"이거, 꽤 흥미진진하군."

곧이어 북천패가의 무인들이 문을 닫아걸었다.

앞쪽의 또 다른 문으로 일백여 명의 사람이 입장했다.

북천패가의 봉수찬을 선두로 이번에 심사를 맡은 심사관들,

그리고 강호 각지에서 초청받은 강호 명숙들이었다. 초청받은 명숙들은 대부분 이 자리에 모인 후기지수들의 부모들이었다.

젊은 무인 하나가 구석에 놓인 커다란 쇠북을 쳤다.

데에엥!

그것을 신호로 그들이 들어왔던 문이 닫혔다.

행사의 실무를 맡고 있는 윤이 앞으로 나서서 큰 소리로 말했다.

"남궁세가 남궁희연(南宮喜蓮) 외 여든두 명, 일차 예선을 통과했음을 알려드립니다!"

대표자를 천하사패가 아닌 사대세가의 남궁희연을 선택한 것만 봐도 북천패가가 얼마나 공정하게 이번 대회를 개최하려는지에 대한 의지를 엿볼 수 있었다.

"와아아아아!"

참가자들이 환호성을 내질렀다.

봉수찬이 앞으로 나섰다.

"첫 번째 관문을 무사히 통과한 것을 축하한다!"

우레와 같은 박수가 터져 나왔다.

용봉들 모두 기분 좋은 얼굴이었다. 이제부터 진짜 용봉연이 시작된 것이다. 떨거지들이 한 방에 떨어져 나갔으니까.

그때 밖에서 누군가 다급히 문을 두드렸다.

쿵쿵쿵쿵!

식을 방해할 정도의 소란이었다. 봉수찬이 신호하자 무인들이 문을 열었다.

수십 명의 젊은이가 우르르 안으로 들어왔다.

"이번 시험은 무효입니다!"

앞장 서 소리친 사내는 혁이상이었다. 그 옆에 눈물이 글썽글썽한 송화가 서 있었다. 주위의 후기지수들은 아마도 그가 선동해서 데려온 모양이었다.

봉수찬이 차갑게 대꾸했다.

"무효라고 했나?"

"그렇습니다."

"이유는?"

"시험 내용을 납득할 수 없기 때문입니다."

"납득할 수 없다?"

"방에 입장할 때 주최 쪽에서 분명히 언급했습니다. 절대 아무것도 만지지 말라고. 저희는 그 명령을 지켰을 뿐입니다."

"옳소!"

"무효입니다!"

뒤에선 후기지수들이 맞장구를 치며 소리쳤다.

그 모습을 지켜보던 명문 자제들이 코웃음을 쳤다.

봉수찬은 내심 안도했다.

혹시 문제 유출 건이 밝혀진 것이 아닐까 걱정했는데 그건 아니었다. 하긴, 명문 자제들이 철부지처럼 보이긴 해도 이런 부분의 비밀을 지키는 데는 철저했다. 말이 새나가는 순간 명문세가란 울타리 밖으로 자진해서 나가는 것이 되니까.

"자네, 이름이 뭔가?"

"용호문의 혁이상입니다."

봉수찬의 물음에 혁이상이 당당히 대답했다.

혁이상은 억울했다. 그가 참을 수 없는 것은 어이없이 시험에 떨어진 것 때문만이 아니었다. 적이건이 알아낸 것을 자신이 알아차리지 못했다는 자괴감 때문이었다. 그는 흥분한 상태였다.

봉수찬이 싸늘히 말했다.

"자넨… 이 강호가 그렇게 우습게 보이나?"

"그, 그게 무슨……?"

봉수찬이 혁이상의 말을 잘랐다.

"징징거리지 마라. 이곳에 들어섬으로써 너희들은 두 번이나 패배했다."

봉수찬은 상대가 반박할 기회를 주지 않았다.

"언제 어디서 무슨 일을 당할지 모를 강호다. 두 눈을 크게 뜨고 긴장하지 않으면 안 돼. 너희는 방심했다, 설마란 마음으로. 입구에 분명히 붙여두었다. 들어가는 즉시 시작이라고. 설마 너희를 죽일 살수를 발견하지 못하고 죽었다고 그게 공정하지 못한 일이라고 항변할 것인가? 누구에게? 염왕에게?"

탈락한 용봉들이 고개를 숙였다.

"여기 그 비밀을 풀고 이곳에 온 이들에게 부끄럽지 않느냐?"

그 말이 결정적이었다.

홧김에 분위기를 타서 달려온 그들이었다. 혹시나 하는 마음이었지만 현실은 역시나였다.

봉수찬이 쩌렁쩌렁 내공을 실어 소리쳤다.

"모두 썩 물러가라!"

억울함 가득한 얼굴로 혁이상이 적이건과 차련을 쳐다보았다.

그 옆에서 울먹이는 송화를 보니 차련의 마음이 약해졌다.

두 사람이 끌려 나가다시피 그곳을 떠나자 차련이 한숨을 내쉬었다.

"역시 억지로라도 데려와야 했을까?"

적이건이 고개를 내저었다.

"전에도 말했듯이 저 녀석은 장인걸보다 더 나빠. 장인걸은 앞에서 이를 드러내고 달려들지만 저 녀석은 뒤통수를 치는 부류거든."

그렇게 장내가 정리가 되었다.

다시 봉수찬이 나섰다. 그가 큰 소리로 말했다.

"이차 관문으로 이동!"

정말 우리가 일차관문을 통과했어?

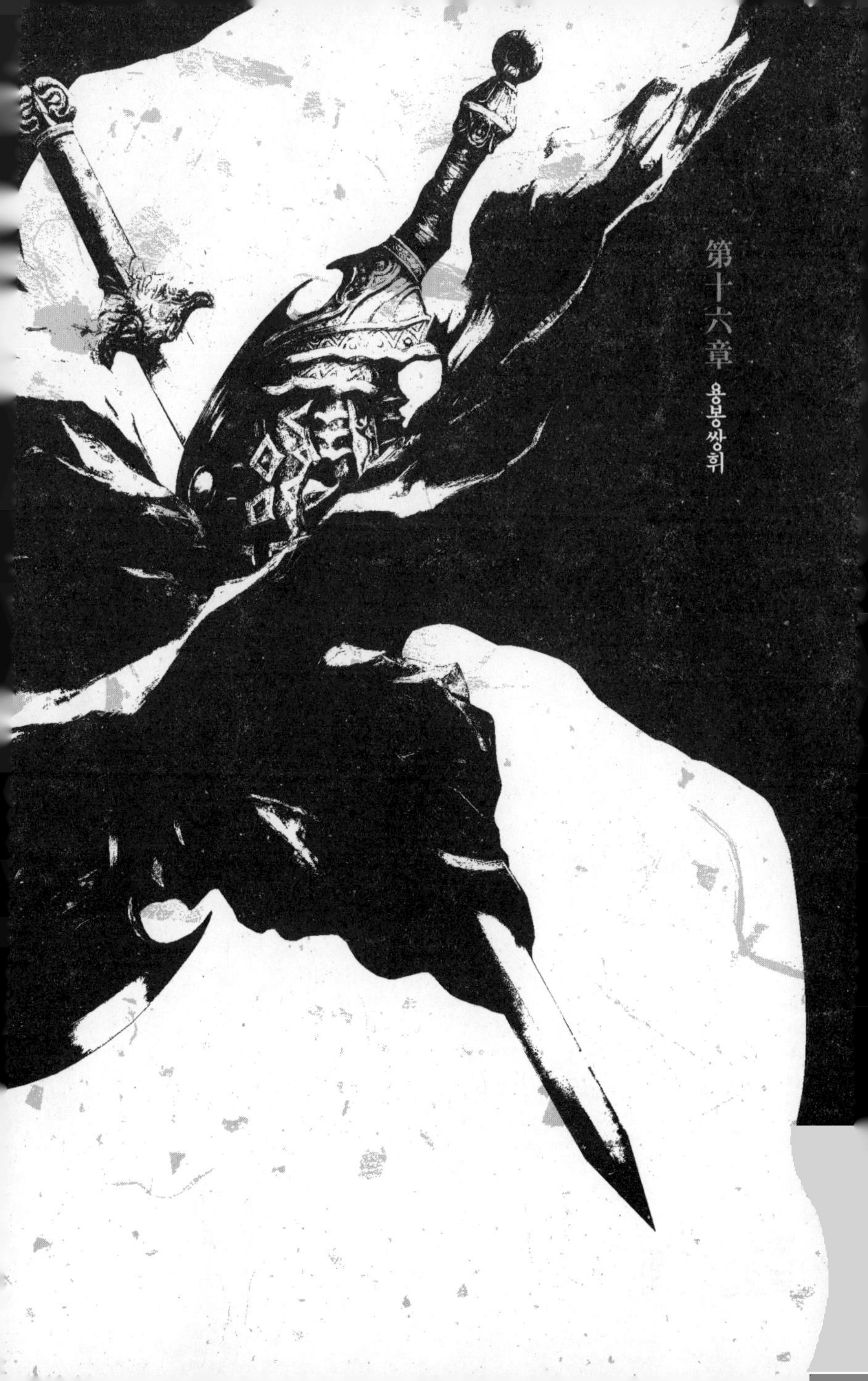

第十六章 용봉쌍휘

엄청난 함성이 일차관문을 통과한 용봉들을 맞이했다.

용봉들이 안내된 곳은 거대하다는 말이 어울리는 연무장이었다. 그 중앙을 중심으로 큰 원형의 관객석이 만들어져 있었다. 연희단이 공연을 하는 원형 무대를 크게 만들어둔 것만 같았다.

그리고 그 관객석에 사람들이 가득 차 있었다.

"와아아아아!"

천 명이 넘는 인원이었다. 가장 가까운 곳에 위치한 이들은 일차 관문을 통과한 용봉들의 가족들이었다. 잠시 가족들과의 시간이 주어졌다.

용봉들이 자신들의 가족들을 찾아 흩어졌다.

차련이 벅찬 가슴으로 주위를 살폈다.

"여기야, 처제! 여기라고!"

서백이 목이 터져라 고함을 질러준 덕분에 차련은 쉽게 가족들이 앉은 자리를 확인할 수 있었다. 차련이 그곳으로 달려갔다. 계단 위쪽에 앉은 가족들을 향해 손을 흔들었다.

"제법인데?"

말은 그래도 화련은 진심으로 걱정하고 있었다.

"다치지 말아야 한다."

어머니의 말씀이었다.

"최선만 다하면 된다. 네가 자랑스럽구나."

아버님의 말씀이었다.

"아가씨! 최고예요!"

향이는 펄쩍펄쩍 뛰며 난리법석을 떨었다.

부끄럽다, 이 녀석아. 그냥 잘생긴 후기지수들이나 보시라.

"처제! 일등하면 한턱 쏴!"

암요. 제가 춤도 출 겁니다.

임무열까지 와서 손을 흔들고 있었다.

고마워요, 임 숙.

차련이 돌아섰을 때, 저만치에 적이건이 홀로 서 있었다.

문득 적이건이 외로워 보인다는 생각이 들었다.

가족들 보고 싶은 마음이 앞서 적이건을 챙기지 못했다는 생각에 미안한 마음이 들었다.

"뭐 해?"

차련이 묻자 적이건은 아무 대답도 하지 않았다.

화가 난 것일까?

"미안해. 네 생각을 못했어."

여전히 그냥 서 있는 적이건이었다.

"미안하다고."

차련이 적이건의 팔을 흔들었다. 그제야 돌아보는 적이건이었다. 그가 귀에서 뭔가를 빼냈다.

"하도 시끄러워서 말이지."

내 이야기 안 듣고 있었어? 어휴, 그럼 그렇지.

행사를 진행하는 북천패가의 무인들이 모든 용봉은 중앙으로 모이라고 지시했다.

하나둘씩 열을 맞춰 모여 섰다.

그들을 향해 엄청난 함성이 쏟아졌다.

"와아아아아!"

그야말로 엄청난 열기였다.

절로 두 주먹이 불끈 쥐어지며 승부욕이 끓어올랐다.

드르르릉.

북천패가의 무인들이 무엇인가를 끌고 들어왔다.

그것은 무려 이십 장 길이는 됨직한 기다란 석판이었다.

그 석판 위에는 보법이 찍혀 있었다. 깊게 파인 두께로 볼 때 보법을 구사한 이의 깊은 내공을 느낄 수 있었다.

발자국은 수백 개에 달했다. 석판 가득 어지러이 찍혀 있어 눈이 어지러울 정도였다.

용봉들이 웅성거리며 그것을 쳐다보고 있을 때, 여섯 명의 심사관이 그곳으로 등장했다.

대표로 나선 사람은 염충이었다.

"용봉연의 심사를 맡고 있는 염충이다."

철판선생 염충이 자신의 소개를 하며 나서자 모두들 정중하게 인사했다. 관객석에서 지켜보던 손님들까지 일어나 예를 차렸다.

이후 심사관들이 각기 자신의 소개를 했다. 염충을 포함해 모두 여섯 명이었다. 낙일도는 아직 합류하지 않은 것이다.

염충이 무뚝뚝하게 말했다.

"올해 용봉연의 이차 관문은 보법 시험이다."

염충이 석판의 끝에 섰다.

"시험은 간단하다. 이곳에서 저곳까지 가면 된다. 단, 두 가지 조건이 있다. 반드시 여기에 찍힌 발자국을 밟아야 한다는 것과 두 사람이 함께 보조를 맞춰야 한다는 것이다."

장내가 시끄러워졌다.

차련이 보기에 그리 어려워 보이지 않았다. 차련뿐만 아니라 모두 다 그렇게 생각하는 것 같았다.

"쉽지 않겠는걸."

적이건만은 예외였다.

"왜?"

"모두들 각자의 무공에 습관이란 것을 가지고 있지. 특히 보법 같은 것은 그것이 더욱 심해. 무의식적으로 나오는 것이니까. 하지만 저 발자국을 의식하다 보면 분명 신형이 흐트러지게 될 거야. 각자의 보법에 딱 맞춰 찍혀 있는 것이 아니니까. 게다가 문제는 두 사람이 함께 가야 한다는 거지."

"아!"

그제야 차련도 시험이 호락호락하지 않다는 것을 깨달았다.

"그러니까 순발력이 필요하다?"

"그런 셈이지."

그때 누군가 손을 들어 질문했다.

"시험은 어떻게 보는 겁니까? 나머지 사람은 자리를 피해주고 당사자들만 남아서 보는 겁니까?"

용봉들의 시선이 염충에게 집중되었다. 염충의 고개가 내저어졌다.

"아니다. 모두가 보는 앞에서 한다."

그러자 질문한 사람이 다시 물었다.

"그러면 뒤에 할수록 유리하지 않습니까?"

"왜 그렇게 생각하느냐?"

"앞서 하는 사람의 보법을 참고로 할 수 있으니까요."

"그럴 수도 있겠지."

용봉이 서로를 돌아보며 웅성거렸다.

염충이 손을 들었다. 금방 조용해졌다.

"흉내 따위로 풀 수 있는 문제가 아니다. 만약 제대로 하지 않고 앞사람의 흉내만 내려 한다면 그 자리에서 탈락이다."

그제야 모두들 납득했다. 염충을 비롯한 일곱 심사관 정도

되는 이들이라면 정확히 판별해 낼 것이다. 게다가 주위에는 수백, 수천 명의 지켜보는 눈이 있었다.

용봉들이 석판을 보며 속삭이며 의논했다.

차련 역시 심각한 얼굴로 석판을 내려다보고 있었다.

쉬운 듯하면서도 역시 어려웠다.

지켜보는 것만으로도 머리가 어지러웠다. 아무리 뚫어져라 봐도 전혀 상상이 가지 않았다.

"어때? 어떻게 할 건지 대충 감이 와?"

차련이 적이건을 돌아보며 대답했다. 물론 적이건은 딴짓을 하고 있었다.

"저 설 소저, 인기 많은데?"

제발 정신 좀 차리시지.

그래도 어쩔 수 없이 적이건이 쳐다보는 방향을 보게 된다.

과연 그녀 주변에 유독 많은 사람들이 모여 있었다. 설벽화는 사내들에게, 양수창은 여인들에게. 함께 나온 사람이 서로 좋아하는 사이가 아닌 다음에야 모두들 관심을 가질 수밖에 없었다. 서로가 연인인 이들도 힐끔거리며 그들을 볼 정도였다. 두 사람은 이번 용봉연의 가장 완벽한 한 쌍이었다.

구경하는 이들의 시선도 옥룡과 중경제일화에게 가장 많이 집중되어 있었다. 그들의 동작 하나하나에 모두들 열광적인 함성을 보냈다.

그에 비해 북천패가의 임하기는 인기가 한 수 아래였다. 그는 그 결과가 사마영 때문이라 생각했는지 그녀를 보는 표정이 좋지 않았다. 그 기분이 차련에게까지 느껴질 정도였으니.

못난 녀석.

멀리서 사마영이 차련을 보며 인사를 건네왔다. 차련도 정중히 인사했다.

네겐 과분한 여자야. 이 천지 분간도 못하는 애송이 도련님아.

"그나저나 이번 관문, 통과할 수 있겠어?"

차련이 한숨을 내쉬며 적이건에게 물었다.

"당연히."

대답을 듣는 순간 차련은 자신이 그 대답을 기다리고 있었다는 것을 깨달았다, 적이건이 당연히란 대답을 해주기를.

얼마 전이었다면 미친놈이라고 생각했을 텐데, 이제는 정말 그를 믿고 있다.

"도대체 넌……."

"멋지지?"

한 대 때려주고 싶을 만큼.

"그럼 우리 통과할 수 있는 거야?"

"그건 아니지."

"왜?"

"너한테는 힘들거든."

차련이 표정을 굳혔다. 하지만 적이건은 진심인 듯 보였다.

"그래서 우린 힘들어?"

"그건 아니지."

도대체 할 수 있다는 거야, 없다는 거야?

적이건이 석판 한쪽을 가리켰다.

"저길 봐."

차련이 적이건이 가리키는 곳을 응시했다.

"발자국 크기가 조금 다르지?"

어. 그러고 보니 작은 발자국이 군데군데 끼어 있었다.

"이게 한 사람의 보법이 아니구나."

"게다가 함정까지 있어."

"함정?"

"반대쪽에서 출발점으로 찍어온 발자국도 있거든. 마치 진로를 막으려는 것처럼. 이 발자국은 적어도 세 명 이상이 찍었지."

그런 걸 척척 알아내는 넌 도대체 누구냐?

그때 누군가 나섰다.

"저희가 도전하겠습니다."

차련이 깜짝 놀라 돌아보았다.

벌써 도전을 해?

두 사람이 정중히 포권을 하며 인사했다.

"풍운성의 사도풍(司徒豊)입니다."

"풍운성의 양옥란(梁玉蘭)입니다."

그들의 소개에 커다란 함성이 울려 퍼졌다.

천하사패 중 하나인 풍운성의 후계자가 나선 것이다.

양옥란은 풍운성의 태상 장로인 양진금(梁眞金)의 외동딸로, 사도풍과는 태중언약을 맺은 사이였다.

더구나 이곳에 모인 사람들은 사도풍을 처음 보는 이들이 대부분이었다.

북천패가의 임하기나 남악련의 양수창처럼 강호에 널리 알려진 이들이 아니었기에 모두의 관심은 더욱 집중되었다.

휙, 휙휙.

두 사람이 춤을 추듯 석판 위를 움직였다.

사방에서 감탄이 터져 나왔다.

빠르게 보법을 밟아간 두 사람은 순식간에 이 장이나 이동했다.

팍팍팍.

양옥란의 보법이 순간 휘청거렸다. 머릿속으로 생각했던 것과 달랐던 것이다. 하지만 그녀는 포기하지 않았다. 악착같이 발자국을 놓치지 않으려 노력했고, 사도풍이 최대한 그녀의 보조를 맞췄다.

이후의 보법은 초반처럼 자연스럽게 이어지지 않았다. 특히 양옥란의 실수가 많았다. 하지만 두 사람은 나름 최선을 다해 끝까지 노력했다.

보법을 마친 양옥란의 표정이 좋지 못했다.

사도풍이 그녀의 어깨를 두드려 주며 위로했다.

두 사람이 나란히 심사관 앞에서 대기했다.

심사관들이 머리를 맞대고 의논하기 시작했다.

적이건이 미소를 지으며 말했다.

"똑똑한 자군."

"왜?"

"언제나 최초란 의미가 있는 법이지."

"무슨 뜻이야? 설마?"

심사관들과 이야기를 나누던 염충이 앞으로 나섰다.

"사도풍, 양옥란 합격!"

함성이 터져 나왔다. 풍운성을 적대하는 이들은 야유를 보냈다.

염충은 신경 쓰지 않고 자신의 자리로 돌아갔다. 왜 합격인지 이유도 말해주지 않았다.

그때 두 번째 지원자가 나왔다.

"산동 흑영문(黑影門)의 임아진(林阿診)입니다."

"산동 양가도문(梁家刀門)의 양인주(梁寅朱)입니다."

산동의 양대 신흥 방파인 흑영문과 양가도문의 후계자들이었다.

두 사람은 앞서 사도풍과 양옥란이 보인 보법을 유심히 봤고, 그들보다 더 잘해낼 자신이 분명 있었다.

두 사람의 시험이 시작되었다.

그들의 움직임은 사도풍과 양옥란처럼 빠르고 가벼웠다.

오히려 더 빠른 것 같았다. 두 사람이 무사히 시험을 마쳤다.

다시 염충을 중심으로 심사관들이 모였다.

시험을 마친 두 사람은 만족스런 표정이었다. 객관적으로 생각해도 앞의 두 사람보다 낫다고 생각했다.

하지만 결과는 의외였다.

"탈락!"

당연한 항의가 이어졌다.

"인정할 수 없습니다."

두 사람이 그리 나오리라 예상했다는 듯 염충이 차분히 발걸음을 옮겼다.

세 개의 발자국을 번갈아 가리켰다. 앞서 사도풍과 양인화의 보법을 보면서 자신도 모르게 따라 하고 만 부분이었다.

"이곳에서 이곳을 지나갈 때 왜 이곳을 그냥 지나쳤나?"

"그건……."

임아진이 선뜻 대답하지 못했다.

염충이 사도풍을 돌아보며 물었다.

"자넨 왜 그냥 넘어섰지?"

그러자 사도풍이 망설이지 않고 대답했다.

"그곳을 밟게 되면 순기를 역행해야 했기 때문입니다."

염충이 임아진을 돌아보았다. 이제 충분히 설명이 되었냐는 눈빛에 임아진이 인상을 찌푸렸다.

뭐라 항변하려 할 때 양인주가 그의 팔을 잡았다.

양인주가 고개를 내저었다. 현명한 판단이었다. 수많은 강호인들이 지켜보는 자리였다.

두 사람이 고개를 숙인 채 그곳을 빠져나갔다.

근래 산동에서 가장 잘나가는 두 방파의 후계자들이었다.

그런 그들이 한번에 떨어지자 용봉들은 기뻐하면서도 한편으로는 긴장했다. 늦게 한다고 마냥 좋은 것이 아니었다.

그제야 모두들 왜 이렇게 공개적으로 시험을 치르는지 알 수 있었다. 정확히 자신만의 보법을 밟지 않으면 오히려 다른 사람의 시험을 보는 것이 방해가 될 수 있는 것이다.

탈락자가 나오자 모두들 신중해졌다.

안면이 있는 몇몇이 모여서 의논을 하기 시작했다. 물론 심사관들은 그것을 말리지 않았다. 외부의 도움이 아니라면 뭐든지 허용할 작정인 듯 보였다.

차련이 걱정스럽게 물었다.

"우린 이대로 그냥 있으면 돼?"

"아니. 연습해야지."

웬일로?

"이리로 와."

적이건이 차련을 한구석으로 데려갔다. 연무장과 이어진 복도로 차련을 데려갔다. 근처에 있던 패가의 무인들이 그들을 감시하듯 지켜보았다. 복도 밖으로 완전히 나가지만 않으면 신경 쓰지 않겠다는 태도였다.

"적사검법 한번 보여줘."

"여기서?"

"응."

"하지만."

"왜? 누가 볼까 두려워?"

당연히. 가전 무공이잖아. 저기 우릴 지켜보고 있는 무인 안 보여?

"괜찮아. 그냥 해."

"하지만……."

"그냥 본다고 해서 아무도 다른 사람 무공의 정수를 알지 못해. 그 정도 가능한 사람은 적사검법을 탐낼 이유가 없고. 그냥 기분 문제야."

자존심이 상하지만 틀린 말이 아니었다.

진지한 얼굴로 적이건이 물었다.

"적사검법이 네 무공의 끝이야? 최종 목표야?"

총명한 차련이 그것이 무엇을 의미하는지 대번에 알아들었다. 적사검법에 매이지 말란 말이었다. 더 강한 무공을 배우기 위한 과정에 불과하다는 말이었다.

더 강한 무공도 좋지만 내겐 소중한 무공이야.

차앙.

차련이 검을 뽑았다.

그래도 믿어준다.

차련이 적사검법 칠십칠로를 유연하게 이어나갔다.

"잠깐."

어느 순간 적이건이 차련을 제지했다.

차련이 검을 내지른 채 행동을 딱 멈췄다.

"그 부분, 반 호흡 더 느리게 해봐."

뭐?

어느새 다가온 적이건이 그녀의 팔을 교정했다.

흠칫 놀랐지만 적이건의 팔을 뿌리치지 않았다.

"자, 여기서부터 여기까지. 반 호흡만 느리게."

차련이 다시 한 번 검을 휘둘렀다. 딱 반 호흡 늦었을 뿐인데 검이 나가는 느낌 자체가 달랐다.

뭐지, 이 느낌은?

온몸이 말하고 있었다. 정확한 지적이라고.

동시에 차련의 마음이 복잡해졌다. 양화영의 가르침이 떠올랐다. 적이건의 지적과 양화영의 조언이 만나며 차련의 무공은 새로운 세계로 접어들고 있었다.

적이건이 지적한 부분은 모두 아홉 군데였다. 차련은 적이건의 지적을 그대로 받아들였다.

그 결과는 차련이 상상도 할 수 없는 것이었다.

칠십칠로의 검로를 마친 차련에게 적이건이 웃으며 말했다.

"축하해. 방금 네 적사검법이 칠성을 넘어 팔성에 이르렀어."

이 자식이! 무공이 무슨 장난이야?

하지만 이 순간 차련이 모르는 것이 하나 있었다. 적이건과의 무공 차이는 그야말로 너무나 커서 차련의 경지를 한 단계 올려주는 일은 그녀가 생각하는 것만큼 그렇게 어려운 일이 아니란 것을.

진지한 적이건의 얼굴을 보며 차련이 힘없이 물었다.

"…정말이야?"

적이건이 힘차게 고개를 끄덕였다.

"말도 안 돼!"

"달라졌을걸."

차련이 습관적으로 검을 휘둘렀다.

도대체 뭐가 달라졌다는 거지?

차련은 아무 변화도 느낄 수 없었다. 굳이 달라졌다고 의식한다면 검을 휘두르는 느낌이 조금 무거워졌다고 할까? 변화는 그 뿐이었다.

이어지는 적이건의 말은 그야말로 어이없었다.

"자, 다시 한 번 하자. 이번에는 구성 도전."

"미쳤어?"

차련이 황당한 표정을 짓자 적이건이 저 멀리 석판 쪽을 바라보며 말했다.

"구성에 이르지 못하면 저거 못 넘겨."

차련이 아무 말도 하지 못했다.

"네가 시키는 대로 하면 구성에 도달하고?"

차련이 포기한 듯 묻자 적이건이 확신했다.

"너라면 충분해."

너라면… 좋은 말이긴 하지만.

차앙!

차련이 다시 검을 뽑았다.

에라. 나도 모르겠다.

다시 칠십칠로를 시작했다. 이번에도 적이건은 차련을 제지

시키며 직접 자세와 호흡을 교정해 주었다.

차련은 믿었다. 아니, 믿기로 했다. 시키는 대로 내력을 운용했고, 자세를 바꾸었다. 놀라운 것은 팔성과 구성의 차이가 큰 곳에 있지 않다는 것이었다. 그 차이는 아주 작았다.

그리고 거짓말 같은 일이 벌어졌다.

차련이 칠십칠로를 마쳤을 때 적이건이 활짝 웃었다.

"드디어 구성."

이건 정말 말도 안 돼!

"장난치는 거지?"

"난 거짓말 안 하잖아."

"정말이야?"

차련이 검을 휘둘러 보았다.

도대체 뭐가 달라진 거지? 내가 구성이라고? 아버지가 평생 걸려 도달한 그 경지에 이르렀다고? 고작 두 번 검식을 펼치고?

그녀는 혼란스러웠다.

"이렇게 비유하면 돼. 문이 닫힌 방이 있어. 그 방은 구성에 이른 사람만 들어갈 수 있어. 구성에 도달한 사람들이 생활하는 공간이지. 넌 지금 막 그 방문을 열고 한 발 들어선 거야."

"……!"

"딱 그 정도지. 방 안에는 있지만 그 방에 대해선 제대로 아는 게 없어. 하지만 넌 분명히 그 방에 있지."

"그렇다면 난 구성이 아니잖아."

"아니. 넌 분명 그 방에 있거든. 무공에 있어서 이 개념은 매우 중요해. 방 안에 있느냐, 문밖에 있느냐. 넌 분명 방을 알아."

"방을 안다?"

"아직 그 방에 익숙하지 않을 뿐이지."

방 안에 데려다 준 것은 적이건이었다. 데려다 줄 수는 있지만 그 방에 익숙해지는 것은 남이 해줄 수 없는 일이었다.

"한 번 도달하면 되돌아가지 않으니까 걱정 마. 천천히 그 방에 익숙해지면 돼."

적이건이 히죽 웃으며 덧붙였다.

"기왕 시작한 것, 십성까지 돌파할까?"

"주화입마로 날 죽이려고?"

장난스런 차련의 말에 적이건이 자신의 가슴을 두드렸다.

"내가 있는데 뭐가 걱정이야?"

"너 도대체 진짜 정체가 뭐야? 고수야? 정말 고수인 거야?"

그러자 적이건이 침울한 표정을 지었다.

"말했다시피 난 무공의 천재야. 하지만 직접 무공을 할 수는 없어. 혈맥이 다 막혔거든."

적이건의 눈에 눈물이 글썽였다. 적이건이 고개를 푹 숙였다.

팍!

차련이 사정없이 적이건의 배를 때렸다.

"그 혈맥, 내가 뚫어줄게!"

퍽퍽!

적이건이 기겁을 하며 물러섰다.

차련이 팔을 허리에 올린 채 아미를 찡그렸다.

"어디서 연기질이야?"

"헤헤, 역시 똑똑하다니까. 그래서 좋아."

이래놓고 거짓말을 안 해?

"솔직히 말해."

"말했잖아. 나 무공 제대로 배웠다고. 너 정도는 쉽게 가르쳐 줄 정도 돼."

도대체 어디서 어디까지 믿어야 할까?

석판 쪽을 돌아보니 시험이 한창이었다. 장내의 사람들이 꽤 줄어든 것을 보니 그사이 많은 이들이 시험을 보고 떨어진 모양이었다. 보기보다 어려운 시험이었다.

두 사람이 다시 석판으로 돌아왔다.

방금 또 다른 탈락자를 배출한 비어버린 석판을 보며 적이건이 말했다.

"방금 전 그 칠십칠로를 저 발자국을 밟아가며 펼칠 수 있겠어?"

어려서부터 수도 없이 반복해 온 적사검법이다. 눈을 감아도, 몸이 아파도, 대화를 나누면서도 할 수 있는 적사검법이었다. 하지만 석판의 발자국은 제멋대로 나 있었다. 적절한 변형이 필요하다는 말이다.

적이건이 소리쳤다.

"집중해!"

말 그대로 차련이 집중했다. 자신이 밟아야 할 발자국이 떠오르는 것 같았다. 그것을 밟으며 보법을 펼치는 자신의 모습이 그려졌다. 처음 석판을 보았을 때만 해도 상상도 못한 일이었다.

정말 구성의 경지에 이른 것일까? 거짓말 같은 자신감이었다. 하지만 분명 그 낯선 감정이 그녀를 자극하고 있었다. 걱정하지 말라고. 넌 충분히 해낼 수 있다고.

"할 수 있어. 하지만……."

차련이 적이건을 걱정스럽게 돌아보았다.

"나는 걱정 마. 네게 맞출 테니까. 오직 네 보법에만 집중해."

그래, 믿는다.

적이건과 차련이 심사관들에게 인사했다.

"행운유수의 적이건이오."

"정검문의 차련입니다."

여기저기서 웅성거림이 들렸다. 행운유수가 뭐냐는 용봉들의 속삭임이 들려왔다. 장인걸의 악담도 들렸다. 임하기의 조롱도 들렸다.

차련은 예전 같았으면 신경을 썼겠지만 지금은 달랐다.

그녀는 오직 석판에만 집중했다. 하지만 석판 위에 올라서자 심장이 터질 것만 같았다.

적이건이 미소를 지으며 말했다.

"이번 작전명이 뭔지 알아?"

"작전명?"

"용봉쌍휘(龍鳳雙輝)다!"

"용과 봉황이 함께 빛난다?"

그래. 함께 빛나보자.

두 사람이 동시에 석판 위로 몸을 날렸다.

차련은 적사검법을 펼쳐 나간다는 생각이었다. 마음속에 떠올랐던 그 발자국을 정확히 밟아갔다.

그에 비해 적이건의 보법은 평범했다. 너무나 평범해서 적이건이 어떤 보법을 펼치는지 알 수 없었다.

어느 순간 차련이 적이건의 눈과 마주쳤다. 집중력을 잠시 잃는 순간이었다.

삐끗.

차련의 발이 얽혔다. 그때 적이건의 신형이 부드럽게 다가와 차련의 등을 밀었다. 가벼운 손길이었는데 차련의 몸이 붕 떠올랐다. 마치 약속된 동작처럼 자연스러웠다.

허공에 뜬 차련은 그냥 몸을 허공으로 날렸을 때와 다른 느낌을 받았다. 뭔지 모를 부드러운 기운이 자신을 감싸 안고 있었다.

다시 한 번 아래의 적이건과 눈이 마주쳤다.

자신을 올려다보는 적이건의 눈이 웃고 있었다.

편안해.

한 바퀴 크게 회전해 내린 차련이 다시 보법을 이어나갔다.

자신조차 자신이 이렇게 가볍게 몸을 움직이는 것이 신기할 정도였다. 마음이 가벼웠고 그만큼 보법이 경쾌했다. 마치 적이건과 함께 춤을 추는 기분이었다.

마음이 사물을 이해하고 몸은 사물을 조종한다.

양화영이 말해주었던 무예의 정수가 떠올랐다. 안개처럼 가려져 있던 그 말의 진짜 뜻을 어렴풋이 이해할 것 같았다. 이 느낌이 계속되었으면 좋겠다는 생각이 들었다.

그리고 차련은 석판 끝에 서 있었다.

어? 벌써 끝났어?

어떻게 저 긴 길을 지나왔는지 기억이 나지 않았다. 그야말로 무아지경에 빠져 있었다.

관중들의 박수 소리가 우레처럼 터져 나왔다. 저 멀리 일어나서 박수를 치는 가족들의 모습이 보였다. 정말로 기뻐하는 아버지의 모습이 보였다. 오랜만에 보는 아버지의 웃음이었다.

적이건이 한쪽 눈을 찡긋하며 말했다.

"멋진 용봉쌍휘였어."

덕분이야… 고마워.

두 사람이 심사관 앞에 나란히 섰다.

차련의 가슴은 여전히 흥분에서 가라앉지 않았다.

심사관들끼리 대화를 나누던 염충이 두 사람 앞에 섰다.

"합격!"

와! 정말?

차련은 너무나 기뻐 하마터면 적이건을 끌어안을 뻔했다.

두 팔을 벌린 적이건의 배에 주먹을 찔러 넣었다. 마음 같아선 진짜 안아주고 싶었는데. 이 많은 사람들 앞에선 도저히 무리다.

"하하하!"

두 사람이 마주 보며 환하게 웃었다.

차련은 자신이 이번 관문을 통과할 줄 정말 생각도 하지 못했다.

멀리서 장인걸이 인상을 쓰고 있었다. 설마 두 사람이 통과할 줄은 상상도 못한 탓이었다. 장인화가 임양구 몰래 매혹적인 눈빛을 적이건에게 보냈다. 적이건이 검지손가락을 좌우로 흔들며 거절의 뜻을 보냈다. 장인화가 깔깔 웃었다.

그 뒤로 임하기와 사마영, 양수창과 설벽화의 모습도 보였다. 그들 역시 놀랍다는 표정이었다.

모두들 적이건보다는 차련의 무공이 예상보다 훨씬 뛰어났다고 생각하고 있었다. 그건 어쩔 수 없는 일이었다. 심사위원장인 염충조차도 둘 중 나은 쪽을 택하라면 차련을 뽑을 것이다. 그만큼 적이건의 보법은 평범했다.

반 시진 후, 이차 관문이 모두 끝났다.

통과한 용봉들이 염충 앞으로 모였다. 엄청난 환호성과 박수가 쏟아졌다. 반면 떨어진 문파 소속의 사람들은 완전히 표정이 굳어 있었다. 먼저 자리를 뜬 사람이 대부분이었다.

"다음 관문은 이틀 뒤다. 삼차 관문은 지금까지 보지 못했던 매우 특별한 경험을 하게 될 것이다. 기대해도 좋아."

합격한 용봉들이 자신의 문파와 가족들에게로 흩어졌다.

차련은 여전히 실감이 나지 않았다. 가족들이 있는 곳으로 달려갔다.

"축하해요!"

향이가 달려와 안겼다. 그녀를 안고 빙글빙글 돌았다. 향이는 자신이 통과한 것처럼 정말 기뻐했다.

"수고했다."

정이추의 얼굴에는 감격이 가득했다. 금방이라도 눈물을 흘릴 것만 같았다. 안씨도 크게 기뻐했다.

"우리 처제가 최고로 예쁘더라!"

그러면서 서백이 사람 좋게 웃었다.

실력이 제일이라고 해주셔야죠!

"제법이더라."

화련이 차련을 꽉 껴안았다. 언니가 진심으로 기뻐한다는 것을 차련은 온몸으로 느낄 수 있었다.

차련이 적이건을 챙겼다.

그는 저 멀리 무영과 대화를 나누고 있었다.

"먼저 돌아가 계세요. 곧 갈게요."

"늦지 말거라. 오늘 저녁에 다시 연회를 열자꾸나."

"네."

그렇게 가족을 먼저 보내고 차련이 적이건에게 다가갔다.

무영이 차련을 보며 정중히 인사했다. 누군지 몰랐지만 일단 차련도 정중히 인사를 받았다. 인사만 한 후 무영이 인파 속으로 사라졌다.

누군지 묻기도 전에 적이건이 먼저 입을 열었다.

"가자."

"어딜?"

"천하 제패하러."

"뭐?"

"천하 제패를 위해 사람을 하나 얻어야 하거든. 방금 그놈의 행방을 알아냈어."

"그런데 내가 왜 가?"

"너하고도 크게 관련이 있거든."

적이건이 진지한 표정으로 덧붙였다.

"안 가면 진짜 후회해."

아, 이렇게 나오면 도저히 안 넘어갈 수 없다.

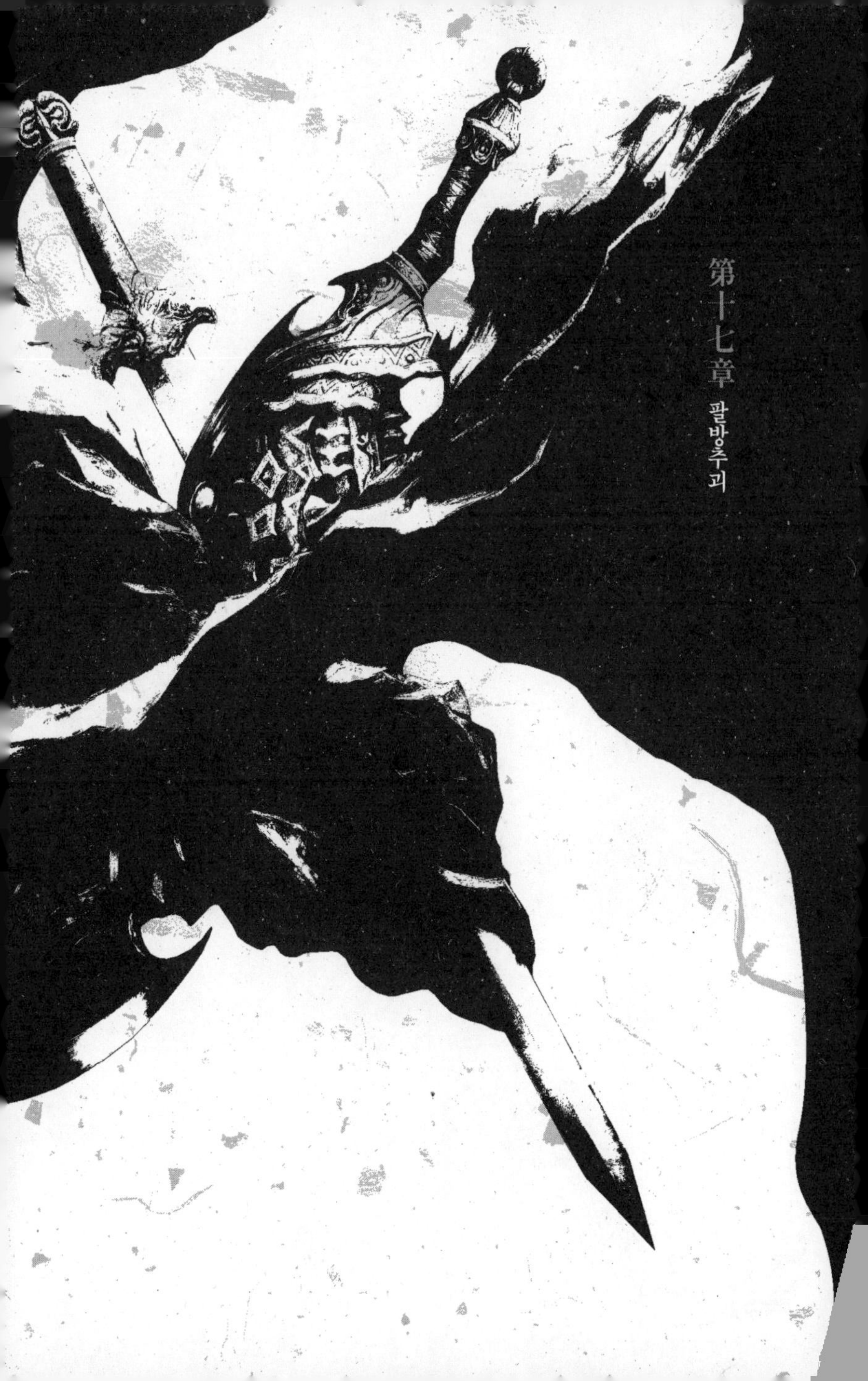

第十七章 팔방추괴

"도대체 어디 가는 거야?"

마차는 벌써 한 시진째 달리고 있었다.

가보면 안다는 말만 하고 적이건은 목적지를 말해주지 않았다. 마부에게 물어봤지만 늙은 마부는 그저 미소만 지을 뿐, 대답을 하지 않았다.

녀석이 대답하지 말라고 언질을 준 것이 틀림없었다.

차련이 창밖으로 고개를 돌렸다. 그러고 보니 이렇게 무한을 벗어나 본 적이 정말 오랜만이었다. 낯선 풍경에 마음이 두근거렸다.

한편으로 기분이 상쾌하기도 했다.

맞은편에 앉은 적이건은 밖을 바라보고 있었다. 불어오는 바람에 적이건의 머리카락을 날리고 있었다.

생각에 잠긴 진지한 적이건의 얼굴이 낯설게 느껴졌다.

이렇게 보면 꽤 괜찮은데 말이야.

사내 얼굴이 저 정도면 됐지. 더 잘생기면 어디 가서 바람이나 피고 돌아다니지. 하긴 저 녀석은 저 얼굴로도 천하제일의 미남이라 생각하고 살고 있으니.

적이건이 슬쩍 차련 쪽을 쳐다보았다.

제발 엉뚱한 말 꺼내지 마. 지금 꽤 괜찮았거든.

"고기 먹고 싶다."

어휴.

"그 배에는 걸신이라도 들어가 앉았어? 만날 배가 고파?"

"요즘 고민이 많아서 그래."

"호북 제패 때문에?"

내가 말해놓고도 참 어색하다. 호북 제패라니. 이렇게 막 써도 되는 말일까?

"그것도 그렇고."

"그럼 또 뭐?"

적이건이 다시 창밖으로 고개를 돌렸다. 문득 홀로 연무장에 서 있을 때의 모습이 떠올랐다.

"부모님 보고 싶어?"

"조금."

역시 아버지 때문일까?

부모님과의 갈등이라… 사실 차련은 이해가 가지 않았다.

자신은 정말 남부럽지 않은 사랑을 받으며 자랐다. 부모와 갈등이 있다는 말, 쉽게 와 닿지 않는다. 하지만 많은 또래들은 부모와의 갈등을 겪으며 살아가고 있다. 자신이 운이 좋은 것일까?

차련이 마차 밖으로 손을 내밀었다.

바람이 손가락 사이를 스치고 지나간다.

상쾌하다. 이대로 어디론가 떠났으면 하는 생각이 들 정도로.

저 녀석과?

그래도 좋다. 우선은 이 상쾌함이 너무나 마음에 든다.

무한을 완전히 벗어난 마차가 드디어 외딴 곳의 길가에 멈춰 섰다.

"목적하신 곳에 도착했습니다."

"수고했소. 여기서 기다리시오."

"걱정 마시고 천천히 볼일 보십시오."

마부 표정이 좋은 걸 보니 꽤 비싼 값에 마차를 빌린 모양이었다.

마차에서 내린 차련이 주위를 돌아보았다.

"휑하네. 어디야, 여긴?"

사방에 보이는 것이라곤 산밖에 없는 외진 곳이었다.

"들으면 아냐? 가자."

적이건이 산으로 난 작은 길을 앞장서 걸어갔다.

차련이 그 뒤를 따라 묵묵히 산을 올랐다. 산을 타는 것도 참 오랜만이다. 그러고 보니 정말 너무 집에만 박혀 지냈구나.
두 사람은 계속 산을 올랐다.
산길은 점점 험해졌다. 길에서 보던 야트막한 산은 시작에 불과했다. 작은 능선을 타고 이어진 더없이 험준한 산이었다.
온몸이 땀으로 흠뻑 젖었다. 무공을 익힌 것과 산을 능숙하게 타는 것은 또 별개의 일이었다.
아, 정말 힘드네.
반면 적이건은 잘도 올라갔다. 왜 이리 산을 잘 타느냐고는 묻지 말아야지. 약초 채집도 했다고 할지 모른다. 아니, 틀림없이 했다고 할 거다. 산속의 모든 암컷 사슴들까지 자신에게 반해 따라다녔다고 할지도 모르지. 아, 이런 생각까지. 나, 이상해지고 있다.
"도대체 어딜 가는 거야?"
"잡아야 할 놈이 하나 있어."
"누군데?"
"있어. 얄미운 놈 하나."
어쩌면 위험한 일일지도 모른다는 생각이 들었다.
그런데도 긴장이 안 된다. 저 녀석과 있으면서 생긴 부작용이었다. 아, 이거 일찍 죽기 좋은 습관인데.
얼마나 그렇게 산을 탔을까? 절로 헉헉 소리가 나왔다.
"좀 쉴까?"
제발. 그 말 안 꺼냈으면 돌아서 내려가려고 했어.
두 사람이 작은 암석에 나란히 앉았다. 바위 밑은 천길 낭떠러지였다.

"다 와가?"

"응."

저 무성의한 대답이라니. 아직 멀었구나.

"저길 봐."

무심코 시선을 돌린 차련이 감탄했다.

석양을 받은 뭉게구름은 그야말로 장관을 이루고 있었다. 절경이었다. 저 너머 어딘가에는 신선이 살고 있을 것만 같았다.

평화로웠다.

차련이 적이건을 슬쩍 쳐다보았다.

적이건 역시 절경에 푹 빠진 채 아무 말이 없었다.

이럴 때 보면 참 멋지단 말이야?

"배경이 좋으니까 더 멋져 보이지?"

네, 네.

"가자고, 가."

그렇게 두 사람이 한참을 더 산을 올랐다.

그렇게 반 시진이 지났다.

차련은 무엇인가를 멍하니 쳐다보고 있었다.

그녀의 눈에 서린 것은 분명 공포였다.

"농담이지?"

차련의 목소리가 떨렸다.

언제나처럼 적이건은 자신의 바람을 배신했다.

"아니. 진심이야."

"정말 여길 건너자고?"

"길이 여기뿐이거든."

"절대 못해!"

차련이 뒤로 한 걸음 물러섰다.

두 사람 앞에 놓인 것은 하나의 다리였다.

생사교(生死橋).

저 무시무시한 이름이라니!

딱 사람 하나가 건너면 될 너비의 다리였다.

나무판자를 줄로 엮어 만든 다리. 정말 과장 하나 안 보태고 허름한 판자는 간신히 붙어 있었다. 낡고 썩어서 누가 올라서면 금방 무너질 것 같은 나무다리.

차련의 고개가 절로 내저어졌다.

가진 돈, 아니, 모아둔 돈 다 걸고 내기를 해도 좋다. 사람이 건너면 반드시 끊어질 다리다. 가장 큰 문제는 그게 천길 낭떠러지 사이에 걸려 있다는 점이었다.

적이건이 호탕하게 말했다.

"가는 거야."

"그래, 집에 가자. 이제 갈 때 됐다. 오르면 내려가야지. 그게 산이지."

차련이 돌아서려는데 적이건이 다리 위로 올라섰다.

차련이 기겁해서 소리쳤다.

"하지 마! 제발!"

보는 것만으로도 아찔했다. 떨어지면 경공이고 뭐고 소용없을 높이다. 차련이 적이건을 억지로 잡아당겼다. 절로 다리가 후들거렸다.

"도대체 어딜 가는지 모르지만 이 길은 아냐. 절대 아냐. 저 건너에 철천지원수가 살고 있다 해도 그 복수 포기해."

아, 정말 솔직한 심정이다.

적이건이 한옆으로 걸어가더니 그녀를 손짓해 불렀다.

"잠시만 이리 와봐."

"왜?"

"와보라니까."

차련이 적이건에게 걸어갔다.

"잠깐."

자신의 앞에서 그녀를 멈추게 한 후 적이건이 그녀가 걸어온 길에 두 줄의 선을 나란히 그었다.

"네가 이렇게 내게 걸어왔어."

"그런데?"

"저기도 이렇게 걸어가면 돼."

"뭐?"

"너는 내게로 오면서 한 치도 흐트러지지 않고 똑바로 걸어왔어. 그냥 이렇게 걸으면 되는 거야."

"달라!"

"같아."

제발 억지 좀 부리지 마.

"여긴 떨어지면 온몸이 박살날 절벽 위가 아니잖아."

"아니. 똑바로 걸으면 되는 건 같아. 다른 건 네 마음이지."

"……!"

적이건이 진지하게 돌변했다.

"그게 바로 고수와 하수의 차이이기도 하지."

차련의 눈빛이 달라졌다.

적이건이 천천히 다리 쪽으로 걸어갔다.

"고수는 이렇게 걷는 것이나 저기를 걷는 것이나 똑같다고 생각하거든."

적이건이 성큼성큼 다리를 건넜다.

너무 놀라 차련이 비명을 지를 뻔했고, 손으로 자신의 입을 막았다.

다리 한가운데까지 건너간 적이건이 돌아섰다.

정말 거짓말처럼 적이건은 다리 한가운데까지 걸어갔다.

어떻게? 저렇게 겁도 없이?

바람이라도 불어올까 차련은 두려운 마음이 들었다.

다리 한가운데 서서 적이건이 어서 오라고 손짓을 했다.

"난 네가 고수라고 생각 안 해. 하지만 적어도 고수가 될 마음은 품고 있다고 생각해."

적이건이 진지하게 말했다.

"이제 증명해 봐."

저 녀석은 사람의 마음을 뒤흔드는 재주를 가지고 있다.
언제까지나 기다릴 작정으로 적이건이 서 있었다.
홀로 서 있는 저 외로움이 가지 않을 수 없게 만든다.
차련이 심호흡을 했다. 무엇인가에 홀린 듯 마음이 움직이고 있었다. 아니었다면 벌써 가차없이 등을 돌렸어야 했다.
그녀가 다리 앞까지 걸어갔다.
해낼 수 있을까?
그녀는 두려운 마음이 들었다. 마음 한구석에서 이건 미친 짓이라고 아우성쳤다. 아래를 내려다보자 현기증이 일었다.
정말로 적사검법이 구성에 도달했다면 가능하지 않을까?
아냐, 그래도 이건 미친 짓이야.
적이건이 나직이 말했다.
"이건 무공의 고하와는 아무 관계가 없는 일이야. 단지 마음의 문제일 뿐."
그 마음이 이렇게 무서워하고 있어.
"용기를 내! 넌 할 수 있어."
그래, 좋아. 죽기 전에 이거 하나만 묻자.
"넌 왜 날 믿지?"
"너는……."
적이건이 잠시 말을 잇지 못했다. 그의 눈빛이 깊어졌다. 뭔가 말을 하려던 적이건의 눈빛에 이내 웃음기가 감돌았다.
적이건이 히죽 웃으며 말했다.
"좋은 점이 많은 여자거든."

그리고는 돌아서 계속 걸어갔다.

차련이 심호흡을 했다.

신중히 한 발을 내디뎠다.

아래를 보면 안 돼!

그녀가 두 번째 발걸음을 옮겼다.

의외로 다리는 안정적이었다.

앞만 보자. 그래, 땅을 걷는다는 마음으로.

그녀가 몇 걸음을 더 걸었다.

다리 중앙에 왔을 때 바람이 불어왔다.

휘청.

센 바람이 아니었는데 바람이 분다는 것을 인지하는 것만으로도 충분한 위기였다.

그녀의 발걸음이 빨라지고 있었다. 동시에 몸이 허공으로 붕 뜬다는 기분이 들었다.

이대로라면 떨어지고 말아.

절망감이 확 가슴속에 피어오르는 그때,

그녀의 귓가로 적이건의 목소리가 들려왔다. 전음처럼 가깝게, 그리고 달콤하게 들렸다.

"널 처음 본 순간 내 심장이 멎는 줄 알았어."

뭐?

차련이 정신을 퍼뜩 차렸다. 자신이 여전히 다리의 중앙에서 있다는 것을 인지했다.

저 멀리서 적이건이 싱긋 웃으며 말했다.

"어서 와. 좋아하니까."

심장이 터질 것만 같았다. 하지만 이내 곧 가슴 터질 것 같은 두근거림은 놀랄만한 집중력으로 바뀌었다.

적이건의 주위 사물이 모두 흐려지면서 사라졌다.

그리고 오직 적이건만 보였다.

그녀가 발걸음을 다시 옮겼다. 아까와는 비교도 할 수 없을 정도로 안정적인 발걸음이었다.

그렇게 차련은 다리를 건넜다.

다리를 건너는 순간, 차련의 다리가 풀어졌다.

그대로 주저앉았다. 적이건이 박수를 쳐주었다.

적이건은 정말 자랑스러운 표정이었다.

그가 했던 말이 진심이었을까? 아니겠지? 문득 부끄러운 마음이 들었다.

그래서였을 것이다. 먼저 선수를 친 것은.

"물론 거짓말이었지, 아까 한 말?"

"헤헤."

"내가 떨어질 것 같아서 정신을 딴 데로 돌리기 위해 그랬다고 할 거지?"

"역시 똑똑한데?"

항상 그렇듯 적이건의 표정과 말만으로는 무엇이 진심인지 알 수 없었다.

망할 놈. 난 아직도 이렇게 가슴이 떨리는데.

그 감정을 감추려는 듯 차련이 자신이 건너온 다리를 돌아보았다.

어떻게 건넜을까 싶을 만큼 여전히 아찔한 다리였다. 한편으로는 자신이 해낸 일이 자랑스러웠다. 미친 짓이었지만 정말 대단한 일을 해냈다.

한참을 쉬자 차련의 마음이 완전히 진정되었다.

"자, 이제 다 왔어."

완만한 오솔길을 돌아 나가자 새로운 경치가 펼쳐졌다.

"여기야."

그곳은 사찰이었다.

승려 하나가 올라오다 둘을 보고 깜짝 놀랐다.

"혹시 생사교를 건너오신 겁니까?"

"네."

"어이구! 그 험한 곳을 어떻게 건너셨습니까?"

"네? 길이 그곳밖에 없다고 해서."

차련의 대답에 승려가 고개를 내저었다.

"삼 년 전에 새로 길을 내서 저렇게 시주님들을 위한 새로운 길이 났습니다."

뭐?

승려가 가리키는 곳을 보니 정말 계단길이 나 있었다. 젠장, 꼬마가 엄마 손을 잡고 올라오고 있다.

차련이 적이건을 홱 돌아보며 따지듯 물었다.

"너, 알았지?"

"아니."

"아냐. 넌 알았어."
"그럴 리가."
그러면서 적이건이 달아났다.
놈은 분명 알고 있었다.
"너, 죽었어!"
"여기, 엄숙한 절이라고! 절대 정숙!"
차련의 신형이 부웅 날았다.
그때 마침 건물을 돌아 나오던 노승이 있었다.
적이건이 살짝 피하자 그대로 차련의 발이 노승의 얼굴을 강타했다.
퍽!
허연 수염을 휘날리는 노스님이 뒤로 자빠졌다.
차련이 놀라 얼어붙었다. 지나가던 승려들이 놀라 달려왔다.

아! 대형 사고다.

* * *

일다경 후, 선방.
"죄송해요."
침울하게 고개를 숙인 차련이 무릎을 꿇고 앉아 있었다.
"젊은 처자가 백주에 발길질이라니요!"

중년 승려의 호통에 차련의 고개가 더욱 숙여졌다.

"됐네. 그만하시게."

노승이 손을 내저었다.

"큰스님, 큰일 날 뻔하지 않으셨습니까?"

"괜찮네. 이만 나가보시게."

노승이 중년 승려를 내보냈다.

"걱정 마시고 시주들도 이만 물러가시게."

인자한 노승의 용서에 차련이 머리를 조아렸다.

"죄송했어요, 큰스님."

차련이 인사를 하고 자리에서 일어났다.

근데 적이건은 그 자리에서 꼼짝도 하지 않았다.

"더 놀다 가자."

놀다니? 미쳤어?

"무슨 소리야? 스님 쉬시게 나가자."

차련이 적이건의 팔을 잡아당겼다. 사고를 친 입장에서 얼른 이곳을 벗어나고 싶은 마음이었다.

적이건이 노승의 얼굴에 바짝 얼굴을 가져갔다.

"한데 스님, 젊었을 때 좀 노셨던 것 같소."

헉!

차련이 깜짝 놀랐다.

"너, 무슨 짓이야?"

차련이 강제로 적이건을 잡아끌었다.

널 모르는 건 아니지만 이건 아니라고!

적이건이 노승을 보며 씩 웃었다.

"엄살 그만 피우고 그만 일어나시지."

"야! 그게 무슨 말버릇이야!"

차련이 소리쳤다.

적이건은 한술 더 떴다.

"셋 만에 안 일어나면 패버린다. 하나, 둘……."

노승이 벌떡 몸을 일으켰다.

"젠장! 재수없다! 퉤퉤! 이 미친 아귀 같은 놈! 여긴 어떻게 알고 찾아왔지? 부처님도 무심하시지!"

순식간에 튀어나온 욕설에 차련이 벙찐 표정을 지었다.

적이건이 씩 웃었다.

"면구 하난 제대로 구했네. 어디서 구했지? 진짜 사람 가죽이야?"

"재수없는 건 여전하구나, 어린놈의 새끼가. 흥!"

차련이 반쯤 일어서던 그 자세로 노승의 눈치를 보며 적이건에게 물었다.

"누구?"

"사기꾼, 돌팔이, 도적놈. 쓰잘 데 없는 재주가 한 여덟 가지 되지?"

그 말에 차련은 강호의 한 인물을 떠올렸다.

"설마 팔방추괴(八方醜怪)?"

"맞아. 그놈이야."

"흥! 추괴라니? 이 몸은 팔방미남이시다!"

노승이 면구를 벗었다. 그는 매우 추한 외모의 중년인이었다.

차련이 깜짝 놀라 뒤로 물러섰다.

팔방추괴는 강호에서 가장 유명한 사람 중에 하나였다. 그는 여덟 가지 분야에 특출한 재주를 지니고 있었는데, 앞서 말한 세 가지 외에도 바둑, 서화, 음악, 음주, 무공에 특출한 재주를 지니고 있었다.

그는 대단히 못생긴 걸로도 유명했는데, 그래서 강호인들은 그를 팔방미녀가 아닌 팔방추괴라 불렀다.

차련이 포권을 하며 인사했다.

"말학 후배가 팔방… 미남 선배님을 뵙습니다."

차련은 차마 당사자의 면전에서 추괴란 말을 하지 못했다.

흥, 하는 표정 속에서도 팔방추괴는 나름 대견하다는 표정을 지었다.

"흠, 어린것이 꽤 강호의 도리를 아는구나."

딱!

사정없이 적이건이 그의 뒤통수를 후려쳤다.

헉!

차련이 경악했다. 적이건, 아무리 네가 별나도 이건 아니잖아?

그뿐만이 아니었다.

"추괴야."

적이건이 그를 마치 아랫사람처럼 대하듯 했는데 더 놀라운 일은 팔방추괴는 그에 대해 뭐라 나무라지 못하고 있었다.

"어떻게 된 일이지?"

차련이 적이건의 귓가에 속삭여 물었다. 그러자 상상도 못할 대답이 나왔다.

"이놈은 내 제자다."

"뭐?"

번번이 놀랐지만 차련은 이번에는 정말 깜짝 놀랐다.

팔방추괴가 끙, 하며 앓는 소릴 냈다. 틀린 말이 아닌 듯 보였다. 그야말로 강호의 기사(奇事)라 불릴 일이었다.

"집 나간 제자 놈 찾느라 고생했네. 제자야, 다리 좀 주물러라."

그러면서 팔방추괴에게 다리를 내밀었다.

팔방추괴가 인상을 쓰며 홱 돌아앉았다.

"도대체 어떻게 된 일이죠?"

"그는 나와 내기를 해서 졌다. 그가 지면 내 제자가 되기로 했었지."

"무슨 내기였는데?"

"바둑."

바둑이라면 팔방추괴의 주 종목 중 하나였다. 그런 그를 적이건이 바둑으로 이겼다고?

팔방추괴가 분한 표정을 지었다.

"틀림없이 누군가 전음으로 수를 알려준 것이 틀림없다!"

"그때도 저렇게 우겼었지. 그래서 결국 또 다른 내기를 했지."

"뭐였지?"

"누가 더 대단한 사람에게 사기를 치는가였지."

차련이 어이없다는 표정을 지었다. 그런 내기를 하다니.

"저놈은 남궁세가를 상대로 사기를 쳤어. 남궁세가의 가주와 원한이 있거든. 여자 문제로!"

"그놈 말은 꺼내지도 마라!"

팔방추괴가 버럭 화를 냈다.

"그래서?"

차련은 점차 흥미로워졌다.

"뭘 그래서야. 세상에 남궁가주와 같은 대단한 사람에게 어떻게 사기를 치겠어? 그래서 내가 패배를 시인하고 내기로 걸었던 것을 줬지."

"그게 뭐였지?"

"월하미인도(月下美人圖)."

"뭐?"

차련이 깜짝 놀랐다.

월하미인도에 대해 들어본 적이 있다. 그것은 팔방추괴만큼이나 유명한 것이었다.

그것이 강호에 알려진 것은 십 년 남짓이었다.

천하제일의 미녀가 그려진 한 폭의 그림. 그 속에 엄청난 무공이 숨겨져 있다는 소문이 나돌았다. 그림을 봤다는 사람이 있었지만, 전부 믿기 어려운 말들이었다. 산에서 나무를 하다 나무에 걸려 있었다고도 했고, 수레를 끌고 가던 사내가 보여줬다는 말도 있었다. 과일을 사 먹다가 봤다는 사람도 있었다. 어쨌든 지난 십 년 동안 월하미인도는 소문만 증폭시켰다.

"네가 그것을 가지고 있었어?"

적이건이 씩 웃었다.

"어? 근데 어떻게 팔방 선배가 제자가 된 거지?"

"그야 그 그림이 가짜였으니까."

"뭐?"

"나는 추괴를 속인 거였지. 남궁가주가 추괴보다 더 대단한 사람이라고 인정을 하면 내가 진 거였지."

"팔방 선배는 그것을 인정하지 않았군."

과연 팔방추괴가 나직이 으르렁거렸다.

"남궁성(南宮星) 그놈보다 못하다면 살아야 할 이유가 없지."

차련이 다시 한 번 적이건에게 감탄했다.

여우야. 정말 넌 꼬리 아홉 달린 여우야.

적이건이 실실 웃으며 말했다.

"저 뻔뻔한 놈은 또 인정을 하지 않았지."

"네가 졌다고 했을 때 이미 승부는 끝난 후였어!"

"저렇게 우겨댔지. 그래서 우린 또 한 번의 승부를 했어. 참, 나도 마음도 좋지."

그건 아니라고 봐.

"이번에는 무슨 종목이었지?"

"이 재수없는 제자 놈은 기어코 자신이 이길 수 없는 것을 골랐어. 제자가 가진 남은 재주 중에 내가 유일하게 이길 수 있는 것이었지."

"뭐였지?"

"비무."

차련이 다시 깜짝 놀랐다. 팔방추괴의 무공은 비록 손가락을 꼽을 정도의 초절정고수는 안 되더라도 절정고수는 되었다.

"설마? 네가 이겼어?"

"당연하지. 이 늙고 못생긴 제자 놈에게 질 리가 없잖아?"

"네놈이 독을 풀었을 것이다!"

"저렇게 우겨대며 달아났지. 물론 뛰어봤자 벼룩이었지만."

차련이 의심스런 눈빛으로 적이건을 쳐다보았다.

"독 탔지?"

"이거 왜 이래?"

팔방추괴가 체념한 듯 말했다.

"좋아, 제자고 나발이고 다 좋다고 쳐. 왜 날 찾아왔느냐?"

적이건의 표정이 그제야 진지해졌다. 팔방추괴를 응시하는 눈빛이 깊어졌다.

"부탁이 있어서."

"무슨 부탁인데?"

"환자를 한 명 살펴봐야겠다."

어? 부하로 삼는다고 온 거잖아. 천하 제패 한다면서?

"치료해 주면… 내기는 없었던 것으로 해준다."

그 말에 팔방추괴가 동요했다.

"얼마나 대단한 사람이기에?"

적이건이 차분하게 말했다.

"직접 치료 안 해도 돼, 원인만 파악해 주면."

고민하던 팔방추괴가 벌떡 일어났다.

"좋다. 이 지긋지긋한 악연, 빨리 끝내자. 가자."

그의 뒤를 따라 나오며 차련이 속삭이며 물었다.

"원래 이 목적이 아니었잖아."

"마음이 바뀌었어."

"왜?"

"천하 제패도 중요하지만 그 아이 목숨도 중요해."

"누군데?"

적이건이 대수롭지 않게 대답했다.

"수련이."

"뭐?"

동생의 이름이 나오리라곤 상상도 못한 그녀였다.

너무 놀라 제자리에 멈춰 섰다. 심장이 떨려 아무 말도 하지 못했다. 머릿속이 하얗게 비어버리는 것 같았다.

"고맙다는 말은 가서 해. 제대로 진찰을 받아봐야 하니까."

뜨거운 눈물이 차련의 볼을 타고 흘러내렸다.

……너 이 자식!

*　*　*

두 시진 후.

정말 적이건과 차련은 팔방추괴를 데리고 검문으로 돌아왔다.

모든 가족이 모였고, 집안은 완전 비상이 났다.

강호의 유명한 팔방추괴가 직접 자신의 딸을 진찰하러 와준 것에 대해 정이추는 크게 놀라고 있었다.

평소 그 침착하던 안씨는 크게 기뻐하면서도 당황해하고 있었다.

"도대체 어떻게 된 일이니?"

"말하자면 길어요. 하지만 이분은 믿을 수 있는 분이에요."

막내딸을 걱정하며 매일 잠 못 이루는 안씨였다. 팔방추괴라는, 그녀는 잘 알지 못하지만 뛰어난 명의가 왔다는 말에 안씨는 크게 기뻐했다.

"그는 대단한 사람이에요."

화련은 팔방추괴에 대한 명성을 익히 들었다. 화련의 말에 안씨가 두 손을 모았다. 제발 딸아이를 고쳐달라며 그녀가 마음으로 기원했다.

"진찰 결과가 좋아야 할 텐데."

서백도 정이추와 함께 발을 동동 굴렀다.

안씨가 적이건을 챙겼다.

"고맙네."

안씨가 적이건에게 고마움을 표했다. 차련이 팔방추괴와 같은 강호의 기인을 알고 있을 리 만무했으니 이번 일은 적이건이 추진한 일이라 짐작한 것이다.

"따님이 애썼습니다. 목숨까지 걸었지요."

생사교를 건넌 일을 두고 한 말이었다.

목숨까지 걸었다는 말에 온 가족이 깜짝 놀랐다.

"괜히 그러는 거예요."

하지만 적이건은 진지했다.

"아니. 만약 네가 그곳에서 포기를 했다면 나도 그대로 돌아왔을 거야. 이번 일은 네 덕분이다."

가족들은 무슨 일인지 자세한 내막은 몰라도 차련이 큰 노력을 했음을 짐작할 수 있었다.

"애썼다."

안씨가 대견하다는 듯 차련의 머리를 쓰다듬어 주었다. 화련이 차련을 꼭 껴안았다.

"잘했다, 잘했어."

차련은 적이건이 너무나 고마웠다.

하지만 정작 진찰 결과가 나쁘면 이 모든 일이 다 허사였다. 공연한 희망 때문에 어머니가 더욱 상처받을지도 모를 일이었다.

이윽고 한참 동안의 진찰이 끝이 났다.

방문이 열리며 팔방추괴가 밖으로 나왔다.

"어떻게 되었습니까?"

"원인은 알아내셨습니까?"

차련과 정이추가 황급히 다가갔다.

팔방추괴가 고개를 끄덕였다. 안씨와 차련이 깜짝 놀랐다. 지금까지 정확한 원인을 알아낸 의원은 단 한 사람도 없었다.

"저 아이는 독벌에 쏘였네."

독벌이란 말에 차련과 안씨가 크게 놀랐다. 지금까지 수련을 진찰한 그 어떤 의원도 그런 이야기를 한 적이 없었기 때문이다.

적이건이 물었다.

"혹시 그 벌이 혈봉(血蜂)인가요?"

가족들이 있어서였는지 적이건은 팔방추괴에게 공손했다.

"맞다."

"봉마신(蜂魔身)이 양봉하는 독벌이지. 강호에 좀처럼 모습을 드러내지 않는 그인데… 왜 그의 벌에 쏘였는지는 알 수가 없군."

"치료할 수 있겠소?"

"해약은 오직 두 가지지."

"그게 뭐죠?"

차련이 희망에 들떴다. 해약이 있었다니!

듣고 있던 안씨가 간절한 마음으로 두 손을 모았다.

"첫째, 봉마신 본인이 그 해약을 가지고 있다. 하지만 봉마신 그 노괴는 강호에 모습을 드러내지 않은 지 오래지."

"그럼 두 번째는 뭐죠?"

"바로 약왕문(藥王門)의 해약이다."

"약왕문!"

약왕문은 강호에 이름난 의가였다. 하지만 무한 변두리의 작은 검가인 자신들이 약왕문과 친분이 있을 리 없었다.

모두들 약왕문이란 말만 되뇌고 있을 그때 적이건이 불쑥 나섰다.

"그래도 두 번째가 좀 쉬워 보이는군."

그러면서 적이건이 차련을 재촉했다.

"가자."

"어디로?"

"약 구하러."

"뭐?"

"이번 무림대회에 그쪽 사람들도 왔을 거 아니냐? 안 왔으면 약왕문 찾아가고."

적이건의 표정은 진지했다. 아니, 진지하지 않아도 상관없었다.

"그래, 가. 당장 가자고."

그러자 팔방추괴가 고개를 내저었다.

"쉽지 않을 거야. 혈봉의 독을 치료할 수 있는 해약은 칠종신단(七種神丹)이라 불리는 그들만의 고유한 독문 해약이지. 칠종신단은 혈봉뿐만 아니라 강호의 일곱 가지 극독을 치료할 수 있는, 그야말로 귀한 약이지. 그 칠종의 독 중에는 당문의 독도 포함되어 있지. 그들은 고유한 제조법이 유출되는 것을 꺼려 절대 쉽게 내놓지 않을 것이야. 사실 약왕문에 그 해약이 있다는 사실을 아는 사람조차도 거의 없지."

"또 내기할까요? 내가 구해올 수 있나, 없나?"

팔방추괴가 생각도 않고 대답했다.

"난 구해온다에 걸겠다."

"똑똑해졌군요."

적이건이 히죽 웃었다.

안씨가 떨리는 목소리로 당부했다.

"적 소협, 잘 부탁하네."

정이추는 자신이 직접 가야 하는 것이 아니냐고 안절부절못했다. 그것을 말린 사람이 바로 안씨였다.

"시작도 저 애들이 했으니 끝까지 맡겨봐요."

사람 보는 눈만큼은 세상 누구보다 정확한 아내였다. 정이추가 고개를 끄덕였다.

"헤헤, 걱정 마십시오. 요즘은 예쁜 아이들이 성격도 좋고 명도 더 길답니다."

"그만 소린 말아."

"아얏! 그렇다고 꼬집냐, 비겁하게?"

적이건이 한옆에 선 팔방추괴에게 다가갔다.

"팔방 선배, 이제 돌아가셔도 됩니다. 그간 죄송했습니다."

팔방추괴가 피식 웃었다.

"그래, 넌 이렇게 시원한 놈이지. 같이 놀면 즐거운."

팔방추괴의 표정은 더없이 너그러워져 있었다.

"삼 년 전, 천방지축 설쳐 대던 시절 네놈이 그랬지? 세상에서 가장 멋진 강호를 만드는 것이 네놈 꿈이라고. 그때는 믿지 못했다. 절대 안 믿었지. 한데……."

팔방추괴의 입가에 살짝 미소가 지어졌다.

"이제는… 철이 좀 든 것 같군."

그리고 물었다.

"그 꿈 아직도 그대로냐?"

"그렇습니다."

"보여줘. 네가 말한 멋진 강호를."

적이건이 진지하게 팔방추괴를 응시했다.

"그 말씀, 후회하지 않겠습니까?"

목숨을 걸어야 한다고 적이건의 눈빛이 말했다.

"않는다."

"날 도련님이라고 불러야 하는데?"

"사부보다는 낫네."

두 사람이 마주 보며 웃었다. 하루 이틀의 일로 결정된 일이 아니었다. 오랫동안 적이건을 봐오며 무르익었던 감정이 오늘에 와서 결실을 맺은 것이다.

"기다려. 약 구해올 테니까."

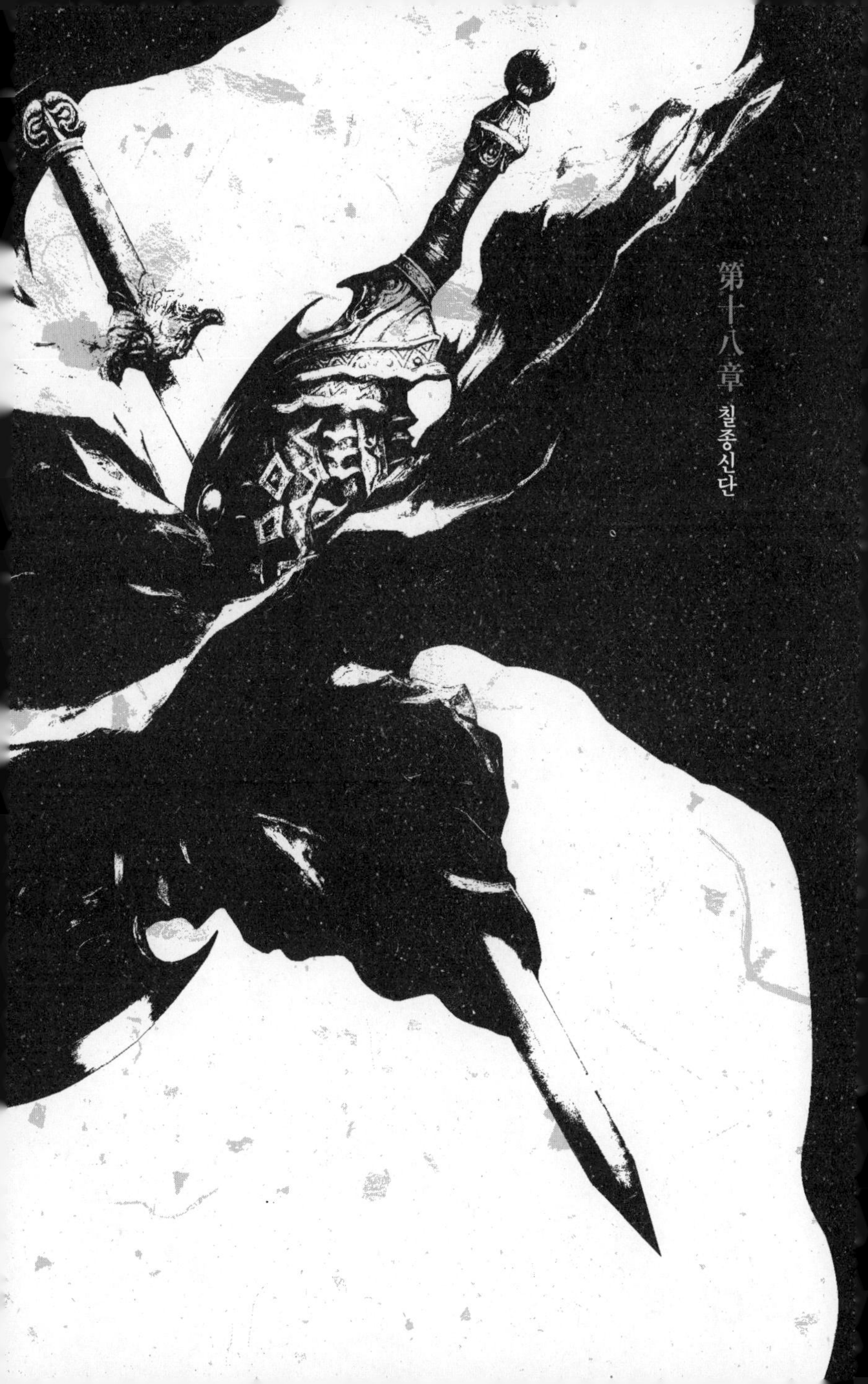

第十八章 칠종신단

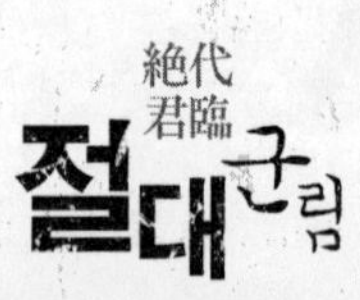
絶代
君臨
절대군림

하늘이 내린 수련의 목숨이 가볍지 않았는지 약왕문의 고수들은 이번 대회에 참석했다. 약왕문의 후계자인 추도옥(秋導鈺)이 이번 용봉연에 참석하러 온 것이다. 더구나 추도옥은 일, 이차 관문을 무사히 통과한 상태였다.

적이건과 차련은 그들이 묵고 있다는 상화객잔으로 가고 있었다.

차련은 몹시 들뜬 표정을 감추지 못했다. 그에 비해 적이건은 침착했다.

약왕문.

역대 세 명의 의선을 배출한 명문의가였다.

본래 전통적으로 의원만 배출하던 그들이 본격적으로 강호에 뛰어든 것은 백 년이 채 되지 않았다.

그 이전의 약왕문은 언제나 강호사에 얽혀들었다. 걸핏하면 귀한 약재를 빼앗기기 일쑤였고, 멸문의 위기에 섰다. 그때마다 약왕문에 신세를 진 문파들의 도움으로 명맥은 유지해 왔지만 그 피해는 엄청났었다.

이십 년 전, 약왕문은 비밀리에 고수들을 키우기 시작했다. 오랜 숙원이었기에 그들은 신중하고도 은밀하게 이 작업을 해냈다. 비록 명문정파의 정심한 내공법은 구할 수 없었지만, 영약으로 막대한 내공을 지닌 고수들을 배출해 냈다. 초반에는 무리한 욕심으로 인해 많은 고수들이 목숨을 잃었다. 하지만 약왕문은 포기하지 않았다. 결국 그들은 약왕문을 강호의 이름난 무림 단체로 키우는 데 성공했다.

이번에 추도옥과 함께 짝을 이뤄 나온 여인은 이화인(李華寅)으로, 복건제일검가라 불리는 신검장(神劍莊) 둘째 딸이었다. 약왕문은 이번 일을 추진하기 위해 상당한 영약을 건넸다. 약왕문이 크게 발전을 했다고는 하지만 아직 일류 문파에 비하면 부족한 점이 많았다.

어쨌든 추도옥은 신검장 이화인의 무공 덕분에 일, 이차 관문을 무사히 통과한 상태였다.

"그들이 해약을 가지고 있을까?"

차련의 걱정에도 적이건은 천하태평이었다.

"있어."

"어떻게 그렇게 확신해?"

"일곱 종의 독을 해독한다잖아. 무림대회에 참석하기 위해 왔는데 그런 해약 하나쯤 당연히 가지고 왔겠지."

확실히 맞는 말이었다. 희망이 조금 더 커졌다.

차련은 지금 이 순간 적이건에게 완전 의지하고 있었다.

"어떻게 알았어, 수련이가 아프다는 거?"

"척 보면 알지. 천재가 그걸 몰라?"

진짜 천재일지도 모른다는 생각이 들었다. 아니면 팔방추괴마저 속이는 최고의 사기꾼일지도. 뭐라도 좋았다. 동생만 완치해 낼 수 있다면.

두 사람이 상화객잔에 도착했을 때, 절대 보고 싶지 않은 광경이 그들을 기다리고 있었다.

퍽퍽퍽!

사내 둘이 매질을 당하고 있었다.

그들을 매질하는 사람은 차련 또래의 젊은 청년이었다. 청년 주위로 약왕문의 무인으로 보이는 사내들이 빙 둘러 서 있었다.

"감히 우리 약왕문을 몰라보고 설쳤단 말이지?"

빡.

몽둥이가 다시 사내의 어깨를 강타했다. 사내가 죽는 소릴 내며 쓰러졌다.

구경하던 이들이 보든 말든 청년은 아랑곳 않았다.

점소이들의 수군거림을 들으니 그가 바로 이번 용봉연에 출전한 추도옥이었다. 낭인 둘이 약왕문 무인들에게 약초나 캐지, 이곳에 왜 왔냐고 농담을 던진 모양이었다.

추도옥이 주위 사람들을 돌아보며 소리쳤다.

"본 문을 무시하면 어떻게 되는지 똑똑히 보시오!"

쓰러진 사내를 다시 일으켜 그의 머리통을 내려쳤다.

빡!

사내가 그대로 쓰러졌다. 피를 줄줄 흘리는 것이, 치료를 하지 않으면 곧 죽을 것 같았다.

추도옥이 큰 소리로 말했다.

"아직도 본 문을 고작 약이나 짓는 문파로 착각하는 이들이 있다면 본인이 직접 나서서 그 생각이 얼마나 잘못되었는지 증명해 보일 것이오!"

피투성이가 된 그들에게 침을 뱉으며 그가 말했다.

"이 자식들, 내다 버려라!"

건물 안으로 들어가는 그의 모습을 보며 차련이 긴 한숨을 내쉬었다.

적이건이 물었다.

"너희 집안, 약왕문하고 친해?"

"아니."

"저놈이 순순히 약을 줄까?"

"아니."

"죽여서 뺏을래?"

"…아니."

그러고 싶지만 그럴 순 없었다. 아무리 동생의 목숨이 걸린 일이라도.

"그럼 다른 방법을 찾아야지."

적이건의 눈빛이 반짝이기 시작했다.

"따라와."

* * *

"도대체 어떻게 된 일이지?"

윤(尹)은 요즘 눈코 뜰 새 없이 바빴다.

용봉연 일, 이차 관문이 끝이 났지만, 가장 중요한 삼차 관문을 앞둔 시점에서 준비해야 할 일들이 여전히 많았다.

게다가 이렇게 바쁜 시기에 책임자 명이 며칠이나 무단으로 자리를 비우자 업무에 막대한 차질을 겪고 있었다. 실종 신고라고 해야 하는 게 아닐까 싶었는데, 요즘같이 바쁠 때 그 신고를 받아줄 사람이나 있을까 하는 생각이 들었다.

명은 바로 비연회의 여인에게 죽음을 당한 그였다. 그것을 알 리 없는 윤은 가슴만 탈 뿐이었다.

"선배님, 어쩔까요?"

후배인 임(林)이 심각한 얼굴로 다가왔다.

"뭘?"

"낙일도 선배 말씀입니다."

윤이 한숨을 내쉬었다. 용봉연이 시작됐는데도 그는 여전히 나타나지 않고 있었다. 어디 뒷골목에서 칼질이라도 하다 죽어버린 것이 아닐까 하는 생각이 들었다.

"또 서찰을 보내."

"벌써 네 번쨉니다."

"보내라면 보내! 뭔 말이 그렇게 많아!"

버럭 소릴 지르고 말았다. 근래 신경이 날카로운 탓이었다.

"알겠습니다."

시무룩해진 임이 제자리로 돌아갔다.

내지 않아도 될 화를 낼 만큼 윤은 요즘 신경이 예민한 상태였다.

'낙일도까지 말썽을 피우는군.'

그래도 서찰이라도 보내놓으면 나중에 뒷말이 없어진다. 연락을 못 받았으니 어쩌니 하는 변명거리를 사전에 없애는 것이다.

윤이 조금 누그러진 목소리로 임을 달랬다.

"일단 우리 할 일만 하자고."

다들 신경이 날카로운 것이 하루 이틀 일이 아닌지라 임도 금방 마음을 풀었다.

'낙일도는 그렇다 치고… 형님은 도대체 어디로 갔지?'

이 모든 일은 이번 일의 책임자 명이 맡아야 할 일이었다.

성실하고 충성심 강한 그였기에 한편으로 무슨 사고라도 생겼을까 걱정이 되기도 했다.

한숨을 내쉬는데 누군가 방문을 열고 들어왔다.

방에서 일하던 이들이 모두 자리에서 일어났다. 이번 대회의 총책임을 맡고 있는 봉수찬이 들어선 것이다.
"앉게. 편하게 일들 보시게."
임이 그를 자신의 자리로 안내했다. 다른 수하 무인이 재빨리 차를 타왔다. 임의 자리에 편하게 기대앉으며 봉수찬이 물었다.
"일은 차질없이 진행되고 있나?"
"네."
"다행이군."
봉수찬은 자세히 캐묻지 않았다. 그게 원래 봉수찬이 일을 하는 방식이기도 했다. 그는 내부의 일은 철저히 아랫사람에게 일임했다. 그런 방식은 아래에서 일하는 사람에게는 두 가지 큰 장단점이 있었다. 장점은 일하기 편하다는 것이고, 단점은 실수를 하면 반드시 책임을 져야 한다는 점이었다.
"아, 그리고."
봉수찬이 목소리를 낮췄다.
"명 그이는 불려갔네."
그러면서 엄지손가락으로 천장을 가리켰다. 그 뜻은 곧 북천패가 본가로 들어갔다는 말이었다. 빌어먹을, 인사나 하고 가지. 뭔 놈의 행사를 이리 은밀히 하나.
"은밀히 처리된 일이니 그렇게만 알고 있게."
"알겠습니다."
비연회에 포섭된 봉수찬의 정체를 밝히려다 죽은 명이었다. 이 상황을 본다면 저승에서도 분통을 터뜨릴 일이었다.

"그리고 명이 맡았던 일은 자네가 대신 하게."

"네?"

윤이 깜짝 놀랐다. 보통 이런 경우에는 위에서 새사람을 보내오는 것이 일반적인 통례였다.

"아무래도 중요한 일을 앞두고 있으니 자네가 마무리를 지어주길 바라는 마음이네."

윤이 고개를 끄덕였다. 어지간히 부려먹지. 그렇다고 진짜 명의 자리로 승진시켜 줄 것도 아니면서.

어차피 인맥이나 사교성 모두 낙제점인 그였다. 실컷 부려먹고 나중에 다른 놈이 내려올 것이다. 그간의 공로를 다 차지하기 위해. 그게 바로 조직의 생리다.

"자, 그럼 수고들 하게. 아, 그리고 이거."

봉수찬이 주머니를 하나 놓고 갔다.

"수고들 많으니 오늘은 회식이라도 하게."

모두의 표정이 환해졌다.

봉수찬이 나가자 모두들 윤의 책상으로 모여들었다.

주머니를 열어보니 열 냥이나 들어 있었다.

"오오오!"

이 정도 돈이면 오늘 밤 제대로 마시고 즐길 수 있는 액수였다.

후배들의 간절한 눈빛을 보며 윤이 고개를 끄덕였다.

"그래, 마시자. 오늘 하루는 일이고 뭐고 다 잊고 실컷 마시자. 오늘 일과는 여기까지."

모두들 환호성을 질렀다.

그렇게 그들이 모두 밖으로 나갔다.

잠시 후,

덜컥.

천장이 열리면서 누군가가 살짝 내려왔다.

먼저 내려온 사람은 놀랍게도 적이건이었다.

"조심."

뒤이어 차련이 내려섰다.

두 사람은 복면을 하고 있었다.

"쉿, 들키면 큰일 난다. 무림공적으로 몰리게 될걸."

굳이 적이건이 장난스럽게 겁을 주지 않아도 차련은 바짝 얼어 있었다.

그런 말 하지 마!

따라나설 때까지만 해도 설마 적이건이 북천패가의 담을 넘을 줄을 정말 꿈에도 생각지 못했다.

생각보다 침입하는 데 너무도 쉬웠다.

여기 정말 북천패가 맞아?

아무리 그들의 정예가 아니라 행사를 주최하는 용봉단이라 해도 이건 너무 쉽잖아?

하지만 그건 그녀의 착각이었다. 적이건이 정말 초소 경계의 약점이 될 만한 위치만을 골라 잠입했기 때문에 그렇게 느낀 것뿐이었다.

적이건이 마치 자신이 사용하는 곳인 양 여기저기 책상을 뒤졌다.

그사이 차련이 문을 살짝 열고 밖을 살폈다

뒤적거리던 적이건이 무엇인가를 발견했다.

이번에 용봉연에 초대된 고수들의 명단이었다. 딱히 기밀이라 할 것이 아닌지라 윤의 책상 위에 올려져 있었다.

적이건이 빠르게 그것을 넘겼다.

대충 내용을 살핀 적이건이 또 다른 책상을 살폈다.

그가 이번에는 임의 책상에서 또 다른 무엇인가를 발견했다.

"이거다!"

적이건의 눈빛이 반짝였다.

그래, 제발 이번 일만은 네가 천재임을 보여줘!

동생의 목숨이 달린 일이었다.

적이건이 손에 든 것은 바로 조금 전 잔소리를 들어가며 임이 낙일도에게 쓴 서찰이었다.

차련이 바짝 붙어 물었다.

"이건 왜?"

"다 필요가 있지."

도무지 알 수 없다는 차련의 얼굴을 보던 적이건이 화들짝 놀랐다.

"뒤!"

"헉!"

차련이 깜짝 놀라 돌아섰다.

물론 아무도 없었다.

"바보."

적이건이 다시 천장 위로 올라가고 있었다.

그래, 일단 참아준다.

* * *

다시 한 시진 후.

적이건과 차련은 어딘가로 부지런히 가고 있었다.

두 사람은 외모가 완전히 바뀐 상태였다. 인피면구를 착용해 외모가 완전 딴사람이 되어 있었다.

차련은 인피면구를 처음 써보았다. 사람 가죽이 아니냐고 질색을 했지만 그렇게 불릴 뿐, 요즘은 동물 가죽으로 만든다는 소릴 듣고서야 면구를 착용했다.

처음이라 그런지 답답했다. 자연 표정이 굳고 어색했다.

그에 비해 적이건은 딴사람이 되어 있었다. 정말 딴사람처럼 자연스러웠다.

"넌 절대 입도 열지 마."

적이건의 목소리마저 완전 딴사람처럼 들렸다.

"어떻게 그럴 수 있지?"

"연습이지."

"아무리 연습을 열심히 한다 해도……."

"알잖아?"

그래, 천재지. 천재.

"그나저나 나, 아픈 사람 같아."

차련의 걱정에 적이건이 고개를 내저었다.

"아니. 그게 딱 좋아."

도대체 무슨 생각을 하고 있는 것일까? 도대체 저 순해 보이는 얼굴 아래에는 어떤 얼굴이 숨겨져 있는 것일까?

적이건이 도착한 곳은 도심 외곽의 변두리에 위치한 큰 공터였다.

공터에는 커다란 천막이 쳐져 있었다.

막 세안을 마쳤는지 수건을 목에 두른 중년 사내가 그들에게 다가왔다.

"어떻게 오셨는지요?"

"이곳 책임자를 만나고 싶소."

"어인 일로?"

그는 꽤나 조심스러웠다.

"일을 맡길까 해서 왔소. 그러니 걱정 말고 안내해 주시오."

그가 두 사람을 천막 안으로 안내했다.

안으로 들어가서야 차련은 이곳이 어떤 곳인지 알 수 있었다.

천막 안에는 갖가지 공연 도구들이 걸려 있었고, 남녀노소 다양한 배우들이 공연 연습을 하고 있었다.

책임자로 보이는 노인이 다가왔다.

"어떻게 오셨는지……?"

그러면서 적이건과 차련을 조심스럽게 살폈다.

"배우가 둘 필요하오. 사십대 남자 둘."

적이건의 말에 노인이 의외란 표정을 지었다. 그러나 이내 딱 잘라 거절했다.

"저희는 무대 밖에서는 연기를 하지 않습니다."

특히 상대가 강호인이라면 더욱더 안 될 일이다.

"이번 일 역시 공연이라 할 수 있소. 무대가 있으니까."

"그래도……."

"단 일각이면 충분하오. 일인당 수고비로 백 냥 드리겠소. 반은 선불로."

백 냥이란 말에 노인과 두 사람을 안내해 온 사내가 깜짝 놀라 서로를 마주 보았다.

두 사람이면 이백 냥이었다.

이백 냥은 그들이 일 년 내내 길거리 공연을 해도 벌기 힘든 돈이었다. 더구나 근래 이런저런 재정적 압박을 받아오던 그들이다.

"그만큼 위험한 일이겠지요?"

노인은 안다, 세상에 공짜란 없다는 것을.

"연기가 튀면 위험하겠지."

도발적인 말이었다.

"연기가 완벽하다면?"

"세상에서 가장 쉽게 돈 버는 일이 되겠지."

"……."

적이건이 차련의 얼굴을 한 번 스윽 만졌다.

"노인장은 아시겠지요, 저희가 인피면구를 착용했다는 것을."

과연 노인이 묵묵히 고개를 끄덕였다. 평생을 공연을 하며 살아온 노인이다. 역용술도 결국 분장술의 하나.

적이건이 차분히 말했다.

"그대가 우릴 모르니 살인멸구 따윈 하지 않소. 그 점은 걱정 마시오."

그게 노인의 내심 걱정이었다. 적이건의 한마디로 그게 풀어졌다.

"잠시만 시간을 주시오."

적이건이 고개를 끄덕이자 노인이 사내를 비롯해 몇 사람을 불러 모았다. 그들이 한옆에서 이야기를 나눴다.

차련은 아무 말도 하지 말라는 적이건의 말을 충실히 듣고 있었다.

눈빛으로 뭐 하려는 거냐고 물었다.

그러자 적이건이 찡긋 한쪽 눈을 감았다.

노인이 다시 두 사람에게로 걸어왔다. 그 뒤로 두 사내가 따라 걸어왔다.

예전에 길거리에서 공연을 할 때 천마와 정도맹주 역할을 했던 바로 그들이었다. 일을 맡기로 결심을 한 것이다.

"가장 노련한 배우들이오. 연기는 믿을 수 있을 것이오."

적이건이 품에서 돈을 꺼냈다. 백 냥을 노인에게 건넸다.

"반 시진 후 화양객잔에서 봅시다. 그때 해야 할 일을 알려 드리겠소."

두 사람이 천막을 나왔다.

차련이 긴 한숨을 내쉬었다.

"떨려?"

"내가 살아온 방식이 아니니까. 낯설어."

솔직한 심정이었다.

"모험을 피하는 건 청춘에 대한 모욕이야."

어이구, 말이나 못하면.

"세상 모든 청춘들이 모험을 즐기면서 살진 않아."

"그래서 넌 행운아지."

"널 만나서?"

"당연히."

그러면서 어깨를 으쓱거린다.

잘난 척은. 아마 세상에서 가장 잘난 척이 어울리는 녀석일 것이다.

아까 본 배우들보다 더 배우 같다는 생각이 든다.

"나도 필요한 거지?"

고작 배우들 섭외하기 위해 이렇게 역용까지 한 것 같진 않았다. 과연 적이건이 고개를 끄덕였다.

"당연히. 네 역할이 더 중요하지."

"난 걱정돼. 그들은 반드시 내가 역용을 했다는 것을 알아차릴 거야."

"그들이라니?"

"약왕문의 고수들 말이야."

적이건이 피식 웃었다.

"그들이 아니고 그지."

"뭐?"

"그 작은 차이가 이번 일의 핵심이거든."

*　　*　　*

다음날 아침.

아침을 먹으러 내려온 추도옥은 기분이 그다지 좋지 못했다.

용봉연 이차 관문을 통과하면서 이화인은 은근히 추도옥과 약왕문을 무시했다. 원래 안하무인으로 자란 성격 탓이었는데, 사실 지랄같은 성격이라면 추도옥 역시 만만치 않았다.

정말 마음 같아선 콱 그냥.

힘이 약한 것이 죄란 생각에 그의 기분은 최악이었다.

아버지인, 그러니까 약왕문의 현 문주인 추수영(秋洙榮)은 자신이 이번 용봉연에서 꼭 우승하기를 바라고 있었다. 이번 자신의 우승을 계기로 약왕문을 강호 일류 문파로 도약시키겠다는 것이 아버지를 비롯한 문중 어른들의 희망이었다.

자연 추도옥의 어깨에 걸린 부담감이 컸다.

'빌어먹을! 불가능해!'

추도옥은 자신과 이화인이 절대 우승을 할 수 없다는 것을 깨닫고 있었다. 어제 이차 관문만 해도 한눈에 자신보다 뛰어난 이들이 수두룩했다.

"이거 맛이 왜 이래?"

추도옥이 버럭 소릴 지르자 점소이는 물론 주방 앞 휘장 사이에서 눈치를 보던 숙수마저 기가 질렸다. 혹 끌려가 매질이라도 당할까 하루하루가 고역인 그들이었다.

마음 같아선 약왕문을 쫓아내라고 주인에게 시위라도 하고 싶지만, 그랬다간 정말 추도옥의 매질에 맞아 죽고 말 것이다. 강호인도 죽도록 패버리는데 자신들처럼 일반인들이야 말하면 무엇 하겠는가.

"다시 해올리깝쇼?"

"그 실력이 어디 가겠어? 가서 사 와."

"네?"

"이 자식아! 다른 객점에 가서 음식 사 오라고!"

"아, 네. 네!"

점소이가 일단 그곳을 벗어나려는 듯 달아났다.

숙수가 접시에 코라도 빠뜨리고 싶은 얼굴로 주방 안으로 사라졌다. 정말 독이라도 있으면 놈의 밥에 사발로 붓고 싶은 심정이었다.

추도옥이 아침부터 술을 벌컥벌컥 마셨다.

그때 두 사람의 중년인이 객잔으로 들어왔다. 앉기도 전에 그들이 목청을 높였다.

"바쁘니까 여기 빨리 따뜻한 국에 밥 한 그릇 말아주게!"

북천패가 무인 복장을 한 그들이 추도옥의 뒷자리에 자릴 잡고 앉았다.

"이렇게 바빠서야."

"망할 용봉연!"

용봉연이란 말에 추도옥의 귀가 쫑긋해졌다. 보아하니 북천패가 중에서도 용봉단 무인들인 것 같았다.

"천룡대전과 용봉연을 함께 열다니! 젠장, 이건 최악이네!"

"그걸 추진하려고 호북 쪽 상인 연합이 막대한 돈을 들였다고 하더군."

두 사람의 목소리가 살짝 잦아들었다.

"뭐 그게 한두 해 있던 일인가?"

"밑에 있는 우리만 죽어나는 거지."

"참, 그 소식 들었나?"

"무슨 소식?"

"이번에 심사를 맡은 낙일도 원 대협 말일세."

"그분은 심사에 불참하지 않았나?"

"그게… 원 대협의 딸이 아프다더군. 그것도 외동딸이라더군."

"낙일도에게 딸이 있었어?"

"그렇다네."

"한데 어디가 아프다던가?"

사내들의 목소리가 더욱 잦아들었다. 모른 척 술을 마셨지만 추도옥은 완전히 집중하고 있었다.

"소문에는 혈봉에 찔렸다고 하네."

"혈봉이라면? 봉마신이 몰고 다닌다는 그 죽음의 벌 떼가 아닌가?"

"그렇네. 독에 찔리면 시름시름 앓다가 십 년 후에 죽게 된다는, 바로 그 무서운 독벌이지."

추도옥의 눈이 가늘어졌다.

"원 대협이 지금 그 봉마신을 찾아다닌다고 눈이 벌겋다고 하네."

"하지만 봉마신은 강호에 모습을 감춘 지 오래지 않나?"

"어렵지, 어려워. 딸이 아직 한창때라던데, 아깝군."

"해약을 구하기 위해 원 대협은 정말 해라도 자를 기세네. 해약을 주면 뭐든지 다 해주겠다고 했다네."

"한데 그는 이번 용봉연의 심사관 아닌가?"

"그렇지. 교체를 하긴 해야 하는데 딸 문제로 저러니 일단 그냥 두고 보고 있는 거지."

"그런 내막이 있었구먼. 하면 원 대협은 지금 어디에 있는가? 강호를 헤매고 다니고 있는가?"

"아니네. 엊그제 이곳에 왔다고 하네. 일단 약속대로 용봉연 심사를 맡을 생각이라고 하더군. 지금 화양객잔에 있네."

"낙일도, 예전부터 한 번 보고 싶었는데."

"그는 이마에 큰 상처가 있으니 찾기 쉬울 것이네. 가서 한 번 보시게. 대신 자네 목숨은 책임지지 못하네. 요즘 완전 독

오른 독사니까."

"에끼, 농담이라도 그런 말 말게."

그사이 그들이 주문한 음식이 나왔다.

두 사람이 식사에 열중했다.

추도옥의 얼굴이 상기되어 있었다. 심장이 벌떡벌떡 뛰고 있었다.

'낙일도가 용봉연의 심사관이라고? 그런데 딸이 혈봉에 찔려?'

혈봉독을 해독할 수 있는 약은 오직 자신의 칠종신단뿐이었다.

이건 하늘이 자신에게 기회를 준 것이 아닌가? 이 기회를 놓치면 그건 머저리란 생각뿐이었다.

그가 머저리인지 아닌지는 판단할 수 없지만 적어도 그는 뒤에 앉은 두 사람의 무복이 정식 용봉단의 무복이 아니란 것을 알아낼 정도의 관찰력은 없었다. 더욱이 길거리 공연에서 볼 수 있는 얼굴이란 것을 알아보는 것은 더더욱 불가능했다.

*　*　*

정말로 낙일도는 화양객잔에 있었다.

떨리는 마음으로 추도옥은 그와 그의 딸이 마주 앉아 식사를 하는 탁자로 걸어갔다.

그가 다가서자 낙일도가 왼손을 들어 그를 제지했다.

이마에 난 커다란 상처.

한 번도 직접 본 적은 없지만 낙일도가 틀림없었다. 더구나 마주 앉은 여인은 안색이 창백하고 표정이 굳어 있었다. 더구나 내리깐 두 눈에는 생기가 없어 보였다. 독에 중독된 것이 확실했다.

"누구냐?"

묵직한 말투에는 날 선 경계심이 담겼다.

몇 발짝 떨어진 곳에서 추도옥이 정중히 포권을 취했다.

"약왕문의 추도옥, 말학 후배가 선배님께 인사드립니다."

"약왕문?"

낙일도의 눈썹이 꿈틀거렸다.

"내가 여기 있다는 것을 어떻게 알았지?"

낙일도는 여전히 경계를 풀지 않았다.

"우연히 알게 되었습니다. 그보단 긴히 드릴 말씀이 있어 이렇게 찾아뵈었습니다."

낙일도가 못마땅한 얼굴로 그를 쳐다보았다.

여인이 얌전히 자리에서 일어나 손짓으로 자신의 자리를 양보했다. 그리고는 낙일도의 옆자리에 앉았다.

"고맙소, 소저. 그럼 잠시 실례하겠습니다."

"나는 식사를 방해하는 것을 싫어한다네. 특히 내 딸과 함께 있는 시간은 더욱."

그러자 추도옥이 의미심장한 웃음을 지었다.

"장담컨대 결코 후회하지 않으실 겁니다."

"용건을 말하게."

"따님에 대한 일입니다."

낙일도의 안색이 굳었다.

"긴밀히 드릴 말씀입니다."

여인이 눈치 빠르게 자리에서 일어났다.

"말씀 나누시지요. 밥 먹은 것이 거북해 잠시 산책 좀 하겠습니다."

"멀리 가지 말거라."

"네."

둘만 남게 되자 낙일도가 차갑게 물었다.

"말하라."

"따님께서 혈봉의 독에 중독되었다고 들었습니다."

낙일도가 깜짝 놀란 표정을 지었다.

"어떻게 알았지?"

"강호의 소문은 어떻게든 퍼지기 마련입니다. 지금 중요한 것은 제가 어떻게 알았느냐가 아니라 제가 무엇을 제안하느냐입니다."

"자네의 제안이 뭔가?"

"해약입니다."

"뭐?"

낙일도가 깜짝 놀란 표정으로 말문을 잇지 못했다.

추도옥이 말소리를 낮췄다.

"앞으로 알아보시면 알겠지만 해약은 오직 저희 약왕문에만 있습니다."

"그 말을 어떻게 믿지?"

"제 목숨과 저희 약왕문의 명예를 걸어도 좋습니다."

여전히 의심스런 눈빛을 보내는 낙일도였다.

망설이지 않고 추도옥이 자리에서 일어났다.

"믿지 않으신다면."

그냥 돌아서는데 낙일도가 묵직하게 그를 불렀다.

"잠깐. 자리에 앉게."

돌아선 추도옥의 입가에 회심의 미소가 매달렸다.

"자네 말을 믿지. 아니, 자네의 약왕문을 믿지."

"감사합니다."

낙일도가 객잔 주인을 불렀다. 그가 몇 마디 하자, 주인은 물론 점소이와 구석에서 밥을 먹던 손님들까지 모두 자리를 떴다. 고깝긴 해도 밥을 먹으러 온 것이지 죽으러 온 것은 아니었으니까.

객잔이 완전히 비자 낙일도가 단도직입적으로 물었다.

"요구 사항이 뭔가?"

추도옥이 오늘 이렇게 나선 데에는 결정적인 이유가 있었다.

낙일도는 결국에는 자신의 약왕문에 해약이 있다는 것을 알아낼 것이다.

그리고 그는 아버님을 찾아갈 것이다.

낙일도 정도 되는 이라면 아버지는 적당한 대가를 받고 해약을 내줄 것이다. 한마디로 어차피 그에게 쓸 해약이다.

"제가 이번에 용봉연에 출전하게 되었습니다."

의미심장한 눈빛에 낙일도의 눈빛이 흔들렸다. 자신의 뜻이 무엇인지 단번에 알아차린 눈빛이었다. 낙일도의 고민이 느껴졌다. 고개 숙인 추도옥의 입매가 비릿하게 틀어졌다.

'절대 거절할 수 없지.'

잠시 시간이 흘렀다.

이윽고 낙일도가 품 안에서 무엇인가를 건넸다.

"읽어보게나."

추도옥이 서찰을 받아 읽었다.

"알고 왔겠지만 이번에 용봉연의 심사를 맡았네. 딸 문제로 결정이 늦어지고 있었지만."

서찰을 읽는 추도옥의 표정이 밝아졌다.

'과연 낙일도가 심사관이었구나.'

낙일도는 갈등하는 기색이 역력했다. 하지만 이내 어려운 결정을 내렸다.

"자네가 원하는 것이 이것이겠지?"

그러면서 또 다른 서찰을 내밀었다.

"내일 열릴 삼차 관문의 시험 내용이네."

추도옥이 웃음이 터져 나오려는 것을 억지로 참았다. 심장이 벌렁거렸다.

추도옥이 그것을 집으려고 하자 낙일도가 도를 내밀어 제지했다.

낙일도가 말없이 추도옥을 응시했다. 약부터 내놓으란 의미였다.

추도옥이 품에서 하나의 작은 곽을 꺼냈다.

곽을 열자 황금빛 알약 하나가 고이 담겨 있었다.

"칠종신단이란 본 문의 보물이오. 천금으로도 살 수 없는 것이지요."

"이 은혜, 죽어서도 잊지 않겠네."

낙일도가 목곽을 품에 넣었고, 추도옥이 서찰을 품에 넣었다.

추도옥이 서찰 두 장을 모두 챙겼다. 시험 내용 외에 낙일도에게 어서 와서 심사에 참여하라는 서찰까지.

"이것도 제가 보관하겠습니다."

그래야 나중에 일이 잘못되더라도 혼자 발뺌을 하지 못하겠지?

"내 딸을 살려줘서 고맙네."

그 자리에서 시험 내용을 열어 확인해 보고 싶은 마음이 간절했지만, 설마 이런 상황에서 낙일도가 자신에게 수작을 걸 것 같진 않았다. 용봉단의 서찰까지 있으니 걱정할 것 없었다.

객잔을 나서는 추도옥의 얼굴에 화색이 만연했다.

칠종신단은 매우 비싸고 만들기 힘든 신단이긴 하지만, 그렇다고 두 번 다시 못 만들 약은 아니었다. 일 년에 한두 개씩은 제조할 수 있는 약이었다. 하지만 이번 기회는 두 번 다시 오지 않을 것이다.

그가 나가자 낙일도가 자리에서 일어났다.

주인장에게 자그마한 금덩이 하나를 던졌다. 주인의 입이 함박만큼 찢어졌다.

그리고 낙일도가 뒷문으로 빠져나갔다.

객잔의 뒷문 앞에 그의 딸이 기다리고 있었다.

"어서 가자."

우두두둑.

적이건이 면구를 벗자 차련이 따라 면구를 벗었다. 두 개의 면구를 포갠 후 적이건이 품 안에 쑤셔 넣었다.

그리고 두 사람은 황급히 골목을 빠져나갔다.

사람들 사이에 섞이자 그제야 차련이 물었다.

"어떻게 됐어?"

그러자 적이건이 히죽 웃었다.

차련의 표정이 환해졌다.

"해냈구나!"

"당연하지."

"고마워!"

와락.

차련이 적이건을 끌어안았다. 감격한 그녀의 얼굴에서 눈물이 흘러내렸다.

"사람들 본다."

"보라고 해!"

얼마나 그녀가 감격했는지 느낄 수 있었다.

적이건의 어깨를 눈물로 흠뻑 적신 후에야 그녀가 품에서 떨어졌다.

정말 몇몇 지나가던 사람들이 그들을 지켜보고 있었다. 특히 차련과 같은 미녀가 사내의 품에 안기자 모두들 질투심에 불타는 눈빛으로 적이건을 쳐다보았다.

뒤늦게 부끄러워진 차련이 그를 끌고 그곳을 벗어났다.

두 사람은 곧장 집으로 향했다.

"그 배우들에게는 약속대로 잔금을 치렀어."

"그 사람들이 생각 밖으로 잘해줬다. 그때 봤던 엉터리 공연은 대본이 문제였어. 내가 가서 대본을 써주든지 해야지……."

"어떻게 그를 속일 수 있었지? 이 짧은 시간에?"

적이건이 진지한 표정으로 대답했다.

"세상에서 가장 속이기 쉬운 상대가 누군지 아나?"

"누구지?"

"바로 탐욕스런 사람이지."

"……!"

와 닿는 말이었다. 아버지는 항상 말씀하셨다. 탐욕은 눈을 가리고, 귀를 가리고, 결국은 마음까지 가린다고. 탐욕이 부르는 것은 결국 파멸이라고.

"난 아직도 떨려."

"잘해주었어. 정말 훌륭했어."

적이건의 칭찬에 차련은 마음이 울컥했다.

동생을 구하는 일에 자신이 큰 역할을 해냈다는 것이 스스로도 자랑스러웠다.

"이제 수련이는 괜찮겠지?"

"그 늙은이, 돌팔이지만 제법 훌륭한 돌팔이지. 괜찮을 거라고 생각해."

차련이 행복한 미소를 지었다.

그렇게 두 사람이 바삐 검문으로 돌아가고 있는 그 시각, 추도옥은 자신의 방에서 서찰을 열어보고 있었다.

"어라?"

그가 고개를 갸웃하며 서찰 앞뒤를 살펴보았다.

서찰에 쓰인 내용은 그로서는 이해하기 힘든 내용이었다.

"검무(劍舞)로 군중을 웃겨라? 가장 많은 군중을 웃긴 용봉이 삼관문을 통과한다? 이런 종목이 있다니?"

믿기 어려운지 그는 한참이나 그것을 내려다보았다.

잠시 후 점소이들에 의해 커다란 동경이 그 방으로 옮겨졌다.

검을 빼어 든 추도옥이 엉덩이를 실룩거리기 시작했다.

* * *

"다행히 약효가 잘 흡수되었소."

땀에 흠뻑 젖은 팔방추괴의 말에 차련이 환호성을 질렀다. 안씨는 하염없이 눈물을 흘리며 팔방추괴에게 몇 번이나 고개를 숙였다.

"이제 잘 먹이고 운동하면서 체력을 키우면 한 일 년이면 건강을 되찾을 것이야."

감격한 정이추가 팔방추괴를 와락 껴안았다.

안씨가 몇 번이나 고맙다는 인사를 전했다. 팔방추괴가 미안한 마음이 들 정도였다.

다시 안씨가 적이건의 손을 붙잡았다.

"고맙네, 고마워."

수련이 아파하는 것을 지켜보며 너무나 마음고생이 컸던 그녀이다. 이제 죽어도 여한이 없다는 생각이 들었다.

"팔방미남 선배님, 치료해 주셔서 감사드려요."

공손한 수련의 말에 팔방추괴가 흐뭇한 미소를 지었다.

안씨가 수련을 안았다. 그녀의 눈에서 눈물이 흘렀다.

"울지 마. 왜 울어?"

"안 울어요, 안 울어요."

하지만 수련의 눈에서도, 안씨의 눈에서도 눈물이 쏟아지고 있었다.

치료는 칠종신단을 복용하는 것이 전부가 아니었다. 병을 앓은 지 오래되었기에 막힌 혈맥이 한두 개가 아니었다. 일일이 침으로 기혈을 돕고 뜸을 떴다.

반나절이나 계속된 힘든 치료에도 수련은 꿋꿋이 버텨냈다.

"제가 다 나으면 맛있는 거 해드릴게요."

"호호, 잊지 않으마."

이번에는 수련이 적이건에게 감사 인사를 했다.

"고마워요, 오라버니."

"네 언니에게 고맙다고 해. 난 아무것도 한 게 없어. 언니가 해냈다."

"언니."

차련이 고개를 저으며 적이건을 쳐다보았다. 그 행동 하나만으로도 이 모든 것이 적이건 덕분이란 것을 알 수 있었다.

이번에는 차련이 안씨 품에 안겨 펑펑 눈물을 흘렸다. 가족이 상심할까 지금까지 그 답답했던 마음을 한 번도 표현하지 않았던 수련이다.

화련이 홀로 서서 눈물을 흘렸다. 서백이 그녀를 안아주었다.

그야말로 정검문은 눈물바다였다.

적이건에 대한 평가도 완전히 달라졌다. 정이추가 적이건에게 감사의 눈빛을 보냈다. 백 마디 말보다 더 뜨거운 눈빛이었다. 적이건이 별 일 아니란 표정으로 정중히 고개를 숙였다. 꽤나 어른스럽고 듬직한 모습이었다.

적이건과 팔방추괴가 방 밖으로 나왔다.

"고마워."

"별말씀을."

팔방추괴가 정중하게 대했다. 정식으로 적이건을 주인으로 모시기 시작한 것이다. 비록 팔방추괴라 불리는 못생긴 얼굴이지만 그는 진짜 사내였다. 그랬기에 오랫동안 적이건이 그를 찾은 것이기도 했다.

적이건이 나직이 말했다.

"월하미인도."

팔방추괴가 흠칫 놀랐다.

적이건이 씩 웃었다.

"거기에 공전절후의 신공이 숨겨져 있다는 거 거짓말이야."

"어떻게 아시오?"

"그림 그릴 때 나도 있었으니까."

"뭐요?"

"언젠가 그림 속 주인공, 만나게 해줄게."

팔방추괴가 황당한 표정으로 적이건을 바라보았다.

적이건이 거짓말을 하지 않는다는 것을 직감했다. 지금껏 겪은 적이건은 정말 말할 수 없는 악동이었지만, 내기를 제외하고 적어도 거짓말을 한 적은 없었다.

"미친 주인 놈."

그렇게 팔방추괴가 돌아서 걸어갔다.

"하하하!"

적이건이 호탕하게 웃었다.

"곧 무영이란 친구가 해야 할 일을 가지고 찾아갈 거야."

뒤이어 차련이 방 밖으로 나왔다. 방 안에서 웃음소리가 들려왔다.

"고마워."

"말로만?"

"뭐 해줄까?"

"원하는 것 다 해줄 기센데?"

"좋은 기회야. 말해."

"입이라도 한번 맞춰볼까?"

"그래."

"그런데 검은 왜 잡아?"

"봤어? 진짜 하려고 하면 찌르려고 했는데."

두 사람이 동시에 웃었다.

적이건이 기지개를 켜며 앞장서 걸었다.

"고기 사라. 배고프다."

언제나 그렇듯 그는 대수롭지 않은 일을 끝낸 모습이었다.

"내일 삼관문 통과하려면 고기 먹어야 해."

바보다.

세상에서 제일 이상하고, 제일 고마운.

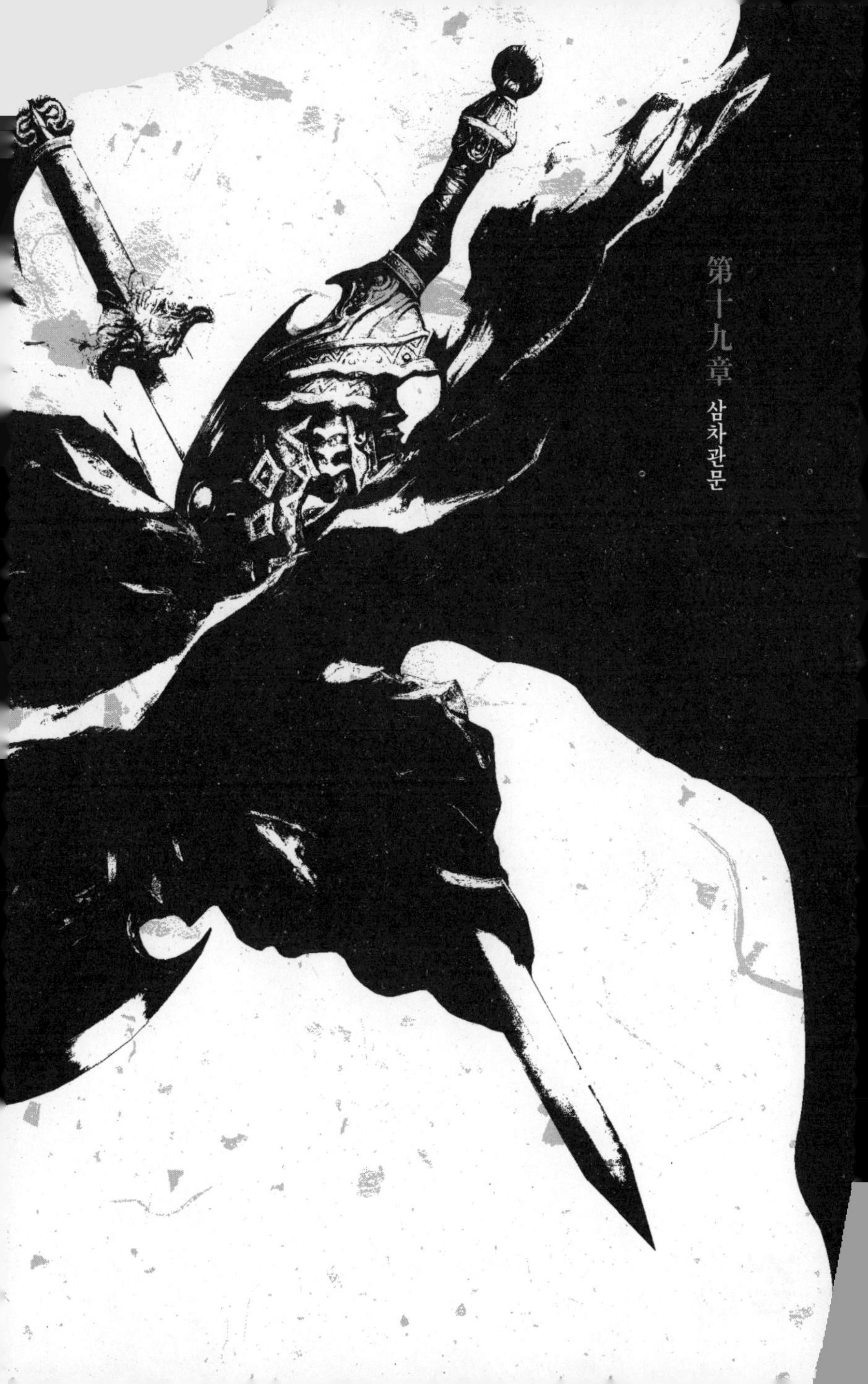

第十九章 삼차관문

絶代
君臨
절대군림

삼차 관문에 진출한 사람은 모두 열여섯 조, 서른두 명이었다.

그들이 모인 곳은 무한의 동남쪽 동호(東湖)였다.

용봉들은 인솔 무인의 안내에 따라 커다란 배에 올라탔다. 삼차 관문이 열리는 곳은 동호에 있는 작은 섬이라고 했다. 왜 굳이 섬에까지 가야 하는지 모두들 궁금한 얼굴들이었지만 인솔 무인들은 그에 대해 언급하지 않았다.

정당한 시험을 위해 호위무사들은 함께 갈 수 없다는 절대 방침이 내려왔다. 평소 어딜 가더라도 따라다니던 호위무사들은 모두들 나루터에서 주인을 기다려야 했다. 북천패가의 고수들이 다수 동원되었다는 것을 잘 알았기에 그들은 크게 걱정하지 않았다.

가족과 문도들을 뒤로한 채 드디어 배가 출발했다.

"아, 아름답다!"

그림처럼 아름다운 호수를 보며 차련이 감탄했다.

"여기도 처음이야?"

"응."

"앞으로는 여행 좀 다니자! 경험만이 살 길."

차련은 적이건의 말을 완전히 공감하고 있었다. 적이건의 무공이 얼마나 높으냐를 떠나서 강호 물정이나 경험은 적이건에 비하면 완전히 우물 안 개구리였다.

"앞으로 많이 데려가 주지."

적이건의 말에 차련이 힐끔 돌아보았다.

데려가 준다고?

적이건은 호수만 쳐다보고 있었다.

살짝 가슴이 설레었다.

적이건과 함께 강호를 여행하는 상상. 나쁘지 않았다.

한참을 경치를 보고 있는데 적이건이 그녀를 잡아끌었다. 갑판 뒤로 가자 낯익은 얼굴이 보였다.

약왕문의 추도옥과 신검장의 이화인이었다.

두 사람이 나란히 서서 무엇인가를 연습하고 있었다.

남녀 둘이서 추는 군무였는데 그 행동이 정말 우스꽝스러웠다.

나란히 엉덩이를 흔들어대던 이화인이 고개를 내저었다.

"아무리 생각해도 이건 말이 안 돼요!"

"날 믿으시오."

"……."

"틀림없는 정보요."

어제부터 워낙 진지하게 설득을 해 마지못해 몇 번 연습을 한 그녀였다. 둘이서 환상적인 조화를 이루는 멋진 검무라면 모를까, 보는 사람을 웃겨야 하는 검무라니? 그녀로서는 정말 이해할 수 없는 관문이었다.

"자, 다시 해봅시다."

억지로 이화인이 그에게 이끌렸다.

다시 두 사람이 나란히 서서 엉덩이를 실룩대며 환한 미소를 지어 보였다.

그 모습을 훔쳐보던 적이건과 차련이 웃으며 돌아섰다.

"너 정말 못됐어!"

"저놈은 당해도 싸."

한옆에서 웃음소리가 들려왔다. 양수창과 설벽화가 있는 곳에 용봉들이 모여 있었다. 두 사람의 뛰어난 외모 때문에 그들은 용봉들 사이에서도 단연 인기인이었다. 양수창의 손짓 하나에 여인들이 속을 태웠고 설벽화의 미소에 남자들은 거의 쓰러지기 직전이었다. 예전 같으면 자신도 그들에 포함되어 있었을 지도 모르겠다.

하지만… 지금은 달라졌다.

양수창이 그렇게 잘 생겨 보이지도 않았고, 설벽화가 부럽지도 않았다. 중요한 것이 그런 것이 아니라는 생각. 더 가치 있고 멋진 일을 하고 싶다는 욕심.

차련은 용봉연이 끝나면 무공연마에 매진해야겠다고 다짐했다. 자신이 구성에 도달했다면, 정말 그렇다면, 이제는 대성을 이루기 위해 매진해야 할 때니까.

그리고 나를 이렇게 변하게 만든 사람은…….

그때 반대쪽에서 다투는 소리가 들려왔다.

"부끄러운 줄 알아야지!"

배 난간 한쪽에 사람들이 모여 있었다.

언성을 높인 사람은 바로 모용세가의 모용수(慕容修)였다.

그 맞은편에 서 있는 사람은 사마영이었다. 조금 난처한 표정으로 사마영은 아무 대답도 하지 못하고 있었다.

"그만하세요. 말할 가치가 없어요."

모용수를 거들고 나선 사람은 그와 함께 용봉연에 출전한 남궁세가의 남궁희연이었다.

"사마세가는 더 이상 강호사대세가가 아니오."

이번에는 하북팽가의 팽여립(彭呂岦)이었다.

그의 동생인 팽소소가 경멸하는 눈초리로 사마영을 노려보고 있었다.

사마영을 핍박하듯 둘러싼 그들은 모두 강호사대세가의 후계자들이었다.

원래 사마세가는 강호사대세가에서도 중심이 되는 세가였다. 하지만 사마영이 강호사패 중 하나인 북천패가의 임하기와 함께 용봉연에 나오면서 문제가 발생했다.

한마디로 그것은 배신이었다.

구파일방과 강호사대세가는 정마대전으로 큰 피해를 입었다. 하지만 강호의 평화를 지켜냈다는 자부심으로 견뎌낸 그들이다. 천하사패는 그 이후에 생긴 세력이었다. 자신들이 부재한 틈을 타서 세력을 쌓은 기회주의자들이자 이방인들이었다.

그런데 사마세가에서 북천패가와 손을 잡았다는 것은 충격적인 일이었다. 삼대세가의 후기지수들이 사마영을 공격하다시피 몰아붙이는 것은 바로 그러한 이유 때문이었다.

"죄송해요. 뭐라 드릴 말씀이 없어요."

사마영은 그들의 분노를 이해했다. 물론 씁쓸하기도 했다. 이번 일은 자신이 결정한 일이 아니었다. 이런 중요한 일을 자신이 결정할 수 없다는 것을 그들 역시 잘 알고 있을 것이다. 그럼에도 자신을 비난하고 있었다.

하지만 그녀가 용납할 수 없는 사람은 바로 임하기였다. 그녀가 곤란을 겪는 것을 뻔히 보면서도 임하기는 저만치 떨어진 난간에 기대 구경만 하고 있었다. 마치 충성스런 개처럼 장인걸이 그 옆에 딱 붙어 있었다.

멀리서 그 모습을 지켜보던 차련이 인상을 찡그렸다.

북천패가란 대파에서 저런 후계자를 배출하다니, 앞으로의 미래가 훤히 들여다보였다.

그나마 남악련의 양수창은 그보단 나았다.

"흥! 사대세가가 아직도 사대세가라 착각하는 모양이군."

물론 사마영을 위한 것이 아니었다. 사대세가를 싫어하는 마음에서 나온 빈정거림에 불과했다.

"함부로 입을 놀리다 큰코다칠 날이 있으리라."

팽여립이 지지 않고 대꾸했다.

양수창이 코웃음을 쳤다.

두 사람은 싸울 생각이 없었다. 그랬다간 삼차 관문은 구경도 못하고 떨어지고 말 것이다.

두 세력에 끼지 못한 용봉들은 그들의 갈등을 아주 조심스럽고도 흥미롭게 지켜보았다. 함부로 끼어들었다가 새우 등 터지기 십상이었다. 하지만 그들은 느끼고 있었다. 조만간 양 세력 중 한 곳을 선택해야 할 날이 올지도 모른다고.

아무튼 관심이 소홀해진 틈을 타서 차련이 사마영에게 다가갔다.

건들거리며 적이건이 뒤따라갔다.

"괜찮아요?"

차련의 물음에 사마영이 예의 그 변함없는 미소를 지었다.

"네."

차련은 그녀의 심정이 이해되었다. 한편으로 자신의 집안에 대해 다시 한 번 생각할 기회가 되었다.

이렇게나 정치적으로 중요한 용봉연인데 자신은 억지를 부려 적이건과 함께 출전했다. 결국 아버지와 언니는 그런 자신을 이해해 주었다.

그녀는 새삼스럽게 자신이 얼마나 자유롭고 행복한 가정에서 성장해 왔는지를 실감했다.

"저 애 같지 않은 애들에게는 신경 끄고, 우리하고 놀아."

팔자 좋은 적이건의 말에 사마영이 피식 웃었다. 적이건과 함께 있으면 묘하게 마음이 편해졌다. 그는 자신을 가식으로 대하지 않았다. 그래서 차련이 부러웠다.

임하기가 뒤늦게 그들 쪽으로 걸어왔다. 차련을 의식해서였다. 그와 꼭 붙어 있던 장인걸은 적이건이 꼴 보기 싫었는지 함께 오지 않았다.

"괜찮소?"

"네."

"저자들의 무례를 신경 쓰지 마시오."

사마영을 위로하면서도 연신 차련을 쳐다보는 임하기였다.

미운 마음에 차련이 쏘아붙이듯 한마디 던졌다.

"나서서 도와주시지 그랬어요?"

그러자 임하기가 뻔뻔한 변명을 늘어놓았다.

"공연히 분란이 커질 것이라 생각했소."

이 자식, 정말 마음에 안 들어.

그런 차련의 마음도 모르고 임하기가 차련의 점수를 따려 애썼다.

"언제 본 가에 한번 들러주지 않으시겠소?"

"왜죠?"

임하기는 차련의 쌀쌀맞은 태도를 공연히 한번 튕기는 것이라 생각하고 있었다. 그도 그럴 것이, 지금껏 그 어떤 여인도 자신을 거부하지 않았던 것이다. 더구나 적이건은 아무리 봐도 자신의 경쟁 상대가 되지 않았다.

"우리 부모님께 인사시켜 드리고 싶어서요."

너무 노골적이잖아. 사마 소저에게 미안하지도 않니?

사마영은 못 들은 척 애써 시선을 외면하고 있었다.

대신 뺨이라도 한 대 때려줘야 하는데, 미안해.

"다음에 기회가 되면 그러지요."

차련이 가볍게 인사를 한 후 돌아섰다. 노골적으로 싫은 표현을 하고 싶었지만 그럴 수는 없었다. 그렇잖아도 장심방 문제로 힘들어하는 아버지에게 북천패가라는 골칫거리를 안겨 드릴 순 없었으니까.

차련이 묵묵히 호수를 응시했다.

"화났어?"

적이건이 물어왔다.

"화가 난다기보다 짜증나네. 저놈이 나이를 먹으면 어떻게 될까? 지금도 이렇게 사람들에기 상처 주고 화나게 하는데 그때는 얼마나 무서운 인간이 되어 있을까? 난 그게 무서워."

적이건이 씩 웃었다.

"걱정 안 해도 돼."

차련이 돌아보며 왜냐고 물었다.

"새로운 강호가 펼쳐질 거니까. 북천패가 따위는 사라질 테니까."

차련이 말없이 적이건을 응시했다.

이제는 그 말이 헛소리처럼 들리지 않았다.

어쩌면 그 일을 해낼지도 모른다는 생각이 들었다.

그 미래에 나는 어떤 모습일까?

어느새 배는 육지에 도착하고 있었다.

그곳은 작은 섬이었다. 동호에 이런 섬이 있었다는 것조차 알지 못한 차련이었다.

섬에는 이미 염충을 비롯한 심사관들이 미리 와서 기다리고 있었다.

그 뒤로 지휘소로 보이는 대형 천막이 설치되어 있었다.

용봉연 총책임자인 봉수찬이 나서서 삼차 관문의 시작을 알렸다.

이런 자리라면 이번 대회를 주최한 북천패가의 가주가 나와서 인사말이라도 할 것 같았는데 전혀 모습을 보이지 않았다. 혹 임하기가 구설수에 오를까 철저히 신경을 쓰는 모양이었다.

염충을 제외한 심사관들도 봉수찬과 함께 배를 타고 돌아갔다. 이번 심사는 염충이 홀로 주관해서 진행하는 관문이었다.

용봉들의 앞으로 염충이 나섰다.

"이제 곧 제삼관문이 시작된다."

모두들 궁금한 얼굴로 그의 말을 경청했다.

이어진 염충의 말은 매우 놀라운 것이었다.

"이 섬 자체가 제삼관문이다."

이해할 수 없는 말이었다.

염충이 숲으로 난 길을 가리켰다.

"저 길의 끝이 바로 저곳으로 이어져 있다."

다시 좌측의 다른 길을 가리켰다. 그곳에는 시작과 끝을 알리는 두 개의 문이 만들어져 있었다. 한마디로 길을 미로처럼 돌아 원래 자리로 돌아온다는 말이었다.

교관 하나가 작은 탁자를 가져왔다.

탁자 위에는 네 개의 깃발이 놓여 있었다.

"이것이 용봉기(龍鳳旗)다."

염충이 든 황금색 깃발에는 용과 봉황이 서로를 견제하듯 하늘을 날아오르는 그림이 그려져 있었다.

"이 용봉기를 차지하는 이가 이번 관문을 통과한다. 그리고 아쉽게도 용봉기는 단지 네 개뿐이다."

그 말은 곧 가장 빨리 들어오는 네 개 조, 즉 여덟 사람만 통과한다는 말이었다. 어떻게 해서든 사등 안에는 들어야 한다는 말이었다.

이번에는 풍운성의 사도풍이 질문했다.

"이곳으로 가장 빨리 돌아오는 사람이 이긴다면 경공이 가장 빠른 사람이 우승을 하는 것 아닙니까?"

그는 조금 납득할 수 없다는 표정이었다. 삼관문에 이르러서 고작 경공 시험이나 보느냐는 의구심.

염충이 그런 질문이 나올 줄 알았는지 여유롭게 대답했다.

"물론 경공이 빠르면 도움이 되겠지. 하지만 경공이 빠른 것만으로는 절대 용봉기를 얻을 수 없다."

"무엇 때문입니까?"

"이 섬에는 갖가지 기관장치가 너희를 기다리고 있다. 절대 쉽게 통과할 수 없는 함정이지."

기관장치란 말에 모두들 긴장했다.

염충이 미소를 지으며 여유롭게 말했다.

"하지만 너무 걱정 마라. 목숨을 빼앗을 정도로 위험한 기관은 아니다."

그러면서 다시 하나의 화살을 꺼내 보였다.

나무 촉을 단 화살이었다.

"예를 들면 이런 식이다. 그렇지만 눈이나 급소에 적중당하면 큰 부상을 당할 위험은 남아 있지. 기관에 갇혀 나올 수 없다고 판단되면 주위의 교관을 불러라. 교관들은 언제나 너희 주변에 있을 것이다. 물론 교관에게 도움을 청하는 순간 탈락이다."

염충이 숲을 바라보며 말을 이었다.

"저 안에는 이미 많은 교관들이 들어가 있다. 그들은 항상 너희들 주변에 있을 것이다. 그러나 너희들이 도움을 요청할 때까지 절대 나서지 않을 것이다."

그들은 바로 북천패가의 정예 고수들이었다. 용봉기를 가져온 교관만 해도 안정된 자세와 깊은 눈빛이 그가 일류고수임을 잘 보여주고 있었다.

"그럼 건투를 빈다."

염충이 천막 안으로 들어갔다.

용봉들은 서로의 눈치를 보며 멀뚱히 서 있었다. 모두들 제삼 관문이 이런 시험일 줄 상상하지 못한 탓이었다.

그가 천막 안으로 들어가자마자,

짝!

이화인이 추도옥의 뺨을 사정없이 때렸다.

배를 타고 오면서까지 말도 안 되는 춤 연습을 한 이화인은 얼굴이 완전 수치심으로 달아올라 있었다.

"이럴 리가 없는데."

뺨을 부여 쥐고 멍청한 표정을 짓는 추도옥이었다.

그 모습을 보며 적이건과 차련이 소리없이 웃었다.

용봉들은 자연스럽게 몇 무리로 나눠지기 시작했다. 어차피 가야 할 길이라면 서로 협력해 가는 것이 편할 것이란 생각 때문이었다.

사마영을 제외한 나머지 삼대세가의 후계자들과 그들과 친한 몇 명이 자연스럽게 하나의 무리를 형성했다.

그들이 연합을 하자 천하사패의 후계들도 어색하게 웃으며 하나로 모여들었다. 원래 그들은 사대세가처럼 소속감이 강하지 않았다. 하지만 사대세가의 단합으로 위기감과 반발심을 느낀 것이다.

나머지는 둘 중 어디에도 포함되어 있지 않은 이들이었다.

물론 대표적으로 적이건과 차련이 있었다.

"우린 어떻게 해?"

"둘만 가면 심심하잖아. 우리도 사람을 모으자고."

그러면서 적이건이 성큼성큼 걸어갔다.

적이건이 향한 곳은 암전상의 그 여인이었다.

"어때? 인연인 것 같은데, 함께 움직이지?"

적이건의 권유에 여인이 흔쾌히 고개를 끄덕였다. 함께 온 사내의 의견을 묻지 않는 것으로 볼 때 결정권을 가진 쪽이 여인인 듯 보였다.

적이건과의 합류는 오히려 여인 쪽에서 바라는 일이었다. 그녀가 이번 용봉연에 참석한 것도 다 적이건 때문이었으니까.

당대 암전상의 주인인 할아버지는 적이건이 암전상의 오랜 숙원을 풀어주리라 생각하고 있었다. 일부러라도 적이건과 가까워져야 했다.

서로 간에 간단히 통성명을 나눴다.

여인의 이름은 흑화(黑花)였고, 사내의 이름은 철신(鐵信)이었다.

모두들 서서히 숲으로 들어갔다. 적이건 일행도 느긋하게 걸음을 옮겼다.

드디어 제삼관문이 시작된 것이다.

*　　*　　*

한 대의 소선이 소리없이 섬을 향해 다가가고 있었다.

배에 탄 사내들은 모두 복면을 하고 있었다.

젊은이도 있었고, 눈썹이 희끗한 노인도 있었다. 그들의 복장은 황의 무복으로, 용과 봉이 그려져 있었다. 바로 앞서 섬의 교관들 복장과 똑같았다.

하지만 그들은 교관들이 아니었다. 복면 사이로 보이는 눈빛은 더없이 잔혹했으며 짙은 살기로 가득 차 있었다.

배의 선두에 홀로 선 사내는 팔짱을 끼고 있었다.

산발을 날리며 우뚝 선 그는 특출난 존재감을 뿜어내고 있었다. 살기 덩어리라고 불러야 할 기세였다.

그는 바로 사도제일색마(邪道第一色魔)라 불리는 음마충(陰麻沖)이었다.

음마충은 실로 잔인하고 흉악한 인물이었다.

정마대전 이후 강호에 출도해 크게 악명을 떨친 그는 수많은 여인들을 겁탈해 왔다. 그를 잡기 위해 숱한 정파의 고수들이 나섰지만 되레 번번이 당하고 말았다. 그를 색마라 우습게 본 까닭이었다. 그는 색마이기 이전에 초절정의 고수였다. 근래 행적이 뜸했는데 오늘 이 자리에 모습을 드러낸 것이다.

그가 차디찬 눈빛으로 섬을 쳐다보고 있었다.

뒤의 복면사내 하나가 짤막하게 보고했다.

"일각 후면 도착합니다."

미세하게 고개를 끄덕인 후 사내가 스윽 뒤를 돌아보았다.

"준비되었느냐?"

'네' 라는 한마디 대답이 통일되어 흘러나왔다.

배가 천천히 뭍으로 다가갔다.

그때 바위 위에 누군가 모습을 드러냈다.

바지춤을 내리며 소변을 보려던 순간, 교관 사내가 조용히 다가오는 한 척의 배를 발견했다.

선두에 서 있던 사내와 눈이 마주치는 순간, 교관 사내는 더할 수 없는 공포심을 느꼈다.

본능적으로 놀란 교관이 돌아서 내달렸다. 미처 올리지 못한 바지에 다리가 걸려 그가 휘청거렸다. 달리면서 바지를 끌어올렸다.

그사이 음마충이 갑판을 박차며 날아올랐다. 그의 신형이 허공을 날아 뭍으로 뛰어내렸다.

그가 세 번의 도약을 했을 때, 그의 신형은 달아나던 교관의 등으로 육박했다.

교관이 돌아서며 쌍장을 날렸다.

쇄애애액!

더없이 강력한 공격이었다.

쉬이이이.

음마충이 왼손을 휘둘렀다. 엄청난 강기가 손에서 쏟아져 나왔다. 강기가 교관 사내의 공격을 해소하며 그대로 뻗어나갔다.

"쿠엑!"

강기에 가슴을 적중당한 교관이 피를 토하며 꼬꾸라졌다.

사내가 쓰러진 교관을 일으켜 세웠다.

우두두둑.

교관의 목이 돌아가며 그대로 쓰러졌다.

뒤이어 복면인들이 그곳으로 날아내렸다.

음마충이 혓바닥으로 입술을 핥으며 하늘을 올려다보았다.

"날씨가 좋군."

*　　　*　　　*

외갈래 길이라 생각했는데 길은 여러 갈래였다.

숲은 생각보다 훨씬 넓었고, 용봉들 역시 자연스럽게 세 갈래 길로 갈라졌다.

적이건 일행은 다른 두 무리가 가지 않은 길을 선택했다.

"자고로 남들이 밟아보지 못한 험지를 개척하는 여행이야말로 큰 의미가 있지."

중얼중얼 적이건은 잘도 떠들어댔지만 흑화와 철신은 대꾸를 하지 않았다.

그럼 내가 해줘야지, 뭐.

"언제부터 여행을 다녔지?"

"열 살 때부터."

"어렸네."

"그때 무공 하나가 완성되었거든."

어떤 대답을 할지 묻기도 두렵다.

"어쨌든 한 몸 지킬 수 있을 때가 되어서야 여행을 허락하셨지."

"열 살 때부터면 정말 많은 곳을 돌아다녔겠구나."

"안 가본 데는 거의 없지."

"좋았겠다."

차련은 진심으로 부러웠다. 가끔 적이건이 보여주는 놀랄 만한 일들은 다 그 여행의 경험에서 나오는 것이 아닐까란 생각이 들었다.

"근데 저기 저 친구는 나이가 많아 보이는데?"

적이건이 철신을 보며 말했다.

앗, 그건 실례잖아.

사실 생긴 것만으로 봐선 삼십대는 족히 되어 보이긴 했다.

"혹시 나이를 속이고 나온 건 아냐?"

적이건이 의심스런 눈초리로 추궁했다.

철신은 아무 대답도 하지 않았다. 그는 매우 무뚝뚝한 사내였다.

대신 흑화가 대답했다.

"그는 올해 스무 살이에요."

"믿기 어려운데?"

차련이 그만하라고 적이건의 옆구리를 쑤셨다.

"자신도 알아야 해, 나이 들어 보인다는 것을. 옆에서 쉬쉬하는 것은 정말 옳지 않다고. 간신들처럼 좋은 말만 해준다고 우정이 아니지."

너도 제발 알아야 해! 네가 얼마나 얄미운 말만 골라 하는지!

그렇게 수다를 떨며 진행을 하던 그들이 첫 번째 기관에 도착했다.

그들 앞에 놓인 것은 외나무다리였다.

땅에 구덩이를 파서 절벽처럼 꾸며놓은 곳이었다. 물론 떨어져도 죽을 정도의 깊이는 아니었다. 문제는 떨어지면 탈락이란 것에 있었다.

"교관이 있다더니, 어디에 있어?"

적이건이 주위를 두리번거렸다.

"숨어 있겠지."

차련의 말에 적이건이 볼을 긁적였다.

"기분이 이상한데?"

"왜?"

"주위에 사람 기운이 안 느껴져서."

그 말을 듣자 왠지 주위가 스산하게 느껴졌다.

무섭게 왜 이래?

"그보다 저길 어떻게 지나가야 할지나 고민해 봐."

"뭘 고민해? 그냥 지나가면 되지."

성큼 나서려는 것을 차련이 놀라 붙잡았다.

"안 돼!"

적이건이 씩 웃었다.

"오! 날 걱정해 주는 거야?"

이럴 때 확 밀어버려야 하는데.

차련이 적이건의 옷자락을 단단히 잡고 뒤에 있던 흑화와 철신에게 물었다.

"어떻게 생각하시죠?"

그러자 철신이 앞으로 나섰다.

철신이 주위를 조심스럽게 살폈다. 이윽고 통나무와 주위 나무들을 살펴보던 철신이 뭔가를 발견하고 손가락을 가리켰다.

그가 가리키는 곳의 나뭇가지에 무엇인가가 설치되어 있었다. 자세히 보지 않으면 알아보기 힘들게 나뭇잎으로 가려져 있었다.

그런 기관이 사방 나무에 네 개나 있었다.

"중간쯤 걸어갈 때 화살이 발사될 것 같습니다."

철신의 말에 적이건이 감탄했다.

"와, 대단한데? 관찰력도 좋고, 침착하고. 화 장주가 보면 정말 좋아하겠는데?"

철신이 화 장주가 누구냐는 눈빛을 잠시 보내더니 이내 흑화 옆으로 돌아가 섰다.

"누가 먼저 갈래?"

적이건의 말에 흑화가 앞으로 나섰다.

"제가 먼저 가겠어요."

흑화가 통나무 위로 올라섰다. 그녀가 조심스럽게 걸음을 옮겼다.

쉬쉬쉬쉬!

과연 예상대로 다리의 중간에 다다랐을 때 화살이 날아들었다.

흑화가 허공을 박차고 올랐다. 그녀의 발아래로 화살이 스쳐 지나갔다. 몇 걸음 너머 흑화가 사뿐하게 내려섰다.

하지만 화살은 멈추지 않았다.

쉭쉭쉭쉭쉭쉭쉭!

더욱 빠르게 많은 수의 화살이 날아들었다.

"위험합니다!"

철신이 검을 뽑아 들며 몸을 날렸다. 그가 달려가야 할 정도로 상황은 위급했다.

따다다당!

두 사람이 서로 반대 방향으로 선 채 날아드는 화살을 쳐냈다.

쉭쉭쉭쉭쉭쉭쉭쉭쉭쉭!

날아드는 화살의 수가 더욱 많아졌다. 두 사람이 감당할 수 없는 개수였다. 사방에서 넓은 범위로 쏟아지는 것이어서 몸을 날려 피하는 것이 불가능했다. 금방이라도 두 사람은 화살에 적중될 것 같았다.

"안 돼!"

이번에는 차련이 몸을 날렸다.

따다다당!

차련이 몇 개의 화살을 쳐내며 두 사람의 머리 위를 건너뛰었다. 뛰어내린 차련이 두 사람을 도와 검을 휘둘렀다.

쉭쉭쉭쉭쉭쉭쉭쉭쉭!

마치 쏟아지는 빗물처럼 화살이 쏟아졌다. 도대체 저 나뭇

가지 어디에 이런 엄청난 양의 화살이 숨겨져 있었던 거야?

"이런 미친 기관 같으니라고!"

차련이 검을 휘두르며 소리쳤다.

그때였다. 적이건이 돌멩이를 주워 들어 나무 위의 기관으로 던졌다.

팍! 팍! 팍! 팍!

정확히 기관에 맞았고, 기관이 방향을 틀었다.

쉭쉭쉭쉭쉭쉭쉭!

기관에서는 그 후로도 백여 발의 화살을 쏟아내고 나서야 그제야 멈췄다.

끼이이이잉.

기계 멈추는 소리가 기분 나쁘게 울려 퍼졌다.

다리 위의 세 사람은 완전 놀란 상태였다.

그들을 가장 당황하고 놀라게 한 것은 화살이 많이 쏟아진 것 때문이 아니었다.

"이거 진짜 화살이잖아?"

주위에 수북이 박힌 화살은 모두 진짜였다.

"정말 우릴 죽이려고 했어."

차련이 돕지 않았으면, 아니, 적이건이 기관을 돌려놓지 않았다면 반드시 희생자가 발생했을 상황이다.

적이건이 날카로운 화살촉을 내려다보며 말했다.

"정확히 말하자면 우리가 아니지. 이곳에 누가 올지 모르니까."

"그게 무슨 의미지?"

"이곳에 온 모두를 노린 것이지."

바로 그때였다.

"아아아아악!"

숲 건너에서 비명 소리가 들렸다.

"가보자!"

적이건 일행이 황급히 비명이 난 곳으로 달려갔다.

"아아아악!"

그들이 도착할 때까지 비명을 질러댄 사람은 혈왕문의 가양희(柯楊喜)였다. 그녀가 비명을 지르는 것을 그때까지도 말리지 않은 채 모두들 한곳을 쳐다보고 있었다.

상관억이 사타구니와 머리끝에 피를 흘리며 죽어 있었다. 암기가 사타구니에서 머리통으로 관통한 것이다. 그야말로 참혹한 광경이었다.

함께 있던 용봉들은 완전 얼이 빠져 있었다.

그들이 통과하려던 관문은 얕은 물가에 징검다리처럼 이어진 통나무를 건너는 것이었다. 가장 앞장서 건너던 상관억은 통나무 바닥에서 튀어나온 암기를 피하지 못했다. 설마 그렇게 빠르게 암기가 솟구쳐 나올 줄 아무도 짐작조차 하지 못했던 것이다. 게다가 그 암기가 진짜 살상용일 줄은 더욱더.

차련이 가양희를 안아서 달랬다.

"어… 어……."

차련의 품에 안긴 가양희는 완전히 넋을 잃고 있었다. 상관억은 그녀의 사형이었다.

적이건이 나뭇가지를 젓가락으로 사용해 무엇인가를 주워 들었다.

피가 묻은 그 암기는 상관억을 죽인 그것이었다.

서늘한 녹색 빛을 내고 있었다.

"독까지 발려 있어."

암기를 본 가양희가 다시 사형의 죽음이 실감이 갔는지 가슴을 두드리며 쓰러졌다. 방금 전까지 자신을 챙겨주던 사형의 죽음을 그녀는 믿을 수 없었다.

"어허엉!"

차련이 그녀를 안으며 함께 주저앉았다. 차련의 눈에 눈물이 맺혔다. 너무 가엽고 안됐다는 생각뿐이었다.

"제발 정신 차려요, 제발."

지켜보던 용봉 둘이 왔던 길을 돌아 달렸다.

"이 사실을 알려야 해!"

그들은 천도방(天刀幫)의 후계자들이었다.

졸도한 가양희를 한옆에 눕힌 후 차련이 일어섰다.

"우리도 돌아가야 해! 뭔가 크게 잘못되었어!"

그러자 적이건이 고개를 내저었다.

"소용없다."

"뭐?"

"기관이 바뀌었어. 이 섬이 거대한 함정으로 바뀐 것이지. 누군가의 의도적인 짓이라면 돌아가는 것을 생각하지 않았을 리가 없지. 아마 가장 강력한 것이 설치되어 있을걸?"

과연 적이건의 말은 사실이었다.

곧바로 천도방의 두 사람이 공포에 질린 얼굴로 되돌아왔다.

"진법이 펼쳐져 있어요."

차련이 적이건에게 물었다.

"진법을 해체할 수 있겠어?"

질문을 하고 나서야 차련은 자신이 얼마나 적이건을 믿고 있는지 실감했다.

맙소사. 진법을 해체할 수 있겠냐라니?

진법을 설치하고 해체하는 것은 진법에 능통한 진법 고수들이나 가능한 일이었다. 허연 수염에 눈빛 깊은 노고수들 말이다.

적이건이 고개를 내저었다.

"나 혼자 빠져나가는 것이라면 몰라도."

혼자는 나갈 수 있다고?

"그럼 혼자 나가. 가서 알려."

듣고 있던 이들이 이해할 수 없다는 표정을 지었다. 혼자라면 진법을 뚫고 나갈 수 있다는 적이건의 말을 차련이 믿고 있다는 것이 어이없는 모양이었다.

적이건이 히죽 웃었다.

"널 두고 그냥 갈 수는 없지."

"난 괜찮아."

적이건이 주위를 둘러본 후 진지하게 말했다.

"이 숲은 괜찮지 않아."

그래서 가지 않겠다고? 날 지켜주기 위해서?

그때까지 침묵하던 흑화가 말했다.

"일단 다른 사람들을 찾아야겠어요. 그들도 위험에 빠져 있을 거예요."

적절한 판단이었다.

적이건 일행이 다른 사람을 찾아 나섰다.

정신을 차리지 못한 가양희는 철신이 업고 이동했다.

얼마나 걸었을까?

"숲이 이렇게나 넓었나?"

"넓어서가 아냐.

"그럼?"

"미로로 만들어져 있어. 미로로 설계하면 몇 배는 더 커 보이는 효과를 지니지."

그렇게 숲을 헤매던 그들이 또 다른 관문 앞에서 또 다른 무리를 만났다.

하나의 커다란 철문 앞에 한 무리의 용봉들이 서 있었다.

그들은 바로 임하기를 비롯한 사패의 후계자들이었다.

적이건 일행을 보자 임하기가 반갑게 다가왔다. 물론 차련 때문이었다.

차련이 못 본 척 임하기를 지나쳐 사마영에게 다가갔다.

"괜찮으세요?"

"네? 무슨 말씀이신지?"

오히려 당황한 쪽은 차련이었다.

"아무 일도 겪지 않으셨나요?"

"네. 첫 번째 관문을 무사히 넘고 이번이 두 번째 관문이에요."

사마영이 눈물범벅이 된 가양희를 보며 놀랐다.

"무슨 일이 있으셨어요?"

"사고가 있었어요. 아니, 사고가 아니에요. 누군가 고의적으로 기관을 바꿨어요. 우릴 죽이기 위해."

그러자 장인걸이 코웃음을 쳤다.

"흥! 실력이 없어서 당한 것이겠지."

저 망할 놈, 아까 그곳을 혼자 건너게 해야 하는데.

차련이 장인걸의 말을 무시하며 나직이 말했다.

"상관 소협이 죽었어요."

상관억이 죽었다는 말에 모두들 안색이 바뀌었다.

양심에 걸렸는지 장인걸이 당황했다. 하지만 이내 모진 소릴 내뱉었다.

"정신을 제대로 차렸어야지."

그 말에 가양희의 눈이 뒤집혔다.

"이 미친 자식아!"

검을 뽑아 들며 덤비려는 그녀를 차련과 사마영이 달려들어 말렸다.

장인걸이 코웃음을 쳤다.

그와 사이가 좋지 않던 양수창이 장인걸에게 경고의 눈빛을 보냈다.

장인걸이 인상을 일그러뜨리며 그를 외면했다.

'두고 봐. 기회만 오면 넌 죽어!'

다시 한 번 모진 마음을 먹었다.

사고가 났다는 말에도 임하기는 태평했다. 표현은 안 했지만 임하기 역시 장인걸의 생각과 같았다. 무공이 약해서 사고를 당했겠지 하는 마음이었다. 더구나 자신들은 첫 번째 관문을 무사히 통과해 왔다.

"우린 앞으로 계속 전진할 것이오."

그들의 결정권자는 임하기와 양수창이었다. 그에 대해 불만을 가지는 이는 없었다.

"어떻게 해?"

차련이 적이건에게 물었다.

"어차피 돌아갈 수 없잖아. 함께 가야지."

고개를 끄덕이면서도 차련은 두려운 마음을 떨칠 수 없었다.

그때 적이건이 고개를 갸웃했다.

"하지만 이상한 일이군. 왜 이들은 첫째 관문에서 당하지 않았지?"

그러고 보니 이상한 일이다.

적이건이 의미심장한 눈빛으로 그들을 쳐다보며 말했다.

"저들 중에 말이지……."

뒷말은 하지 않았다. 하지만 차련은 적이건의 뜻을 짐작했다. 저들 중에 이번 일과 관련된 이가 있을 수 있다는 뜻이리라.

차련이 놀라 몸을 떨었다. 만약 그렇다면 정말 무서운 일이었다.

차련이 새로 만난 이들을 천천히 살폈다.

그들은 북천패가의 임하기와 사마세가의 사마영, 남악련의 양수창과 녹수산장의 설벽화, 풍운성의 사도풍과 역시 풍운성의 양옥란, 흑도방의 온세철과 사독성의 민설아, 그리고 장인걸과 완아영, 장인화와 임하기의 동생 임양구였다.

저들 중에 이번 일의 배후가 있을 수도 있단 말이지?

차련이 적이건의 표정을 살폈다. 그들을 응시하는 적이건의 진지한 표정은 분명 그것을 확신하는 얼굴이었다.

임하기가 천천히 철문을 열었다.

끼이이익.

철문이 소리를 내며 열렸다.

모두들 안으로 들어섰다. 사방이 철로 된 상자와도 같은 공간이었다.

그들이 모두 안으로 들어가자 문이 자동으로 닫혔다.

문이 닫히자 벽에 붙은 발광체가 사방을 밝혔다.

"오, 신기하다."

적이건이 두리번거리며 감탄했다.

"오! 나중에 이런 거 만들어 달라고 해야겠네."

그때 장인걸이 소리쳤다.

"시끄럽다. 네 녀석은 지금의 상황이 장난처럼 보이느냐?"

"너는 여유가 너무 없어."

"이 자식이!"

적이건이 조르르 설벽화에게 다가갔다.

"소저에게 얼굴만 번드르르하고 머리가 비었다고 한 놈이 저놈이었죠?"

설벽화가 아미를 찡그리며 인상을 썼다. 이 많은 사람들 앞에서 그 이야기는 다시 꺼내고 싶지 않은 일이었다.

모두들 흥미롭다는 시선을 보내자 장인걸이 당황했다. 양수창의 인상이 다시 일그러져 있었다. 그와 다시 충돌하는 것은 바라는 바가 아니었다.

얄밉게 자신을 보며 혀까지 내미는 적이건의 모습에 장인걸의 얼굴이 붉어졌다.

"이 미친놈이! 정말 관 뚜껑이 열려야 정신을 차릴 놈이구나!"

당장이라도 달려가 출수를 해버릴까 고민하던 그때,

임하기가 쉿! 하며 모두를 주의시켰다.

모두들 임하기를 주시했다. 임하기의 귀가 쫑긋거렸다.

"무슨 소리가 들리지 않소?"

모두들 조용히 귀를 기울였다.

사아아아아.

과연 무슨 소리가 들리고 있었다.

"물소리 같아요!"

사마영의 말에 모두들 고개를 끄덕이며 동의했다.

소리는 점점 커지고 있었다. 모두들 긴장했다.

그때였다.

철컹.

사방에 어른 머리통만한 구멍이 열렸다. 동시에 그곳으로 물이 쏟아져 들어왔다.

쏴아아아아아아아!

"우아아!"

모두들 깜짝 놀라 당황했다.

물은 금방 발목에서 허벅지까지 차올랐다.

임하기가 빠르게 말했다.

"빨리 벽을 찾으시오. 뭔가 문을 열 장치가 있을 거예요."

용봉들이 사방으로 흩어져 벽을 더듬었다. 정말 생각지도 못한 기관이었다.

콸콸콸콸!

쏟아져 들어오는 물의 양이 더욱 많아졌다.

"난, 난 수영을 할 줄 몰라요!"

설벽화가 사색이 되었다.

대부분 명문의 후기지수들은 어려서부터 필수적으로 헤엄치는 법을 배웠다. 하지만 설벽화는 어려서 물에 빠져 죽을 뻔한 경험을 한 후 물이라면 경기를 일으켰다.

지금도 얼굴이 새파랗게 질려 금방이라도 숨이 넘어갈 것 같았다.

"도, 도와주세요!"

설벽화가 양수창에게 금방이라도 매달릴 듯 다가서자 양수창이 본능적으로 한 발 물러섰다.

순간 설벽화의 인상이 변했다.

실수를 깨달은 양수창이 변명하듯 말했다.

"나 역시 물이 익숙하지 않소. 그래서……."

설벽화가 말을 다 듣지 않고 돌아섰다. 자신이 도움을 청했는데 뒷걸음질을 쳐? 정말 그녀 인생에서 말도 안 되는 일이 일어난 것이다. 지금까지 자신에게 목숨을 걸겠다던 남자들이 얼마나 많았던가? 그런데 감히! 정말 구차하고 더러운 기분이었다.

양수창은 양수창대로 화가 났다. 물에 빠진 사람을 구하려면 정신을 잃게 만들어서 구하는 법이다. 물에서 사람이 엉켜들면 얼마나 무서운 것인지 모른단 말인가?

한 발짝 물러설 수도 있지, 그깟 걸로 저런 태도를 보이다니.

그사이 물이 허리까지 차올랐다.

"아무리 찾아도 장치가 없어요!"

모두들 놀라고 당황해서 두 사람의 다툼에 신경을 쓸 여유가 없었다.

설벽화는 금방이라도 쓰러질 것 같았다.

자존심 때문에 아무에게도 도움을 청하지 않았지만 이제 한

계 상황이었다.

누군가 발밑에서 다리를 당기는 것 같았다.

꼬르륵.

발이 미끄러지며 한 모금 물을 마셨다.

설벽화는 거의 정신을 잃기 직전이었다. 그때였다. 누군가 양옆에서 설벽화를 붙잡았다.

"힘 빼. 당황하지 말고."

"괜찮아요. 제 팔을 잡아요."

적이건과 차련이었다. 두 사람이 양옆에서 손을 잡아주자 발작하려던 그녀의 몸이 조금 진정되었다.

"너처럼 예쁜 여자가 물 먹고 죽어서 되겠어?"

평소라면 뺨이라도 한 대 날렸겠지만 지금은 적이건의 팔을 더욱 세차게 붙잡았다. 예쁜 여자란 말이 싫지만은 않았다.

차련이 웃으며 말했다.

"이해해요. 원래 저런 녀석이니까."

설벽화가 입술을 깨물었다. 고작 무한제일미란 명성으로 자신과 미모가 비견된다는 점에서 여전히 못마땅한 차련이었다. 하지만 적어도 지금 이 순간만은 차련에게 고마움을 느끼고 있었다.

설벽화가 다시 한 번 양수창을 쳐다보았다.

그는 미친 듯이 장치를 찾아 헤매고 있었다. 아무리 그게 중요한 일이라지만 자신을 이렇게 내팽개치다니.

설벽화가 입술을 피가 나도록 깨물었다.

물이 목까지 차올라 왔지만 차련은 정말이지 적이건을 믿고 있었다.

적이건이 물장난을 치듯 물을 튕겼다. 차련이 다시 적이건에게 물을 튕겼다.

이런 상황에서 두 사람의 여유를 설벽화는 이해할 수 없었다.

'도대체 뭘 믿고?'

한편으로 묘한 질투감이 들었다. 양수창이 자신을 버리자 더욱 그러했다.

적이건이 설벽화에게 말했다.

"이제는 떠서 올라가야 해. 자, 편하게 발을 앞뒤로 내저어."

두 사람에게 의지한 채 설벽화가 발장구를 쳤다. 심장이 터질 것같이 뛰었지만 가라앉지 않았다.

그때 장치를 찾아 헤매던 사마영이 다급하게 말했다.

"모두 힘내요! 이대로라면 모두 죽고 말 거예요!"

천천히 그들이 천장으로 떠밀리듯 올라가고 있었다.

모두들 겁에 질려 있었다. 몇몇 여인이 눈물을 흘렸다. 물이 가득 차기까지 불과 숫자 열을 셀 정도밖에 남지 않았다.

"살려줘!"

누군가의 외침에 또 다른 이들이 비명을 질렀다.

차련이 적이건에게 말했다.

"어떻게 좀 해봐."

놀라고 당황해 졸도하기 직전이었지만 차련의 말을 들은 설벽화는 기가 막혔다.

'뭐야, 이 여자? 정말 이 수다스런 남자를 믿고 있는 거야?'

하지만 적이건을 바라보는 차련은 더없이 진지했다.

그러자 적이건이 설벽화를 보며 말했다.

"네가 이 사람들 다 구해볼래?"

"뭐?"

적이건이 설벽화의 손을 잡고 번쩍 쳐들었다. 천장 옆쪽 벽에 붙어 있던 발광체였다.

"힘껏 돌리라고!"

무의식적으로 설벽화가 발광체를 돌렸다.

끼이익.

그 순간, 덜컹! 하며 들어온 반대쪽 벽이 통째로 열렸다.

쏴아아아아!

물이 쏟아져 나가기 시작했다.

"우아아아아!"

모두들 쓸려 나가듯 밖으로 나갔다.

모두들 바닥을 뒹굴었다. 물을 먹은 이들이 구역질을 해댔지만 다친 사람은 없었다.

모두들 정신을 차리자 적이건이 소리쳤다.

"장치를 찾아낸 사람이 바로 설 소저다!"

그러자 모두들 기쁜 얼굴로 설벽화에게 모여들었다. 용봉들이 앞 다투어 감사 인사를 전했다.

얼떨떨한 얼굴로 설벽화가 적이건을 쳐다보았다. 적이건은 어느새 차련을 데리고 뒤쪽으로 빠져 있었다.

양수창이 화해를 하려고 그녀에게 말을 건넸지만 설벽화는 대꾸도 하지 않았다. 양수창이 이를 바득 갈았다. 양수창은 이해할 수 없었다. 수영조차 못해 퍼렇게 질려 있던 설벽화가 어떻게 기관장치를 찾아냈는지.

차련이 적이건에게 물었다.

"너, 언제 알았어, 그게 해제 장치란 것을?"

"들어가자마자."

과연.

"어떻게 알았지, 그게 장치란 것을?"

더구나 그 안에는 그런 발광체가 여러 개 있었잖아?

그러자 적이건이 대수롭지 않게 대답했다.

"방향이 그거 하나만 틀어져 있더군."

차련이 깜짝 놀랐다.

벽에 붙어 있던 발광체는 수십 개가 넘었다. 방에 들어서자마자 그게 잘못 박혀 있다는 것을 알아냈다는 것은 놀라운 관찰력이었다.

"밀폐된 공간과 물은 사람의 공포심을 극대화하기 딱 좋지. 똑똑한 사람을 바보로 만드는 환상의 조합이랄까. 더구나 발광체는 규칙적으로 박혀 있었어. 처음 보면 직관적으로 저기에 뭔가 장치가 있겠구나 싶지. 하지만 발광체를 하나 둘 씩 돌려보면서 계속 허탕을 치게 되면 사람은 본능적으로 이렇게 생각해. 함정이구나! 파훼법이 이렇게 쉬울 리가 없다고. 아니나 다를까 위쪽의 발광체를 돌려보는 사람은 아무도 없더군."

이 녀석, 정말 천재일지도 모른다. 아니, 천재다! 천재 맞다!

"기관이나 진법은 반드시 파훼법이 있어. 왜인지 알아?"

차련이 고개를 내저었다.

"만든 사람이 인간이기 때문이지."

여전히 모를 말이다.

"자신이 걸렸을 때나 가까운 누군가가 빠졌을 때를 대비한다는 말이지. 인간이기에. 인간은 본능적으로 그 어떤 해결책도 없는 상황에 빠지는 것을 싫어하니까. 최악의 절망은 언제나 남의 일이기를 바라니까. 독을 제조하는 이들의 심리도 비슷하지."

"…인간이기 때문에?"

"그래. 인간이기 때문에. 그것을 제대로 이해하면 강호에서 죽을 확률이 반은 줄어들게 되지."

도대체 어디를 돌아다녔던 거야? 넌 어떻게 자란 거지?

차련이 잠시 생각에 잠긴 그사이 적이건이 젖은 여인들의 몸매를 보며 헤벌쭉 입을 벌렸다.

어휴, 잠시도 틈을 주면 안 되지.

퍽.

차련이 적이건의 배에 주먹을 찔러 넣었다. 적이건이 죽는다며 엄살을 피웠다.

이 와중에 장난을 치느냐며 용봉들이 한심한 눈빛으로 두 사람을 쳐다보았다.

물론 그들 중 한 사람의 시선이 향하는 곳은 달랐다.

혐오심 가득한 눈빛으로 설벽화는 양수창을 노려보았다. 양수창은 양수창대로 그런 그녀의 시선에 화가 났다.

'망할 년. 예쁘다고 기분 좀 맞춰줬더니 기고만장이군.'

그 마음이 표정에 드러났다. 그 순간 둘은 돌이킬 수 없는 다리를 건넜다.

설벽화가 그를 외면했다. 어차피 이곳을 나가면 두 번 다시 보지 않겠다고 단단히 다짐하는 그녀였다. 문득 그녀는 양수창을 보며 그런 생각을 했다. 저 수다쟁이 사내보다도 못한 놈이라고.

한옆에서 커다란 모닥불이 지펴졌다.

모두들 모닥불 주위에 모여 입은 채로 옷을 말렸다. 방금 전 상황은 정말 장난이 아니었다. 설벽화가 장치를 발견하지 못했으면 모두 수장당할 뻔했다.

그들과 조금 떨어진 곳에서 적이건과 차련이 대화를 나눴다.

"아깝군. 조금만 더 기다렸으면 배후를 알아낼 수도 있었는데."

"그게 무슨 말이야?"

"저들은 첫 째 관문을 무사히 통과했어. 그 말은 곧 둘째 관문도 무사히 통과할 가능성이 있었다는 말이지."

"저들 중에 배후자가 있기 때문에?"

"저 어린 것들이 이런 대단한 일을 꾸밀 순 없지. 아마도 배후자의 혈육이 끼어 있겠지."

차련이 고개를 끄덕여 공감했다.

앞서 설벽화가 너무 겁에 질려 있지만 않았다면 적이건은 절대 장치를 돌리지 않았을 것이다. 그리고는 누가 그 장치를 발견하는지 살폈겠지.

한편으로는 대단하다는 생각이 들었다. 그런 의심을 하면서도 겁먹은 설벽화를 위해 기꺼이 문을 열어준 것은, 또 잡아낼 수 있다는 여유일 것이다. 그야말로 적이건이니까 가능한 일이었다.

"예뻐서 구해준거라고."

그녀가 예뻐서라고?

적어도 난 아니란 것을 안다. 누구라도 마찬가지였을 것이다.

차련이 홀로 미소 짓고 있는데 사마영이 다가왔다.

사마영이 진지하게 차련에게 물었다.

"앞서 진짜 기관이 작동했다고 했나요?"

"확실해요. 뭔가 잘못됐어요."

"하지만 잘못될 것이 없잖아요?"

차련이 힘차게 소리쳤다.

"교관님, 교관님!"

"하지 마요! 교관을 부르면 탈락이에요!"

다급히 사마영이 말렸다.

하지만 아무 대답도, 그 누구도 나타나지 않았다.
차련이 돌아서며 말했다.
"이래도요?"
그제야 모두들 사태의 심각성을 깨달았다.
차련이 차분히 말했다.
"누군가 우릴 죽이려는 것이 틀림없어요."
무거운 침묵이 흘렀다.
모두들 실감할 수 없었다. 북천패가가 개최하는 용봉연이 잘못되다니? 들어온 입구 쪽에는 강력한 진법이 막고 있어 돌아갈 수도 없다는 말에 모두들 더욱 심각한 표정이 되었다.
양옥란이 조심스럽게 의견을 내놓았다.
"이대로 도움을 기다리는 것은 어떨까요?"
나쁜 의견은 아니었다. 자신들이 돌아오지 않으면 당장 수백, 수천 명의 무인들이 섬으로 들이닥칠 것이다.
"하지만 누군가 의도적으로 우릴 노렸다면 이곳에 있는 것 역시 안전하다고 볼 수 없소."
임하기의 의견에 모처럼 양수창이 찬성했다.
"동감이오. 더구나 이대로 소극적으로 기다린다는 것은 자존심이 허락지 않소."
이유는 달랐지만 이대로 있을 수는 없다는 의견들이었다. 다른 사람들 역시 생각이 크게 다르지 않았다.
결국 계속 이동하자는 쪽으로 결론이 났다.
잠시 휴식을 가진 일행은 다시 앞으로 전진했다.

얼마나 그렇게 걸었을까?

피이잉—

날카로운 쇳소리가 들렸다. 다음 순간, 비명이 터져 나왔다.

"으아아아악!"

참혹한 비명을 내지르며 누군가 쓰러졌다.

홀로 떨어져 걷고 있던 가양희였다.

쓰러진 그녀의 발목에서 피가 뿜어져 나왔다. 발목이 잘린 것이다. 그 참혹한 광경에 근처에 있던 양옥란과 민설아가 비명을 질렀다.

가양희가 발목을 붙잡고 뒹굴었다.

"모두 조심해!"

임하기가 소리쳤다.

곳곳에 발목을 잘라내는 기관이 묻혀 있었다. 기관이 묻힌 곳을 밟으면 그대로 기관이 작동했다. 정말 잔혹한 기관이었다.

하지만 가양희의 근처에 있는 그 누구도 선뜻 다가가지 않았다. 혹시 다른 기관이 작동할까 두려운 마음이었다.

그녀에게 다가간 사람은 바로 흑화와 철신이었다.

두 사람이 번갈아 검으로 땅을 조심스럽게 찍었다. 그렇게 확인을 하며 가양희에게 접근했다.

"멈춰! 위험해!"

임하기가 다시 소리쳤지만 둘은 그 말에 따르지 않았다.

기어코 두 사람이 가양희가 쓰러진 곳에 도달했다.

흑화가 재빠른 손놀림으로 혈도를 눌러 발목을 지혈했다.

그리고 곧바로 가양희의 수혈을 짚었다.

그들의 모습을 지켜보던 적이건이 말했다.

"쓸 만하군."

"아주 좋은 사람들이야."

적이건이 공감한다는 듯 고개를 끄덕였다.

"어린 나이에 저렇게 침착하기 쉽지가 않지."

그건 너도 마찬가지라고.

문득 적이건이 말한 또 다른 강호란 말이 떠올랐다.

또 다른 강호에는 바로 저런 친구들이 사는 곳이 아닐까란 생각이 들었다. 비슷한 또래지만 그들은 자신보다 훨씬 어른처럼 느껴졌다.

"모두 함부로 움직이지 마!"

임하기가 신경질적으로 소리쳤다.

그는 자신의 명령을 거역하고 가양희를 구하러 간 두 사람에게 짜증이 났다. 하지만 안하무인인 자신도 사람을 구하러 간 그들에게 대놓고 화를 낼 수 없었다.

"천천히 모두 내 뒤로 모여."

그러자 양수창이 비웃으며 말했다.

"웃기는군."

양수창이 검을 뽑아 땅바닥을 확인하며 앞으로 나갔다. 흑도방의 온세철과 사독성의 민설아가 그 뒤를 따랐다.

임하기의 뒤로는 임양구와 장인걸, 장인화가 모였다.

"형님, 저희끼리 가죠."

임양구의 말에 장인걸이 거들었다.

"저희는 임소협만 믿습니다."

장인걸은 내심 임하기를 증오하고 있었지만 겉으로는 말 잘 듣는 개가 되는 것을 마다하지 않았다.

적이건이 혀를 찼다.

"어린것들까지 저렇게 패를 갈라 싸우니. 나중에 저것들의 말 한마디 한마디에 수백, 수천 명의 무인이 죽겠지?"

과장된 바가 있었지만 틀린 말이 아니란 생각이 들었다. 앞서 배에서 임하기를 보며 느꼈던 감정의 연장선에 있는 말이기도 했다.

차련이 함께 한숨을 내쉬며 물었다.

"우린 어쩌지?"

"어쩌긴, 우린 저리로 붙어야지."

그러면서 이제 막 검으로 길을 열기 시작한 흑화와 철신 뒤로 붙었다.

앗? 이러면 우리도 마찬가지로 패를 가르는 건데?

양수창과 틀어진 설벽화는 적이건과 차련을 선택했다.

"함께 가요."

차련이 그녀의 합류를 반갑게 맞이했다. 차련도 차련이지만 설벽화가 두 사람을 선택한 것은 적이건에 대한 호기심도 한몫했다. 앞서 어떻게 적이건이 문을 여는 장치를 알아냈는지 궁금했다.

한편으로 의심도 들었다.

혹시 적이건과 차련이 이번 일의 배후가 아닐까 하는 의심이 든 것이다. 이래저래 감시해야겠다는 생각을 했다. 어쨌든 섬만 빠져나가면 이번 일의 배후자는 모두 붙잡아낼 수 있을 것이다. 아버지는 물론이고, 녹수산장의 모든 고수들이 나설 테니까.

그렇게 세 무리로 나눠져 길을 열었다.

조심스런 이동이 계속되었다. 얼마쯤 갔을까?

끼이이잉!

기분 나쁜 소리가 뒤에서 들려왔다.

철컹, 철컹, 철컹.

그들이 지나쳐 온 바닥에서 세 개의 기관이 튀어나왔다. 그야말로 생각지도 못한 변수였다.

피피피피핑!

수십 발의 암기가 한꺼번에 날아들었다. 검으로 쳐내기에는 너무 많은 숫자였다.

누군가 소리쳤다.

"모두 엎드려!"

용봉들이 반사적으로 일제히 엎드렸다.

슁슁슁슁슁!

모두의 머리 위로 암기가 스쳐 지나갔다.

하지만 그곳에는 사방에 위험한 기관이 널린 곳이었다.

피이잉!

누군가 기관을 건드렸다.

"크아악!"

천도방 출신의 사내가 목을 부여 쥐고 바닥을 뒹굴었다. 엎드리면서 발목을 자르는 기관을 건드린 것이다.

고통에 바닥을 뒹굴던 그가 또 다른 기관을 건드렸다.

피이잉!

날아간 톱날이 이번에는 옆에 엎드려 있던 흑도방의 온세철의 어깨에 박혔다.

"끄윽!"

그의 어깨에서 피가 솟구쳤다.

천도방의 사내는 계속 바닥을 뒹굴고 있었다.

"위험해!"

푹!

한 자루의 검이 날아가 그의 가슴에 박혔다. 온몸을 부르르 떨던 그가 숨을 거뒀다.

누운 채로 검을 찔러 넣은 사람은 옆에 엎드려 있던 장인걸이었다. 자신을 보호하기 위해 어쩔 수 없는 선택이었다.

더 이상 암기는 날아오지 않았다.

모두들 엉거주춤 몸을 일으켰다.

"올바른 선택이었소."

언제라도 암기를 피할 수 있는 낮은 자세로 임하기가 장인걸의 편을 들어주었다. 다른 사람들 역시 장인걸의 선택을 비난하지 못했다. 자신이라도 어쩔 수 없었을 것이란 생각이었다.

죽어버린 천도방 사내의 시체 옆에서 그와 함께 용봉연에 나온 여인이 눈물을 흘렸다.

"너무해."

여전히 엎드린 채로 차련이 그 광경을 외면했다.

아무리 어쩔 수 없었다지만 그렇게 매정하게 죽여 버리다니.

하지만 차련 역시 장인걸을 몰아세우지 못했다.

"나 나쁜 년이지?"

차련의 말에 옆에 나란히 엎드려 있던 적이건이 대답했다.

"그런 죄스런 마음을 먹는다는 것만으로도 충분히 훌륭해. 지금은 그조차도 없는 세상이거든. 그런 생각을 품는 것이 어리석은 것이 되는 세상이거든."

차련이 한숨을 내쉬었다.

그때 차련의 눈이 번쩍 뜨였다.

어? 이게 뭐야?

적이건의 손이 엎드린 자신의 가슴 아래쪽에 들어와 있었던 것이다.

이 자식이!

퍽!

사정없이 적이건의 얼굴을 후려쳤다. 싫다기보다 당황해서였다.

차련이 벌떡 일어섰다. 죽는 소릴 내며 적이건이 일어났다.

뭐라 한마디 더 하려는데 땅바닥에 뭔가가 보였다.

부서진 기관이었다.

"설마?"

자신이 피한 바닥에 기관이 있었고, 그것을 적이건이 손으로 막아준 것이었다.

"너?"

적이건이 싱긋 웃었다. 왼손 손바닥의 神이란 글자를 내보였다.

아, 풍신을 낀 손이었구나.

차련이 한숨을 내쉬었다. 미안한 마음이 들었다.

내 주먹쯤은 피할 수도 있잖아. 왜 자꾸 맞아서 날 미안하게 해?

사패의 후계자들이 모두 달려들어 온세철의 상처를 치료했다. 앞서 가양희의 경우와 너무나 대조적인 행동이었다. 게다가 천도방 사내의 시신은 아무도 신경조차 쓰지 않고 있었다.

이번에도 철신이 다가가 시체를 한옆에 수습했다. 가양희는 한옆에서 흑화가 보살피고 있었다.

"볼수록 마음에 든다. 쟤들."

"왜? 부하로 삼아서 천하 제패 하시려고?"

장난처럼 말했는데 적이건이 진지하게 받아들였다.

"어떻게 알았어?"

못살아. 내가 말을 말아야지.

"이렇게 되면 이번 용봉연, 아주 수확이 없는 것은 아니야.

하하하.”

이것 보세요. 지금 우린 목숨이 오락가락 하고 있다고요!

온세철의 치료가 끝나고 나서야 이동하기 시작했다.

사패의 후계자들은 분노하고 있었다. 태어나 세상천지 무서울 것 없이 자라난 그들이다. 누군가 자신들을 노린다는 것은 꿈에도 생각지 않은 일이었다.

하지만 방금 전의 그 암습은 그야말로 무서운 것이었다.

누군가 엎드리라고 소리치지 않았으면 더 많은 사람이 죽었을 것이다. 그들은 그게 적이건의 외침이란 것을 알지 못했다.

한참을 가던 그들이 또 다른 용봉 무리를 만났다.

바로 사대세가의 무리였다. 그들 역시 완전 낭패를 당한 모습이었다.

팽여립은 한 팔을 천으로 칭칭 감고 있었고, 남궁희연 역시 다친 허벅지 때문에 부축을 받고 있었다. 그들 역시 두 사람이 죽었다고 했다. 사대세가에서는 팽여립만이 부상을 당했다.

외부의 위기는 내부를 단결하게 만든다고 했던가?

서로를 잡아먹으려던 눈빛들은 이제 많이 누그러져 있었다. 오히려 서로 만난 것이 너무나 반가운 기색들이었다.

일단 힘을 합쳐 이곳을 빠져나가는 것이 우선이었다.

다시 그들이 길을 열었다. 한참을 걸어갔는데도 새로운 관문은 나타나지 않았다.

그렇게 얼마나 걸었을까?

“응? 바닥이 이상한데?”

적이건이 바닥을 발로 쿵쿵 밟았다. 바닥에서 쇳소리가 들렸다.

흙을 파보니 바닥에 철판이 깔려 있었다. 그 모습에 모두들 자신들의 발아래를 살폈다. 전부 철판이 깔려 있었다.

"어라? 이거 예감이 별론데?"

그때였다.

철컹.

기관이 움직이는 소리가 들리면서 바닥이 허전해졌다. 바닥을 지탱하던 철판이 빠른 속도로 어딘가로 회수된 것이다.

푸우웅.

동시에 모두들 바닥에 빠졌다. 얇게 덮여 있던 흙 아래는 늪이었다. 모두들 허리까지 쑥 빠졌다.

"이게 뭐야?"

놀란 용봉들이 몸부림을 쳤다. 그럴수록 몸은 더욱 밑으로 빠져들었다.

쑤우우욱.

내력을 일으켜 날아오르려고 해도 소용이 없었다. 보통 늪이 아니었다.

적이건이 차련에게 말했다.

"몸부림치지 마. 절연사(絶緣沙)가 섞인 지옥 늪이다!"

"절연사? 지옥 늪?"

"인연을 끊게 만드는 모래라 해서 그렇게 부르지. 움직이면 움직일수록 더욱 빨아 당기고 내공까지 차단해 버리기 때문에 보통의 내력으로는 절대 빠져나갈 수 없어. 이거 중원에서는 보기 힘든 건데. 나도 신강, 그것도 정말 구석진 곳에서 딱 한 번 봤는데, 누군지 몰라도 대단하군."

"그럼 우리 어떻게 해?"

"누가 밖에서 당겨줘야지."

"그럴 사람이 없으면?"

"못 나가는 거지."

농담이겠지?

그때였다.

기이이이잉.

다시 이상한 소리가 들려왔다. 지금 상황에서는 너무나 불길하고 기분 나쁜 소리였다.

땅바닥이 열리더니 그 안에서 무엇인가 거대한 것이 모습을 드러냈다. 양수창이 놀라 소리쳤다.

"저걸 보시오!"

어지간히 담대한 그도 이번만큼은 크게 놀랐다.

그것은 커다란 나무에 거대한 칼날이 붙은 기관이었다.

저것이 떨어지면 그대로 몸통이 양단될 것이다. 더구나 몸을 꼼짝도 할 수 없는 입장이었다.

"으아아악! 살려줘!"

용봉들이 미친 듯이 몸부림을 쳤다. 하지만 그러면 그럴수록 더욱 깊이 늪에 빠져들었다.

후우우우웅!

칼날이 거대한 바람을 일으키며 떨어져 내렸다.

"으아아악!"

칼날이 떨어져 내리던 곳 근처에 있던 민설아가 발작을 하듯 비명을 질렀다.

철컹!

다행히 아슬아슬하게 민설아를 스쳐 지나갔다.

우우우웅!

칼날이 다시 올라가기 시작했다. 그리고 방향을 틀었다.

칼날이 향하는 곳 근처의 용봉들이 비명을 질러댔다.

후우우우웅!

거대한 바람 소리를 내며 다시 칼날이 떨어졌다.

"으아아악!"

이번에는 남궁세가의 남궁희연을 스치고 지나갔다. 공포에 질린 그녀가 그 자리에서 그대로 정신을 잃었다. 차라리 그게 편해 보일 정도였다.

다시 칼날이 올라갔다.

칼날이 방향을 바꾼 방향은.

맙소사! 나야!

차련이 공포에 질렸다.

도와줘!

놀라 적이건을 돌아보는데, 방금 전까지 있던 적이건이 옆에 없었다.

머리 위로 그늘이 졌다. 고개를 들어보니 거대한 칼날이 자신의 머리통을 겨누고 있었다.

후우우우웅!

칼날이 차련의 머리 위로 떨어져 내렸다.

엄마! 아버지! 순식간에 가족들의 얼굴이 스쳐 지나갔다.

바로 그때였다.

푸우우욱.

누군가 차련의 발을 잡아당겼다.

차련의 몸이 늪 안으로 쑥 내려갔다.

파앙!

칼날이 늪 위를 때리는 소리가 어렴풋이 들려왔다.

살았다.

그런데 난 어디로 가는 거지?

눈을 뜰 수가 없었다. 계속 누군가 잡아당기고 있었다.

풍덩.

두터운 늪 아래는 차가운 물이었다.

차련이 눈을 떴다. 어둡고 탁한 물속이기에 앞이 보이지 않았다.

그때 누군가 자신을 안았다.

사람의 손길이었다. 보지 않았지만 누군지 알 수 없었다.

적이건.

그의 손이 자신의 볼을 쓰다듬었다. 그 손길이 말했다. 안심하라고.

그다음 순간,

파파파파파파!

물길이 갈라지는 소리가 들려오는 순간,

시야가 밝아졌다. 차련이 번쩍 눈을 떴다.

적이건이 허공을 향해 손을 내뻗고 있었다. 위쪽의 늪이 갈라지며 하늘이 보였고, 빛이 들어오고 있었다.

적이건이 씩 웃는다는 생각이 드는 그 순간,

쉬이익!

그녀의 몸이 쏜살같이 빠르게 위로 올라갔다. 그녀가 원해서 날아 올라간 것이 아니었다. 적이건이 내력으로 그녀를 날려 올린 것이다.

풍덩.

갈라진 늪 밖으로 날아올랐다.

그녀의 귓가로 적이건의 말이 들려왔다. 전음이었다.

[기관에 매달려!]

눈앞으로 거대한 칼날이 바람을 가르며 떨어지고 있었다.

차련이 몸을 비틀어 피했다.

팍!

차련이 나무에 검을 박아 넣었다. 검이 꽂히면서 차련이 검에 매달렸다. 한차례 사람을 절단 냈는지 칼날에서는 후끈한 피 냄새가 나고 있었다.

휘이잉.

기관과 함께 그녀의 몸이 위로 솟구쳐 올랐다.

다시 적이건의 전음이 들려왔다.

[그것을 잘라내!]

차련이 칼날을 고정한 나무 위로 올라섰다.

나무로 만들어진 부위라 해도 그 둘레는 어른 두세 명이 팔을 뻗어야 할 정도였다.

무리야. 내 실력으로는 자를 수 없어.

후우웅.

기관이 옆으로 움직였다. 급박하고 위태로운 그 순간에도 적이건의 말소리는 바로 옆에서 들리는 것 같았다.

그녀의 마음을 읽었을까?

[할 수 있어.]

못해. 무리라고.

[고수와 하수의 차이에 대해 말해줬지? 바로 지금이야. 네가 고수가 될 수 있다는 것을 증명해 봐.]

하지만…….

[마음을 가다듬고 반드시 잘라낼 수 있다고 믿어. 절대적으로 믿는 거야.]

기관이 빠르게 움직이고 있었지만 그녀는 안정된 자세를 유지하고 있었다. 그녀 스스로는 실감하지 못했지만 그녀의 무공이 구성에 이른 후의 변화였다.

검을 쥔 오른손에 힘이 불끈 들어갔다.

아, 내겐 풍신이 있었지?

기분 탓이었을까? 내력이 더욱 강하게 모여드는 기분이었다.

칼날 장치가 또 다른 용봉을 노리며 떨어지고 있었다. 저 아래 비명을 질러대는 용봉들의 모습이 보였다.

차련이 눈을 감았다. 기가 모아졌다. 검을 쥔 오른손이 터져버릴 것처럼 뜨거웠다.

후우우우우웅!

다시 기관이 아래로 떨어지고 있었다.

적이건의 목소리가 차분히 들려왔다.

"지금이야!"

동시에 차련이 검을 내려쳤다.

쉬이이잉!

검에서 무엇인가 튀어나간다는 기분이 들었다. 내력이 검을 통해서 쑥 빠져나간다는 착각이 들었다.

서걱.

그때 차련은 보았다.

자신의 검끝에서 검기가 날아가 칼날을 고정한 그 거대한 나무통을 한번에 잘라내는 것을.

태어나 처음으로 발출한 검기였다.그에 비해 너무나도 깔끔하고 강력한 검기였다. 그 누구도 그것이 처음 발출된 것이란 것을 믿지 않을 정도로.

너무나 황홀해서 그 자리에서 쓰러질 정도로 기분이 좋았다.

풍덩.

기관이 잘려 나가며 늪으로 추락했다. 나무에 부딪친 몇몇 용봉들이 피를 흘렸다. 하지만 목숨을 잃을 정도의 부상은 아니었다.

스르륵.

곧이어 칼날 장치가 늪 깊숙이 빠져들어 갔다.

잘리고 남은 기관에 서 있던 차련이 늪 건너편으로 뛰어내렸다.

그리고 재빨리 나무줄기를 묶어 용봉들을 하나둘씩 구하기 시작했다. 밖으로 나온 이들이 다시 다른 용봉들을 끄집어냈다.

그렇게 모든 용봉들이 늪에서 빠져나왔다.

늪을 바라보는 모두가 넋을 잃고 있었다.

완전히 공포에 완전히 질린 얼굴들이었다. 내공을 일으킬 수 없게 만드는 늪이라니? 태어나 처음 겪는 일이었다.

"고, 고맙소."

누군가의 감사를 시작으로 모두가 차련에게 고마움을 전했다.

"아, 아니에요."

적이건의 도움이라 말하려던 그녀가 말문을 닫았다. 사람들 사이에서 적이건이 한쪽 눈을 찡긋하고 있었다. 자신에 대해 말하지 말란 뜻이었다.

차련이 모두에게 포권을 하며 겸손하게 별일 아니라고 대답했다. 모두들 차련의 무공에 새삼스럽게 감탄했다. 그들 중 상당수는 차련처럼 검기를 일으킬 수 있는 이들이었다. 하지만 그 급박한 상황에서 그렇게 침착하게 기관을 잘라낼 자신은 그 누구도 없었다.

양옥란이 두려운 표정으로 말했다.

"도대체 어떤 놈들이 이런 무서운 일을 계획했을까요?"

명문자제 칠팔 명이 죽거나 부상을 당했다. 이건 보통 일이 아니었다. 강호를 발칵 뒤집을 대형사건이었다.

그녀와 함께 나온 사도풍이 이를 갈았다.

"그게 누구든 용서하지 않을 것이오."

모두의 생각이기도 했다.

이곳을 빠져나가기만 하면.

그때 사마영이 소리쳤다.

"저기 문이 있어요!"

길 끝에 작은 문이 하나 있었다.

"출입구요!"

앞서 출발할 때 보았던 바로 그 문이었다. 차련도 기억이 났다.

맞아. 저 문이.

모두들 기뻐하며 달려갔다.

문을 열었다. 너무나 반가운 사람이 문밖에 서 있었다. 심사관 염충이었다.

"염 대협!"

임하기가 반갑게 소리쳤다.

임하기가 한 발 다가가는 순간,

스으윽.

염충의 목에 붉은 선이 그어졌다. 그리고 염충의 목이 기울어져서는 안 될 방향으로 기울어지기 시작했다.

쿵.

떼구르르.

임하기가 자신의 발아래로 굴러온 염충의 머리통을 얼빠진 얼굴로 내려다보았다. 한발 늦게 비명이 터져 나왔다.

"아아아악!"

목을 잃은 염충의 몸통이 힘없이 쓰러졌다.

그 뒤에서 음마충이 모습을 드러냈다.

그가 사악하게 웃으며 말했다.

"지옥에 온 것을 환영한다."

말도 안 돼! 우린 이제 막 지옥을 빠져나왔다고!

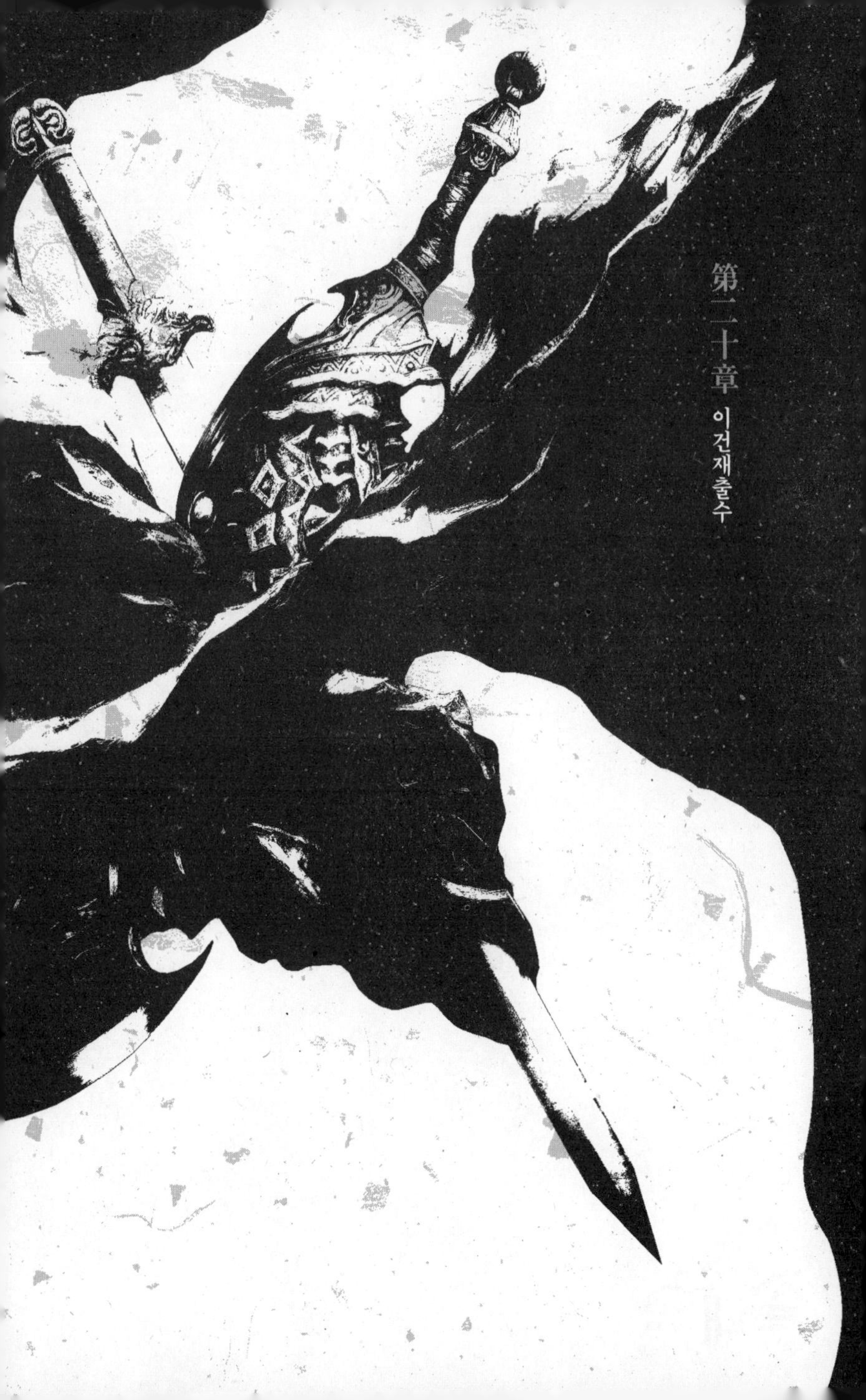

第二十章 이건재출수

온실 속의 화초처럼 곱게, 그리고 안하무인으로 철없이 커왔을지는 몰라도 그들은 천하사패의 후계자들이었다.

임하기와 양수창이 약속이나 한 듯이 음마충을 합공했다.

용봉들 중 가장 무공이 강한 축에 드는 두 사람이었다. 결코 만만한 공격이 아니었다.

쉬이익!

쇄애액!

두 자루의 검이 서로 다른 파공음을 내며 음마충에게 날아들었다.

그리고 다음 순간,

둘의 행동이 멈췄다. 그들이 회심의 일격으로 내지른 두 자루의 검은 허공에 멈춰 있었다. 아니, 정확하게 말하자면 음마충의 양 손가락 끝에 끼어 있었다.

"끄응!"

두 사람이 내력을 올리며 검을 비틀었지만 마치 바위에라도 박힌 듯 검은 꼼짝도 하지 않았다.

음마충이 씩 웃었다. 실력의 차이가 확연했다.

쨍강, 쨍강.

두 자루의 검날이 동시에 부러졌다. 감당할 수 없다 여긴 임하기는 뒤로 몸을 날렸지만 양수창은 검을 버리고 주먹을 날렸다.

쇄애애앵!

엄청난 파공음과 함께 그의 주먹이 정확히 음마충에게 적중했다.

파아앙!

음마충의 손바닥이 그 주먹을 받아냈다. 마치 어린아이의 주먹을 어른이 받는, 그런 모습이었다.

끄떡도 하지 않고 선 음마충이 조롱하는 눈빛으로 양수창을 쳐다보았다. 양수창도 지지 않고 노려보았다. 어려서부터 배워왔다. 절대 기세 싸움에 져서는 안 된다고.

음마충이 스윽 몸을 움직였다.

빠악!

양수창의 턱이 돌아갔다. 어느새 음마충은 양수창의 멱살을 쥐고 있었다.

음마충이 나직이 말했다.

"눈 내리깔아."

양수창이 코웃음을 쳤다.

빠악!

다시 양수창의 턱이 돌아갔다.

양수창의 얼굴이 벌겋게 부어올랐다. 아픔을 참아내며 양수창이 차갑게 말했다.

"날 건드린 이상 넌 이제 죽었어."

빠악! 빡! 빡악!

음마충의 손길이 빨라졌다. 견디기 힘든 구타였다.

차련이 적이건에게 속삭였다.

"왜 아무도 돕지 않는 거야? 다 같이 합공해야지."

"방관자 효과라는 것이지. 여러 명이 있을수록 먼저 나서는 사람은 없기 마련이지. 만약 지켜보는 이가 한 명이었다면 죽이 되든 밥이 되든 벌써 돕기 위해 나섰을 거야. 도울 사람은 자신뿐이니까. 하지만 지금은 다르지. 책임질 사람이 많거든."

"그걸 아는 너는 왜 방관해?"

"걔들은 좀 맞아도 되니까. 지금까지 너무 편히 살았잖아. 지나고 나면 오늘 일이 살아가는 데 큰 힘이 될 거야."

그때 지켜보던 철신이 움찔했다. 나서려는 것이다. 그런 철신의 앞을 적이건이 막아섰다.

적이건이 앞을 막아서자 철신의 눈빛이 날카로워졌다. 하지만 적이건은 비켜서지 않았다. 대신 흑화를 쳐다보았다. 이대로 내보내 죽일 작정이냐는 감정을 담아.

흑화가 철신에게 한마디 속삭이듯 말했다. 철신이 뒤로 물러섰다.

차련이 볼 때 철신이나 흑화나 지금까지 보여준 무공보다 더 뛰어난 실력을 숨기고 있는 것 같았다. 하지만 적이건은 그 실력으로도 통하지 않는다고 생각한 모양이었다. 일단 흑화는 적이건을 믿는 쪽으로 마음을 굳힌 모양이었다. 그녀 역시 적이건이 범상치 않다는 것을 벌써부터 알고 있었으니까.

"그리고 너도 대비를 해야지."

적이건이 바닥의 흙을 묻혀 차련의 얼굴에 발랐다. 차련은 그 손길을 피하지 않았다. 뽀얀 차련의 얼굴이 더러워졌다.

그사이 양수창은 한계에 도달했다. 그 잘 생긴 얼굴은 완전 피투성이가 되어 있었다.

"눈 내리깔아."

양수창은 더 이상 버티지 못했다. 천하사패 중 남악련의 후계자란 그 큰 자존심으로도 버틸 수 있는 폭력이 아니었다. 아직 스물도 되지 않은 어린 나이에는 더욱더.

양수창의 눈빛이 땅을 향했다.

음마충이 씩 웃으며 양수창의 머리를 쓰다듬었다. 오히려 더 수치스러웠다. 양수창의 눈에 눈물이 고였다. 그의 몸이 부들부들 떨리고 있었다.

지켜보던 이들은 모두 침묵했다. 양수창이 비겁하다 생각하는 사람은 아무도 없었다. 누구라도 그와 같이 행동했을 것이라 생각했다. 양수창이니까 그만큼 버틴 것이다.

그가 그렇게 제압당해 버리자 남은 용봉들은 싸울 의지를 잃었다. 그렇잖아도 지쳐 있던 그들이다.

게다가 어느 틈에 그들 주위에 무서운 인상의 복면사내들이 둘러싸고 있었다. 교관 복장을 하고 있었지만 그들은 교관이 아니었다.

"모두 끌고 와."

음마충이 돌아섰다.

그러자 주위에 있던 사내들이 달려들었다. 발길질을 하며 용봉들을 죄수처럼 다루었다. 용봉들이 짐승처럼 내몰렸다.

팽소소가 사내에게 얻어맞자 울컥한 팽여립이 검을 뽑아 들며 달려들었다.

사내 둘이 벼락처럼 달려들어 팽여립의 검을 빼앗았다.

퍽! 퍼억!

사내들이 득달같이 달려들어 팽여립에게 주먹질과 발길질을 시작했다.

본보기로 삼으려는 듯 무섭고도 거친 손속이었다.

살려달라고 애원을 해도 소용이 없었다. 팽소소가 울며 매달렸다.

피떡이 된 팽여립이 바닥에 쓰러졌다. 사내 하나가 팽소소의 빰을 사정없이 후려쳤다. 평생 처음 빰을 맞아본 팽소소가 울음을 터뜨렸다.

얼굴에 몇 가닥 흉터가 있는 사내가 음산하게 말했다.

"또 설칠 놈 있나?"

그 기세에 모두들 시선을 외면했다.

용봉이니 강호의 후기지수니 해도 그들은 아직 어렸다. 반면 사내들은 아이들을 다루는 법을 잘 알았다. 평소였다면, 아버지가 있고 호위무사가 있는 곳이었다면 이렇게 무기력하게 당하진 않았을 것이다. 그래서 그들이 온실 속의 화초인 것이다.

용봉들이 우르르 해안가로 내몰렸다.

"아아악!"

사마영이 비명을 질렀다.

해변에는 수십 구의 시체가 늘어져 있었다. 원래의 교관들이었다. 그 하나하나의 무공이 자신들보다 더 뛰어난 이들이었다. 그것을 보는 순간 용봉들은 이제 완전히 싸울 의지를 잃었다.

"자, 여기에 무기를 모두 놓는다."

용봉들이 무기를 내려놓았다.

적이건도 자신의 검과 도를 그 사이에 아무렇게나 던졌다.

차련은 알았다. 표정 변화는 없었지만 적이건은 두려워하지 않고 있었다. 그것을 느끼자 동시에 차련의 마음도 조금 느긋해졌다.

함께 있으니까 괜찮아.

그게 그녀의 솔직한 심정이었다.

칼자국사내가 다시 소리쳤다.
"자, 여기 줄서서 앉는다."
엉거주춤 용봉들이 줄을 섰다.
부우웅!
팍!
늦게 움직인 용봉 하나가 배를 얻어맞고 쓰러졌다. 풍운성의 후계자 사도풍이었다.
모두의 움직임이 빨라졌다. 적이건과 차련이 뒤쪽 줄에 나란히 앉았다. 그렇게 용봉들이 한곳에 모이자 다시 음마충이 그들 앞으로 걸어왔다.
"모두 고개 든다."
나직한 목소리였지만 그 말을 거부할 사람은 아무도 없었다.
음마충이 스윽 용봉들을 훑었다.
그의 시선이 설벽화에서 한 번, 다시 장인화에게서 멈췄다.
"너희 둘 일어나!"
설벽화와 장인화가 사색이 되었다. 두 사람이 자리에서 일어났다.
음마충이 설벽화에게 음산하게 물었다.
"너, 이름이 뭐지?"
"설벽화."
"중경제일미 설벽화. 과연 소문대로군."
음마충이 흐뭇한 미소를 지었다.

"너도 강호팔미인가?"

그러자 장인화가 두려운 얼굴로 고개를 내저었다.

음마충이 만족스러운 미소를 지으며 말했다.

"내가 누군지 아나?"

모두들 이를 갈며 귀를 세웠다. 나중에 반드시 죽여주겠다는 각오를 하며.

"내가 바로 음마충이다."

모두들 깜짝 놀랐다. 특히 여인들의 얼굴은 완전 사색이 되었다.

사도제일색마 음마충.

그에게 얼마나 많은 여인들이 겁탈을 당하고 죽었는지 셀 수가 없다고 했다. 최악의 상황이었다.

"우릴 고용한 이가 그러더군. 너희들에게 지옥을 보여주라고."

음마충이 사악하게 웃었다.

"오늘은 아주 긴 밤이 될 거야."

복면사내들이 침을 삼켰다. 음마충이 해치우고 난 여인들은 자신들의 차지가 될 것이란 기대감 때문이었다.

음마충에게 지명당한 설벽화와 장인화는 완전 창백해져 있었다. 두 여인이 공포에 질려 부들부들 떨었다. 평소 더 없이 도도했던 그녀들이었기에 그 두려워하는 모습은 비참하리만치 낯설었다.

"따라와."

설벽화가 절박한 마음으로 양수창을 쳐다보았다.

양수창은 엉망진창인 얼굴로 넋을 잃고 멍하니 땅바닥만 쳐다보고 있었다.

하지만 장인걸은 아니었다. 장인걸이 벌떡 일어났다.

"잠깐만!"

"이 새끼가!"

퍽!

칼자국사내가 몸을 날려 장인걸의 배를 후려 찼다.

장인걸이 배를 움켜쥐고 바닥을 굴렀다. 속에 것을 게워내고 싶을 정도로 아팠지만 장인걸이 힘겹게 말했다.

"제 동생을 놓아주시면 더 아름다운 여인을 드리겠습니다."

"무슨 개소리냐!"

칼자국사내가 다시 발길질을 하려는데 음마충이 그를 제지했다.

"무슨 소리냐?"

"저기 저 여자입니다."

장인걸의 손가락 끝이 차련을 가리켰다.

적이건이 나직이 속삭였다.

"과연 동생보다 네가 더 예쁘다고 생각하고 있었군. 수수한 여인을 좋아하는군."

지금 그런 농담 할 때야? 정말 지금 너의 이 여유, 믿어도 되는 거지?

차련을 바라보는 음마충의 눈빛이 빛났다.

얼굴에 묻은 진흙 때문이었을까? 무심코 지나간 얼굴이다. 하지만 다시 자세히 보니 이목구비가 보통이 아니었다.

"일어나."

차련이 적이건을 돌아보았다. 적이건이 시키는 대로 하라고 고개를 끄덕였다.

차련이 자리에서 일어났다.

"얼굴을 닦아."

차련이 시키는 대로 얼굴을 닦아냈다.

"오오오!"

주위에서 사내들이 감탄했다.

음마충의 얼굴에 기쁨이 스쳤다.

"좋군. 바꾸지!"

장인걸이 장인화를 데리고 들어갔다. 뒷일이 어찌 되든 간에 그의 입장에서는 일단 최악의 경우는 막은 것이다. 대찬 장인화도 눈물에 화장이 번진 눈으로 덜덜 떨고 있었다.

그때 적이건이 자리에서 일어났다.

"그 여자하고 제가 한 쌍의 용봉이지요. 우린 죽어도 같이 죽고 살아도 함께 삽니다. 용봉쌍휘!"

음마충이 재밌다며 웃었다.

"재미있는 놈이군. 그래서?"

"데려가려면 나도 데려가란 말씀."

음마충이 큰 소리로 웃었다.

"이거 완전 미친놈이군. 좋아. 이년들의 짝을 모두 끌고 와

라. 아주 재미난 것을 보여주지."

결국 덩달아 양수창까지 끌려 나왔다.

차련과 설벽화, 적이건과 양수창이 함께 천막으로 끌려갔다.

사내들이 차련과 설벽화를 침상 쪽으로 밀어붙였다. 두 여인이 침상에 나란히 앉았다.

적이건과 양수창은 땅바닥에 아무렇게나 내동댕이쳐졌다. 네 사람을 끌고 온 사내들이 음흉한 미소와 함께 모두 밖으로 나갔다.

양수창은 음마충의 시선을 피하고 있었다. 아까 맞은 충격에서 아직까지 벗어나지 못하고 있었다.

음마충이 두 여인을 훑어보며 침을 흘렸다. 그런 음마충의 음흉한 모습에 설벽화는 자결을 결심하기 직전이었다. 그에 비해 차련은 한결 차분했다. 그녀의 시선은 오직 적이건을 향해 있었다.

차련의 시선을 느낀 음마충이 눈을 가늘게 떴다.

"저 미친놈을 좋아하는군!"

좋아해? 내가?

이번에는 음마충이 적이건에게 물었다.

"미친놈! 너도 이 아이를 좋아하느냐?"

그러자 적이건이 망설이지 않고 고개를 끄덕였다.

"좋아해!"

야, 그런 질문에는 조금 신중하게 대답해야지.

적이건이 한마디 덧붙였다.

"아주 많이 좋아해."

차련이 적이건의 눈을 바라보았다. 농담을 하는지 아니면 진담인지 알 수 없었다.

음마충이 흉악한 미소를 지었다.

"잘됐군. 예전에 이런 경우가 있었지. 둘이 죽도록 사랑한다고 하더군. 사내놈이 보는 앞에서 내 것으로 만들었어. 울고불고 난리도 아니었지. 하지만 말이야, 그런 상황에서 하는 것도 꽤 재미나더란 말이지."

설벽화가 눈을 질끈 감았다.

치욕을 당하기 전에 죽어야 한다는 생각뿐이었다.

하지만 죽는 것도 쉽지 않았다.

음마충의 두 눈이 붉게 충혈되었다.

"게다가 둘이란 말이지!"

음마충의 손이 차련을 향해 내밀어졌을 때다.

구해 줘!

스르륵.

설벽화가 그대로 침상에 쓰러졌다. 동시에 양수창도 쓰러졌다.

음마충이 깜짝 놀라 뒤로 물러섰다.

두 사람이 동시에 수혈을 제압당한 것 같은데, 어디서 날아온 지풍인지 알아보지 못한 것이다.

음마충이 차갑게 경고했다.

"누구냐? 어서 나와라!"

대답은 그가 전혀 예상하지 못한 곳에서 들렸다.

"시끄러워. 나니까."

상대가 적이건임을 확인한 음마충이 깜짝 놀랐다.

"네놈이?"

그럴 리가 없었다. 앞서의 한 수는 어린 후기지수들이 할 수 있는 경지가 아니었다.

적이건이 차분히 말했다.

"너 같은 놈에게 무슨 말이 필요하겠어? 그냥 내가 세상에서……."

"이 새끼!"

한마디 욕설을 내뱉으며 음마충이 벼락처럼 달려들었다.

음마충이 사정없이 장력을 발출했다.

쐐애애애액!

빡!

음마충이 얼굴을 감싸 쥐며 뒷걸음질을 쳤다.

적이건이 태연히 말을 이었다.

"…제일 싫어하는 부류란 것만 알아둬."

음마충이 다시 달려들었다.

퍼억!

이번에는 배를 움켜쥔 채 반쯤 수그린 자세로 뒷걸음질을 쳤다.

"이럴 수가! 말도 안 돼!"

창자가 끊어지는 듯한 고통에 음마충이 인상을 찡그렸다.

적이건의 손속이 너무나 빨라 눈으로 확인하지 못했다. 그건 음마충의 상식으로는 이해되지 않는 일이었다.

놀란 차련을 향해 적이건이 싱긋 웃었다.

그래, 바로 저 웃음이야.

이 무시무시한 상황을 버티며 기다린 것.

고마워. 내 믿음을 지켜줘서.

적이건이 스윽 움직이던 순간,

빠악.

음마충의 턱이 돌아갔다.

음마충이 무섭게 적이건을 노려보았다. 하지만 적이건의 눈빛은 더욱 무시무시했다.

"눈 내리깔아!"

퍽! 퍽! 퍽!

음마충의 얼굴이 좌우로 사정없이 돌아갔다. 그는 양수창보다도 더 빠르게 눈을 내리깔았다.

하지만 양수창처럼 쉽게 포기하지 않았다. 재빨리 한 걸음 뒤로 물러선 그가 차련을 향해 쌍장을 내밀었다.

"손가락 하나 까닥하면 저년을 갈가리 찢어 죽이겠다."

음마충이 내력을 끌어올렸다. 틈을 봐서 둘 모두에게 장력을 뿌린 후 달아나려는 속셈이었다.

"재밌는 것 하나 보여줄까?"

적이건이 손을 스윽 내밀었다.

쉬이이잉!

한줄기 시원한 바람 소리가 들리는가 싶더니,

찌익.

천막이 찢어지며 무엇인가 안으로 날아들었다.

앞서 던져 놓았던 적이건의 검과 도였다.

음마충은 물론이고, 차련까지도 깜짝 놀랐다.

"능공섭물(凌空攝物)!"

그것도 보이지도 않는 곳에 있는 검과 도였다. 거리가 십여 장도 더 떨어진 곳에 있는 것이었다. 그것들이 마치 살아있는 것처럼 제 주인을 찾아 날아온 것이다.

적이건이 차가운 눈빛으로 말했다.

"방금 전에 내 여자를 갈가리 찢어 죽인다고 했어?"

내 여자라고?

차련의 심장이 두근거렸다. 현기증이 날 정도로 가슴이 울렁거렸다.

"그게 어떤 건지 내가 보여주지."

적이건의 표정이 차가워졌다. 차련조차 처음 보는 아주 무서운 표정이었다.

"차련."

그가 처음으로 내 이름을 불렀다.

"응."

떨리는 가슴을 진정시키며 차련이 담담히 대답했다.

적이건이 나직이 말했다.

"눈 감아."

한편 밖에서 기다리던 용봉들은 거의 절망에 빠져 있었다.

천막 안에서 격타음과 비명 소리가 들려왔다.

사내들이 천막을 돌아보며 히죽거렸다. 소리의 주인이 음마충이란 것은 상상도 하지 않았다.

여인들이 귀를 막았다. 이제 곧 자신들이 당할 상황을 생각하며 모두들 절망에 빠져 있었다.

물론 두 사람은 아니었다.

흑화와 철신은 눈짓을 주고받으며 주위의 사내들을 처리할 작전을 세우고 있었다. 상황이 상황인 만큼 적이건만 믿고 있을 순 없었다. 그들은 신중했다. 둘러선 사내들의 무공이 만만치 않았던 것이다.

한편 모든 것을 포기한 사마영의 얼굴에서는 평소의 미소가 사라져 있었다. 강호제일재녀? 이깟 악인들 하나 처리 못하는데. 허망한 이름이란 생각이 들었다.

멍하게 한쪽을 쳐다보던 사마영이 깜짝 놀랐다.

한옆에 검과 도를 쌓아둔 곳에서 한 자루의 검과 도가 스르르 허공으로 떠오른 것이다. 눈을 깜박였지만 분명 그것은 허공에 떠올라 있었다.

놀라 주변을 돌아봤지만 아직 그것을 본 사람은 없었다.

쉬이잉.

바람 소리를 내며 검과 도가 천막 쪽으로 날아갔다.

그제야 복면인들이 소리를 듣고 주변을 살폈다. 검과 도가 너무나 빠른 속도로 사라졌기에 직접 그 광경을 본 사람은 사마영뿐이었다.

"키히히히히히히!"

천막 안에서 괴이한 소리가 들려왔다. 사내들은 물론이고 용봉들 모두 귀를 틀어막았다. 귀신 울음이었다. 천막 안에서 눈부신 빛이 뿜어져 나왔다.

참혹한 비명 소리를 끝으로 천막 안이 조용해졌다.

뒤늦게 정신을 수습한 복면인들이 우르르 천막으로 달려갔다.

그들이 천막 안으로 뛰어들었다.

"괜찮으십니까?"

음마충이 그들 앞에 서 있었다. 한옆에 적이건이 서 있었고 침상에 앉은 차련은 귀를 막은 채 눈을 꼭 감고 있었다. 나머지 둘은 잠이 들어 있었다.

그냥 보기에는 아무 이상이 없어 보였다.

칼자국사내가 당황한 얼굴로 말했다.

"이상한 소리가 들리기에. 죄송합니다."

그때였다.

툭.

떼구르르.

창백한 얼굴로 부하들을 쳐다보던 음마충의 머리통이 굴러 떨어졌다.

곧이어 음마충의 몸이 산산조각 나며 허물어져 내렸다.
"으아악!"
산전수전 다 겪은 복면인들조차 기겁을 하며 물러섰다.
그 뒤에 선 적이건이 음산하게 웃으며 말했다.
"진짜 지옥에 온 것을 환영해."

『절대군림』 3권에 계속…

화공도담

畵工道談

촌부 新무협 판타지 소설

예(禮)와 법(法)을 익힘에 있어
느리디 느린 둔재(鈍才).
법식(法式)에 얽매이기보다 마음을 다하며,
술(術)을 익히는 데는 느리지만
누구보다 빨리 도(道)에 이를 기재(奇才).

큰 지혜는 도리어 어리석게 보이는 법[大智若愚]!

화폭(畵幅)에 천지간(天地間)의 흐름을 담고
일획(一劃)에 그리움을 다하여라!

형식과 필법을 익히는 데는 둔하나
참다운 아름다움을 그릴 수 있게 된
화공(畵工) 진자명(陳自明)의 강호유람기!

유행이 아닌 자유추구 -
WWW.chungeoram.com
Book Publishing CHUNGEORAM